警察庁国際テロリズム対策課

ケースオフィサー（上）

麻生　幾

幻冬舎文庫

警察庁国際テロリズム対策課
ケースオフィサー（上）

ＦＢＩ（アメリカ連邦捜査局）のアカデミー（学校）の中庭には、イタリアの判事、故ジョバンニ・ファルコーネ氏の胸像が建てられている。

彼は、マフィア組織に毅然として戦っていたにもかかわらず、政府からの支援と協力を得られないまま、一九九二年、護衛車で前後を固めながらも、マフィアによって妻とともに爆殺された。

ＦＢＩアカデミーを巣立っていった捜査官たちは、彼が生前に遺していた言葉――

「国家は国を救う者を決して救わず」という教訓を今でも語り継いでいる――。

主要登場人物

名村奈津夫　警察庁　元・国際テロリズム対策課員
殿岡和久　警察庁　長官
若宮賢治　同　警備局長
松村一郎　同　外事課理事官。後に審議官、官房長
北島浩輝　警視庁捜査第1課　殺人犯捜査班長
恩田勇基　国立感染症研究所副所長
グレイ　CIA工作員
大佐　タリバーン軍事組織の情報機関幹部
イブラハム　テロリスト
晴香・ハイマ　シリアのカフェ経営者

プロローグ

——1960年代末　インド中西部

ぶうん、と耳障りな羽音を鳴らしたショウジョウバエが、眼の縁にへばりついた。手揉（ても）みをするように細い管を伸ばすと、眼球の水晶体にその管を浸し、わずかな液体を吸い取り始めた。

恩田勇基（おんだゆうき）は払おうとはしなかった。

グレーに濁（にご）ったガンジス川のほとりに立つムシロ小屋に目が釘付けとなっていた。

稲や麦の茎を乾燥させた藁（わら）や湿地帯に群生する蒲（がま）を無計画に積み上げて作った小屋。

入り口には、泥だらけの乾布が重たい湿気を含んだ風にゆらめいているだけである。

村の集落から遠く離された小屋の周りには、鬱蒼（うっそう）としたブナの木が生い茂り、ここだけが暗黒と化しているかのようだった。

傍らで呻き声が聞こえた。

恩田が目を向けると、案内してくれたパトナ市警察署の制服警察官は、二重にした巨大なガーゼで口と鼻を被ったまま、小屋に近づくことさえ青ざめた顔で拒否している。

「いいよ、ここで」

英語でそう恩田が告げるや否や、警察官は一目散にパトカーへ駆けていった。

恩田は溜息をつくことはなかった。なにしろ、この辺りの家々にはトイレすらないので、道ばたの側溝には溢れる排泄物とビンロージュの臭いが混ざり合っている。住民たちはそれを毎日噛んでいるのでその歯は赤く染まり、そのまま吐き出すので道路のそこらじゅうが真っ赤に染まっていた。地元の警察官とて、忌避する土地なのだ。

小屋に歩み寄った恩田は、ドアのない暗い入り口から、背を低くして、ゆっくりと中へと足を踏み入れた。

背筋を伸ばしたとき、屋根の隙間から微かに一筋の陽光が差し込んでいるのが見えた。そのお陰で、室内の惨状が残らず目に飛び込むことになった。

車で八時間もの道程の間、運転席のドアが今にも剝がれそうなワゴン車を駆って、インド亜大陸数百キロを走破し、いたるところで膨大な惨状を目にして来た。

今、目の前にあるのは、それらとは比べものにならない。

人間が暮らす空間とはとても表現し難った。

家畜小屋——恩田が感じた偽らざる第一印象だった。

我慢しなければならなかったのは、鼻が曲がるほどの脱糞の臭いと、肉体が朽ちるときに発する酸っぱい空気——。

これまでのどの地域よりも強烈だった。

二畳ほどの小屋の中はそれでも多少は肌に感じる気温が下がったように思えたが、へばりつく湿感は何ら変わりはなかった。

額に浮き出た、じっとりとした汗を白衣の袖で拭って恩田は目を凝らした。

二つの生命が儚い灯火を燃やし尽くそうとしていることをすぐに悟った。

悲惨に解れた小麦袋だけにくるまった二人の男——。

小屋の薄暗い隅で互いに頭を寄せ合って赤黒い土の上に横たわっている。

恩田はゆっくりとその前にしゃがみ込んだ。

無造作に土の上に載せられた鶏ガラのように痩せこけた二人の腕は、すでに動く気配も感じられず、解剖学図譜を想像させる顔は眼窩から濁った眼球が大きく飛び出している。

ハエの羽音よりも微かで、ゆっくりとした呼吸音が聞こえた。

だが、いずれの呼吸も限界にまで浅く、かつ心拍数が恐ろしく低下していることが分かる。

恩田は二つの肉体から死の臭いを感じとった。

恩田の視線は、子宮内の胎児のように体を屈曲させている右側の男に吸い寄せられた。

一般の医師ならばとても正視に耐えない増悪（ぞうあく）な病態だった。

これまで診察して来た患者は、頭から手足に至るまでの全身を、教科書通りに、統一されたステージで発疹や黄色い濃疱（スキャップ）が被っていた。それはそれで残酷な状態であったのだが、すべての皮膚を被っているわけではなかった。

恩田が見下ろしている映像はそれとは余りにも〝異様〟だった。何しろ膨大に集められた文献にも一切、紹介されていない姿なのだ。

大麦に酷似した、その硬くて丸い、中央に臍（へそ）状の窪（くぼ）みがある平坦（へいたん）なスキャップは、互いに重なり合って、全身をぎっしり隙間なく埋め尽くしている。いや、埋め尽くすという表現は生やさし過ぎる。

健康な皮膚が顔、手足、首、胸、腹の上にまったく見えないのだ。まるで小麦粉を丹念にまみれさせたロース肉のようでもあり、皮膚を食い散らかしたスキャップの中に唯一、眼球だけが幸運にも食べ残された——それほど壮絶な状態だった。

恩田がその症状を肉眼で捉（とら）えたのは、二百例を臨床診察して来た中でこれが初めてだった。

だから宿舎であるホテルに世界保健機関(WHO)の現地コーディネーターから、〝パトス市で特異な病態が出現している〟とのメモが残されていたとき、丸一日の行程がかかると分かってはいたが、二台のワゴン車をわざわざ調達してスタッフと地元の運搬人たちを引き連れてやって来たのだ。

フィッシングジャケットのポケットからペンライトを取りだした恩田は、だらんと力なく開けられた男の口に近づけた。

スキャップで原形を留(とど)めない唇を強引にこじ開け、暗闇の中に光を注いだ。

恩田は思わず息を呑んだ。口腔(こうくう)内から気道に至るまでのすべての粘膜が、邪悪な形態をしたスキャップで敷き詰められ、眼球さえその三分の一ほどがスキャップの餌食(えじき)となっている。

この《悪性》とも言うべき〝死神〟が背中に張り付いたも同じであることを、恩田はまざまざと今、見せつけられていた。

背後で呻き声が上がった。振り向くと、喘鳴(ぜんめい)を上げながら横たわっていた男が片腕を高く上げている。ゴボゴボという気管を砕くかのような音をさせると同時に何事かを口走った。

恩田は、それが呪文のようでもあり、恨みの言葉であるような気がした。

恩田の視線が、ふと、腕の先へ向けられたときだった。

一人の少女が寝かされている。

恩田は呆然として立ち上がった。

どれくらい、そうやって、ただ突っ立っていたか記憶になかった。

ハッとして気を取り直した恩田は、少女にそっと近づいて腰を落とし、慎重に顔へ向けてペンライトを向けた。

浅い息づかいだけは微かに聞こえる。だが……。

ペンライトが照らしたのは顔ではなかった。

顔がない！

赤く爛れた血の海の中で、目、鼻、口の区別さえできない——。

顔全体がドロドロと溶けているかのごとく……。

これまで診てきた、紅斑などのスキャップでもない。水疱でも、また濃疱でもない。

赤く爛れて溶けている！

《もしかして……あの、特異的な病態……》

恩田は息を呑んだ。それは、教科書的に知っているにしか過ぎない——。

長期に及ぶ、この病原性微生物の撲滅作戦で診て来た、何千人もの患者の中にさえいない。

いや、研究者となってから初めて肉眼で目撃する、余りにも激烈かつ壮絶な光景だった。

しかも、この少女の姿は、これまで自分が行って来た信念を否定するものだった。

世界レベルの撲滅作戦は始まったばかりではあるが、人類は初めて病原性微生物との戦いで勝利を収めようと立ち向かったのだ——それを支えているものはウイルス学者としての信念だった。

このウイルスは、人間にしか感染しない。ならば人間を徹底的に隔離し、その周りにワクチンを与え続ければ地球上からの撲滅は夢ではないはずだと——。

恩田は気づいた。恐ろしい事実に気づいたのだ。このウイルスの恐ろしさのすべてを人類はまだ知らないのではないか……。

脳裏に巡った思考を強引に囲い込み、心の底に沈めた恩田は、自分の仕事を急いだ。

銀色の鞄を引き寄せると、オリンパス製の蛍光顕微鏡、カメラ、プラスチック注射器、ピペットを慌てて取り出した。

突然、小屋の外で激しいやりとりが聞こえた。

恩田はハッとして、耳を澄ました。

恐れていたことがついに起こったのか——恩田は急がなくてはならなかった。

東京から連れて来た若い研究官たちが青ざめた顔で患者を見下ろしている姿に怒鳴った恩田は、検体採取の準備を急げ、と続けて命じた。

恩田が危惧（きぐ）していたのは、村人たちの襲撃だった。彼らの中には、医療行為というものが理解できない者も多い。だから外国人が家族の体を傷つけている——そう考える者も存在することをこれまでの活動で嫌というほど味わって来た。ゆえにそういった者たちは何をしでかすか分からない——そんな警告をＷＨＯからされていたのだ。

　小屋の外がさらに騒がしくなった。恩田は焦った。一刻も早くすべての作業を終えなければならなかった。

　最後に残った聴診器をバッグに詰め込もうとした時、ふと首を回すと、制服警察官が、二重にした巨大なガーゼを顔にあてたまま、小屋の外から大きな身振りで叫んだ。

「カム、アウト！」

　黒光りする頬をした警察官は、拳銃で恩田を威嚇し、外へ出るように強引に命じた。

　地元の人間に真っ向から逆らうことは何の益にもならない——現地入りしてＷＨＯのディレクターからしつこく聞かされていた忠告を思い出した。

　傍らに置いていた鑑別診断用の試料と蛍光顕微鏡などの機材が入った銀色のケースを握り、フリーズドライされたワクチン容器、種痘セットと検体採取キットが入ったデイパックを肩にかけて無言で小屋を後にした。

　眩い太陽に手を翳したとき、意外な光景を目にした。化粧を施したように白い顔をし、白衣を着た若い西洋人風の男が、聴診器を首からぶら下げ、緊張した面持ちで立っている——。

背後では、髪を短く刈り込んだ三人の男が後ろ手に組んで毅然として顎を引いていた。その隣では同じＷＨＯチームの若いアメリカ人研究者がもう一人の屈強な男に羽交い締めにされていた。

突然その屈強な男がアメリカ人の背中を突き飛ばした。ところが、アメリカ人は驚くほどの速さで振り返ると、突き飛ばした男に向かって怒声を上げながら突進した。普段は物静かでどちらかというと気の弱そうなアメリカ人にしては驚くべき俊敏さだったことに恩田は驚かされた。

激しい格闘の末、アメリカ人は地面に叩き付けられた。その上から編み上げの軍靴が振り下ろされた。

駆けだした恩田は、アメリカ人を抱きかかえると、日本チームのスタッフたちの輪の中へと救出した。

短い髪の三人の男たちは、ただ黙って成り行きを静観していた〝白い顔の男〟とは明らかに様子が違っていた。いずれの男も、屈強そうな体軀をしており、Ｔシャツからはみ出した上腕筋は解剖学的には理解し難いほど発達している。しかもその顔はいずれも浅黒く、切創のような細かい痕も腕に何本も見えた。いずれにしても我々が仕事をこなす環境にはまったく不釣り合いな種類の者たちだ、と恩田は睨みつけた。

対して〝白い顔の男〟は、ひ弱な体格で生白い腕を組み、神経質そうな高い鼻を横に向けている。その男から発する臭いも、白衣を着て聴診器を下げているが、医師としては異質な感じを恩田は抱いた。

「何の真似だ！」

恩田は〝白い顔の男〟に怒鳴った。科学者ともあろう者がこんな暴力を振るうとは、いったいこいつらは何なんだ！

「かかって来たのは彼の方だ」

〝白い顔の男〟はこともなげに言った。

「我々は国連機関からの任務付託を受けて医療行為にあたっている。それを知ってのことか！」

腹を押さえながらアメリカ人が顔を苦痛に歪めて唾を飛ばした。

〝白い顔の男〟は、それには反応せず、後ろの三人に向けて顎をしゃくった。恩田たちを押し退けるようにして三人の男を引き連れ、小屋へと近づいた。日本チームの若いスタッフたちが追いかけようとしたが、両手を一杯に広げた三人の男たちが簡単に制した。

〝白い顔の男〟が小屋の入り口でちらっとこちらを向いた、その時、見覚えがあることに気づいた。

確か、一年前のことだ。ジュネーブのWHO本部事務総会で一度見かけたような――。

国立のウイルス研究所が派遣した代表団に加わっていた研究官――。

間違いない！

だが、研究者という風ではなかった。講演の準備を行う事務局の下っ端――そんな感じだった。

記憶がさらに蘇（よみがえ）った。ほんの一週間前のことだ。迷彩化された大型ジープに乗ってパトナ市内を駆け回る、その姿だった。

さらに鮮明となった記憶では、あのソ連代表チームは、二ヶ月前になって急遽（きゅうきょ）、この撲滅作戦を統括するWHOへ参加を申し入れて来た。当初、ソ連が入っていないことに特に奇異な感じを抱くことはなかったのだが、彼らが慌てるように現地入りした光景は誰の目にも異様に映った。

特に奇妙だったのは、世界各国から集まった学者や医療従事者たちは、隣の村同士が数百キロ離れているという過酷な世界を駆けずり回り、リング・ワクチネーション（患者との接触者を中心にワクチンを接種する方法）と隔離（アイソレーション）を必死に行っていたにもかかわらず、ソ連チームだけが異質な行動を繰り返していたことだ。患者発生の情報を得るや否や、現場に到着するのはそれこそ一番乗りなのだが、簡単な臨床診断をするだけでまた〝転戦〟して行く――

その繰り返しをずっと続けているのだ。

明らかにその行動は異様だったし、ＷＨＯの求めるものからも逸脱していた。ソ連チームの奇妙な行動の理由はいったい何なのか――この若いアメリカ人研究者と話し合ったこともあった。だが、アメリカ人の反応も不可思議といえばそうだった。「我々がそれを忠告する権限はない」と首を竦めるだけだったのだ。

しかし、その答えに、今、恩田は気づいた。

小屋からざわめきが聞こえた。首を竦めながら姿を現したのは、さっきの警察官だった。警察官は、にやにやして、〝白い顔の男〟の耳元に何かを囁いた。すると〝白い顔の男〟は警察官の手をとって笑顔で何度も握手を繰り返した。

そして――その瞬間を恩田ははっきりと目撃した。束となったドル札を〝白い顔の男〟が警察官の右ポケットに素早くねじ込んだのを。

警察官は満面の笑みをもらし、再び小屋の中へと〝白い顔の男〟を誘った。

背後から爆音が聞こえた。

手を翳して恩田は空を仰ぎ見た。

ヘリコプターが太陽をバックに近づいて来る。

三人の男のうちの一人が、両手に持った赤い旗を空に向かって激しく振り始めた。

恩田の視界にヘリコプターの姿がどんどん大きくなってゆく。瞬く間に、赤い星がペイントされたキャビンから半身を突き出す、陽に焼けた迷彩服姿の男たちの顔が瞳を埋め尽くした。

ヘリコプターがソリを着地させるのを待ちかねて、〝白い顔の男〟が駆け寄った。

恩田の眼が釘付けとなったのは、その若いソ連人の男が手にした、小さなアイスボックスだった。

小さなアイスボックスがヘリコプターに収納されてから三十数年後の、九月九日の午後――。

ノルウェーの玄関口、ガーデモエン国際空港の入国審査場の長い行列に並ぶ、白い顔のロシア人科学者は、自分の功績とともに、自らヘリコプターへと運んだ、その時の光景をまざまざと思い出していた。

だが、すぐに気分は悪くなった。

輝かしき日々は夢のようだった。いや、夢だったのだ。

だから、罪の意識などあるはずもなかった。

ロシア人は、世界の誰もが大きな誤解をしてくれているのを喜んでいた。盗み出すと表現することは、まったく大げさなことである。

実際、何の手間もかからない。一瞬の作業で完了した。

世界の指導者や情報機関員たちは知らないだけなのだ。

用意するのは、爪楊枝(ピック)ひとつと、密閉式のセラムチューブ——長さが三センチもあれば十分だ。

そして、爪楊枝を、たった一度浸すだけで——。

それだけですべてが終わるのである。だから、管理者も〝盗まれた〟という感覚を抱くことは絶対にないのだ。

ボーディングチケットを民間警備員が確認することにも笑顔で応じることができた。カート一つだけの機内持ち込み手荷物もレントゲン検査機のベルトコンベアの上に軽く載せた。携帯電話と鍵の束を放り込んだ小さなプラスチックの籠(かご)を差し出すことにもわずかな生理学的な変化さえ起きなかった。

空港警備員は、プラスチックの籠の中に目をやったがすぐにベルトコンベアを振り向いた

——その直後、空港警備員の手が止まった。

空港警備員はプラスチックの籠の中から、鍵の束が引っかけられたキーホルダーを摑み上

げた。

ロシア人は息が詰まった。激しい生理現象が全身を襲うのを感じた。

空港警備員は、キーホルダーの先にぶら下がっているものに目を近づけた。

ロシア人は、何の反応もできなかった。体が硬直し、手の指先が震え始めることを必死で我慢するのが精一杯だった。

「象牙(アイボリー)？」

空港警備員は、民芸品風で、少し黄色がかった長さ四センチほどの〝牙(きば)〟を指さした。

空港警備員の眼差(まなざ)しは真剣だった。象牙となれば稀少動物の国際取引を禁じたワシントン条約に引っ掛かるのだ。

「狐の牙(ファング)だよ。空港の土産物店ならどこでも売ってる安物でね」

ロシア人は言葉が滑らかに出たのに自分でも驚いた。もちろんその言い訳は何度もイメージトレーニングして来たものだが、咄嗟(とっさ)の判断ほど難しいものはないのだ。

空港警備員はおもしろくもないといった表情で首を竦めた。そして、たった0・1ccのウイルス胞液――だが、たった二日後に小さな培養細胞を注ぐだけで天文学的に増加する――が眠るプラスチック製のセラムチューブが隠された〝狐の牙〟を籠に戻し、ベルトコンベアへと流して、早く先に進めと顎をしゃくって促した。

商品を引き取って、キーホルダーを上着の内ポケットに仕舞い込み、サテライトに向かい始めてからロシア人は大きく息を吐き出した。

額から流れ落ちる汗を袖口で拭ったが、汗はなかなか止まらなかった。さっきまでなら何ら気にすることもなかった、警察官の姿を見つける度に鼓動が激しくなった。

落ち着くんだ！——ロシア人は心の中で叫んだ。

すべては終わった——。

いや、これから始まるのだ。

2001年6月20日　レバノン北部

アフガニスタンを支配する、タリバーンの軍事組織の情報機関で特殊工作を任(まか)されていた〈大佐〉は、そのリストに貼られた写真を見つめていた。

光沢のある頬、真っ赤な唇、純白な歯……体の隅々まで純粋なままだった。

細胞はさらに増殖を活発に続け、肉体はまったく健康そのもので、漲(みなぎ)る力に溢れていた。

ただ、世界じゅうの青年たちと違っていたのは、希望という言葉がその若者には存在しないだろう、ということだった。

カブール大学医学部でバイオテクノロジーを専攻する学生だったイブラハムは、高校以来、彼らから目を付けられていた。しかも大学入試をトップで――それも長い歴史を持つカブール大学でも全科目満点という快挙で――合格したことで、育英財団の職員と身分を偽変した情報機関の徴募員(リクルーター)は、入学式が始まらないうちからイブラハムの母親に学費の援助を申し出た。そして、毎月、その資金を口座に振り込むと同時に、イブラハムの周囲に彼らは常に存在したのだ。

イブラハムの二十一歳の誕生日の翌日、〈大佐〉は、情報機関幹部だけを集めた密やかなる検討会を主催した。そこで行われたことは、議論ではなく、〈大佐〉が決めたことにただ黙って頷くという儀式にしか過ぎなかった。

一九九一年の湾岸戦争の時、トマホーク巡航ミサイルで破壊された――バグダッドから北西七十キロの砂漠に埋まっていた――生物兵器秘密工場の責任者であった〈大佐〉が、湾岸戦争後、クウェートを訪問した現在のアメリカ大統領の父親であるジョージ・H・W・ブッシュ大統領の暗殺計画を作成した秘密軍事組織のリーダーでもあったことを知る者は情報機関の中でも幹部だけに限られていた。

しかもそれはあくまでも裏の顔であり、国連による大量破壊兵器監視団の査察では、自らエスコートするなど表舞台に堂々と登場していた。

彼の裏と表を使いわけるその秘めたる力に、誰もが畏敬の念を払い、批判めいたことを口にすることなど考えようもなかった。もちろん、それをしたならば死に直結することを幹部たちは知っていたのだが。

そして、今、名前と顔を変え、タリバーンに雇われていることを知る者はほとんどいなかった。

「彼の母親が殺された後、この男は直ちに徴募された」

検討会で決まったことはたったそれだけだった。

分厚いファイルを閉じた〈大佐〉の言葉の裏に潜む意味を知らない者はいなかった。表舞台から姿を消し、アメリカ軍特殊作戦部隊（デルタフォース）やイギリス陸軍特殊空挺部隊（SAS）の作戦チームによる必死の捜索から逃れるために、イラクを離れ、タリバーンの保護の下に逃げ込み、ここレバノンのバールベックへと逃亡した〈大佐〉が推し進めて来たこと、その余りにも壮大な計画に誰もが口を挟むことを忌（い）み嫌ってさえいた。

カフィーヤ（アラブ式のスカーフ）で顔をぐるぐる巻きにして、大きな目だけをぎょろぎょろさせた〈大佐〉は、夜陰に紛れて集まった幹部会議のメンバー――その三分の一はデルタフォースによって密かに暗殺され、三分の一はアフガニスタンに逃亡していた――である五名を前にして「死を恐れぬ若者に神のご加護を」と低い声で言った。

幹部メンバーから同じ言葉が復唱されると、〈大佐〉はターバンの中で頬を緩めた。

そのことに気づく者は誰もいなかった。たとえターバンを脱ぎ捨てたとしても、誰もその表情の変化に気づく者はいなかったであろう。

逃亡中に西ベイルートの無認可病院で行った整形手術は、その特徴ある顔貌をすっかり他人にしたが、劣悪な技術のお陰で顔の神経がマヒしてしまい、表情を作ることさえできなくなってしまったからだ。

カフィーヤで目隠しをされて連れて行かれた地下施設の中で、イブラハムは、その異様な雰囲気に思わず唾を呑み込んだ。絞り出されるようにして徴募員（リクルーター）から語られる自らの不幸な運命についても、傷だらけの顔の中で唯一精気を感じられる瞳の奥にあるであろう深い暗闇にのめり込みそうになった。

「お前には優秀な頭脳がある。それを是非、この国の希望ある未来のために使って欲しい。もちろん神の思し召し（おぼしめし）だ」

リクルーターは身を乗り出してイブラハムの返事を待った。だが、その先に続けようとしていた〝お前はまったくマークされていない。それが大事なのだ〟という言葉を敢えて口にすることは避けた。

イブラハムは力強く頷（うなず）いた。そして「一刻も早く戦場へ送ってください」と言った。

リクルーターはイブラハムの肩を抱いた。

「我々はすぐに旅に出なければならない」

イブラハムは輝く目で応じた。

「そして、〈大佐〉に会わなければならない」

２００１年９月10日　青森

到着ロビーの自動ドアを出ると、横殴りの冷たい雨が吹き付けた。名村奈津夫（なむらなつお）は体をぶるっと震わせ、急いで喪服のボタンを留めた。

首を竦めながら辺りを見渡すと、ターミナルの端がどしゃ降りの雨で霞（かす）んでいる。

名村は、修学旅行と思われる学生たちを掻き分けて足を速めた。青森市内行きの巡回バスの発車場にやっと辿り着いたときには、発車寸前だった。

バスに揺られながら、対向車とほとんどすれ違わない道路をゆっくりと走るバスの車窓を名村はぼんやりと見つめたまま時間を忘れていた。

辺りがすっかり暗くなって幾つもの明るいネオンが目に入ったとき、ポケットから折り畳んでいた紙を慌てて取り出さなければならなかった。

運転席の後ろまで近付いて電光掲示板を見上げた。

自分が降りるべき停留所が近づいている。怪訝（けげん）な表情で乗客たちが見つめる中、慌てて降車ボタンを押し込んだ。

バスの扉が開いてステップを降り、傘を差して一人になると、突然、漆黒の闇の中で名村は立ち尽くした。

それでなくても、この酷い雨である。街灯がほとんどない上に、どこが歩道で、どこからが車道か区別がつかない。

しばらく辺りをさまよった後、名村は足を止めた。

二つの提灯(ちょうちん)の淡い灯火。

白と黒のコントラストが微かに浮かび上がっている。

黒い家の玄関へとまっすぐ伸びる道。

そこへ向かう顔をうつむき加減にした人たちは、傘の下で誰もが無言のまま数珠(じゅず)繋(つな)ぎとなって〈橋本家〉と書かれた案内板に従って黒い家へと向かっていた。

旧家を思わせる門構えの中に、小さなテントが立てられていた。

喪服姿の若い女性たちが弔問客を手際よく捌(さば)いている。その傍らの軒下で温風ヒーターを囲みながら、数人の男たちが季節はずれの寒さに体を震わせながら顔を寄せ合い囁(ささや)き合っていた。

「殉職扱いならばさぞかし盛大なものになっていただろうに……」

誰かがそう言った。誰もが黙って頷いた。

記帳を終えた名村が玄関に辿(たど)り着くと、奥の間が垣間(かいま)見えた。

喪服姿で祭壇の傍らに座る、その窶(やつ)れた女の横顔はすぐに目に付いた。

彼女はハンカチをひっきりなしに目頭にあてていた。

焼香を終えて膝(ひざ)を畳につけたまま名村は女を振り返った。

そっと声をかけた。女は緩慢(かんまん)に頭を上げた。驚く様子はない。目は真っ赤に充血し、瞼(まぶた)が重く腫(は)れている。それだけで名村はかけるべき言葉を失った。

名村が小さな庭を見渡す廊下に出たとき、女が名村を追いかけて来た。

割烹着(かっぽうぎ)姿で忙(せわ)しく行き来する近所の主婦たちにちらっと視線を流してから、女は名村を振り返った。

泣き腫らした目がじっと見つめた。

「あの人……本当に……バカよ……」

彼女は涙を溢れさせ、手で口を被って嗚咽(おえつ)し始めた。

名村は言葉が出なかった。

そうですよ、あいつはどうしようもないバカだった……そう言えるはずもなかった。

彼女が口にしたその理由(わけ)を一番よく知っているのは自分だからだ。

ヨーロッパや中東の治安機関や情報機関を駆けずり回っていた時の、あの颯爽(さっそう)としたあいつは、少なくとも、遺影の中で痩せこけて虚(うつ)ろな目をしている男ではなかったはずなのだ。

誰が予想しただろうか、と名村は愕然とするその思いにまた沈んだ。

魑魅魍魎のはびこる世界で戦って来たタフなあいつが、首を吊って自殺をすることなど考えもしないことだったのだ。

あいつが海外勤務から帰って来てからというもの——それがまるで運命のように——まったく〝燃え尽きて〟しまった、という噂は聞いていた。精神状態が不安定になって仕事にならないようだ、という悪口も耳に入った。

だが、そもそも、警察庁から青森県警察本部へ戻ってから、余りにも世界の違う交通部などで生きて行けるはずもなかったのだ。しかも人事管理などという人間関係の渦に呑み込まれるような世界は余りにも悲劇的だったのである。

そして、現場に残した魂をいつまでも引きずったまま殻に閉じこもり、ただ漫然として日々を過ごすことなど——。

頭の隅で、もう一人の自分が言った。

《それならお前のことじゃないか！》

名村は首を振って重く沈み込む想いを振り払った。

顔を上げた時、目に涙を湛えていた夫人が見上げていた。

「あなたが元気を出さなきゃ」

当たり障りのない言葉だとはわかっていたが、それ以外の言葉は思い浮かばなかった。やりきれない想いから、名村はゆっくりと視線を逸らした。祭壇の上にひっそりと置かれた、自ら命を絶った男の遺影を黙って見つめた。

変わり果てたその顔と、自分の姿が二重写しとなった。

２００１年９月11日　静岡市

朝一番の便で羽田空港に着いた名村は、朝食を摂（と）っていないことにも気づかないまま、モノレールとＪＲを乗り継いで東京駅へ向かった。

新幹線こだま号のシートに体を預けたときに初めて空腹を感じた。

それでも、一つの思いに囚（とら）われていた名村は、静岡駅に降り立つまで、車内販売に声をかけることもなく、寝不足であるにもかかわらず睡魔も襲ってこなかった。

駅から足早に登庁する職員たちの大きな流れに身をまかせた名村は、目の前に聳（そび）える静岡県庁本庁舎の手前まで辿り着いた。

県庁ビルに沿って右に曲がり、巨大な通信用アンテナが建つビルの玄関へと重たい足をひきずるように運んだ。

見慣れた大部屋に入ると、幾つかの机から緩慢な朝の挨拶が浴びせられたが、名村はまったく反応しなかった。

自分の机の前に座ると、「未裁」と書かれた木箱に目がいった。

目新しい書類が投げ込まれている。

手を伸ばそうとは思わなかった。緊急な事案はいつものとおりあるはずもないのである。

薄っぺらな鞄を机の隅に置くと、椅子を回転させて窓に目をやった。

「調査官、決裁、急ぎお願いします」

ちらっと視線だけを向けると、ワイシャツを腕まくりした警部補が苛立っている。

名村はまた窓へ目をやった。背後で溜息が聞こえた。

警部補の言葉だけは耳に入った。昨日行われた『沼津共済組合施設改築工事』の指名入札における札入れの結果について報告している——それだけはわかった。

名村の頭は、昨日の通夜で、橋本の妻が口にした言葉で埋め尽くされていた。

だから、警部補が露骨な舌打ちを鳴らすのにさえ反応する気力がなかった。また、後ろで卓上電話が鳴っていることにも気付かなかったし、周りの誰もそれを教えようとはしなかった。

それがまた、そこにいる誰もの失笑をかった。遠慮のない嘲笑だ、と名村は分かっていた。

だがそれでも何が構うものかと思った。

駿府公園に立ち並ぶ寂しげな街灯を見つめたとき、名村は足が止まった。自分の官舎に足を向ける気には到底なれなかった。帰ったところで何が待っていることもないのだ。

だから今日もあの居酒屋に足が向いた。

暖簾（のれん）をくぐって手動のドアをガラガラと開けると、店内はいつものように空（す）いていた。よく潰れていないものだと、余計なお世話な疑問が頭に浮かんだ。

名村は、いつものように一番奥にある小上がり風の座席に座り、真っ先に頼んだ常温の菊水山廃の辛口を喉に流し込んだ。

テレビから流れるニュースが耳障りだった。狂牛病対策案を日本政府がまもなく発表するとか何とか、アナウンサーがくだくだしゃべっている。

名村は、カウンターの向こうで暇を持て余してぼんやりと、天井近くに置かれたテレビを見上げる店主に、ボリュームを下げるか、スイッチを切るように頼んだ。

店主はうざったい表情を名村に投げ掛けながら、テレビに近づいた。

その時、甲高い男性のキャスターの声が聞こえた。

名村は、重たい頭を少しだけ持ち上げた。

いつも冷静な男性キャスターが慌てている。だが名村は酒に戻った。

「マジかよ……」

調理場から出てきた店主の声が消え入った。

奥にいる妻を上擦った声で呼びつけた。

「おい、来てみろ、早く!」

夫婦はテレビ画面にかじりついた。

「酷(ひど)い事故……」

テレビに背を向けていた名村にも、妻の声が震えているように思えた。

「事故? これが事故に見えるか!」店主が怒鳴る。「音、大きくしてみろ!」

店主の言葉に、公衆電話の横に無造作に置いていたリモコンを妻が慌てて摑むと急いで音量を上げた。店内のテーブルからも、酔客たちが立ち上がり、テレビに群がった。

〈――CNNをはじめとする地元メディアは、航空機が激突の直前、ハイジャックされた可能性があり、FBI、連邦捜査局が捜査をしている、と伝えています。もう一度、繰り返します。現地時間十一日午前九時前、日本時間の今夜十時前のことです。ニューヨークのマンハッタンにある、世界貿易センターの二つの超高層ビルに、旅客機とみられる航空機が相次いで突っ込みました。ビルは百十階建てで、航空機は八十階付近に激突したものとみられ、画面でご覧の通り、ビルの上部には大きな穴が開き、現在でも炎と黒い煙がもくもくと上がっています。えー、今、新しい情報が入りました。ブッシュ大統領が、先ほど、報道官を通じ、初めての声明を発表しました。その中で、今回の激突を、テロリストによる攻撃と断定し、関係機関に本格的な捜査と調査を命じたことを明らかにしました。繰り返します――〉

名村はハッとして顔を上げ、振り返った。

テレビ画面は何人もの体で見えない。急いで立ち上がった名村は、サラリーマンたちと店主夫妻を掻き分けた。

画面は、CNNの報道を伝えるNHKの臨時ニュースで、高層ビルの上階からもくもくと黒い煙が青い空に噴き出している――。

激突の映像が再生された。

画面の右から姿を現した旅客機が、高層ビルの上部に――激突と言うよりは、まるで吸収されるように――突っ込み、直後、オレンジ色の光とともに白い煙が噴出した。

怪訝な表情で見つめる店主たちを無視して、テーブルに戻った名村は頭を振って苦笑した。

《何を今更……》

独り言を呟（つぶや）いて銚子を摑んで酒を注いだ。

その自分の言葉を、名村ははっきりと聞いた。

《もし、まだオレがあそこにいたなら、きっと、国際テロリズム緊急展開部隊（TRS）を任され、若い奴らを率いて派遣されていたはずだ……》

名村は溜息を吐き出した。

情けない！

名村は、テレビにかじり付いたままの店主を呼びつけてビールグラスをもらうと、酒をなみなみと注ぎ込み、一気に呷（あお）った。店主は驚いた顔で名村を見つめていたが、声をかけるほど名村に興味はなく、テレビ画面に戻った。

働きの悪くなった脳にアルコールが染みいるようで気分が多少楽になった。

もう一度グラスを満杯にすると、目の前に掲げ、ガラスに映る歪んだ自分の顔を見つめた。

《お前のことを誰もが何と言ってるか、知ってるのか？　燃え尽きた野郎、そう笑っているんだぜ》

くだらん、勝手に笑わせてろ！

《それでも、かつてのお前に戻りたいと？》

馬鹿！　どこへ戻る？　ふざけたことを！　はっきりしていることがある。あの場所ではない、ということだ。すべてはあ、の、時、間、なのだ。

名村の手が震えた。グラスから酒が溢れた。

心の奥にずっとしまい込んでいたはずの想いが、体の奥から立ち上がった。名村はその想いをもう一度慌てて体の奥へと封じ込めた。

グラスが空になっていることに気づくと銚子を手に取った。

最後の一滴がこぼれ落ちた。

おかわりを注文したが、店主はテレビの前から離れようとしなかった。

代金を多めにテーブルに置いて店を出た名村は、そこからどう歩いて、どこに向かっているのかさえ意識が消えていた。

気づいたときにはホームの端にあるベンチに座っていた。

ここが静岡駅ではないことだけはわかった。

海の香りがした。

あの時と同じ香りだった。

黒い海の向こうへ目をふと向けたとき、跳ねる白い兎たちの姿がはっきりと見えた。

ビール缶を握り潰したとき、あの歌を口ずさんでいたことに気づいた。

浮かんだのは、歌だけではなかった。

へジャブの中で暗く沈んだ小顔の女……寂しげな表情……ほんの少しだけの小さな微笑み……。

彼女は、歌っていた。

ちっとも上手(うま)くはなかったが、透き通るような声だったことは今でも思い出す。

〝私に電話(コール・ミー)してね　電話してほしいの　いつだっていいから　私を呼び出(コール・ミー)して！〟

二十三年前、所属長から推薦を受けたときには、そんな歌など知らなかった。世界的なヒットをしたことさえ、彼女から教えてもらうまで無知だったのだ。

それもこれも、東京の警察庁への味気ないデスク勤務への推薦を告げるものであったのなら、この歌を今、こうやって口ずさんでいることはなかっただろう。そして、彼女との出逢いももちろん、あり得なかった……。

静岡県警公安課の所属長から薦められた新しい職場とは、想像もしないことに海外勤務だった。外国の大使館に勤務する「警備官(けいびかん)」——それが目の前にぶら下げられたのである。

数日後、東京の警察庁へ赴いた名村の目の前に座ったのは、面接官の若いキャリアだった。

若いキャリアは、名村が応募書類に記した〈希望赴任先〉の欄(らん)を見つめた後、上目遣いに名村を見つめた。

「〝どこでも構いません〟というのは珍しいですね。ロンドン、パリなどの希望者は多いんですが」

「特別な意味はありません」

名村はあっさり答えた。実際そうなのだ。

「まっ、希望赴任先がそのまま採用されるとは限らないのですが——」若きキャリアは冷めた表情で続けた。「たとえば、スーダン、チュニジアなどの遠い国に決まったらどうします？」

「ですから書きましたように構いません」

名村は淀（よど）みなく答えた。

実に単純で明快な理由だった。そもそも英語力には多少の自信があった。自分にしては珍しく学生時代にまじめに勉強したからである。ゆえに英語での意思疎通くらいは、ほとんどの国で通用するだろう。だから、世界を舞台に治安という職務を遂行してみたい——そんな小学生が夢を語るがごとしの気持ちが決断させたのである。

実際それは小学生のときに見た、ヒッチコックの「汚名」というサスペンス映画で、スパイという職業を演じるケーリー・グラントの姿に漠然として抱いた憧れ——格好悪くてそんなことを他人に話したことはないが——を今でも引きずっているかもしれない、と思った。

だが、募集要項に記された業務は、警備官というイメージから想像するものとかけ離れていた。銃を構えて門に立つわけでもない、現地で雇う警備員を統括する気軽さだけである。

しかしほとんどの仕事は、パスポートの更新手続きや日本へ渡航する外国人への査証(ビザ)発給の審査という〈領事業務〉という味気ないものだった。

「しかし、まあ、こういったことは積み重ねが必要ですから。軽い気分で行っていただければ」

若いキャリアは肩を竦めた。そして名村の妻のことを唐突に訊(たず)ねて来た。

「もし僻地(へきち)の大使館だったら、奥さんが反対されるんじゃないですか?」

確かに、唯一、問題があるとしたら、一年前に結婚したばかりの妻の反対だった。

だが、それも心配はない、と名村は安心していた。

応募することを相談した最初から、内戦やテロが頻発している物騒な中東諸国への赴任になるかもしれない、と正直に伝えていた。それでも妻はと言えば、別にあなたが戦争に行くわけではないのでしょ、と言って旅行支度の方に興味があるほどだった。

「あくまでも建前です。お分かりですね?」

若いキャリアは無表情のまま言った。

名村は頷いただけで答えなかった。

それより、あんな事件が起きたばかりというのに、のんびりしたものだと溜息が出そうだった。

数ヶ月前、バングラディシュのダッカ空港で日本赤軍が日本航空機をハイジャックし、大勢の乗客を人質にした上、日本政府から多額の身代金をせしめた。それだけでなく、日本の刑務所に収監中だった何人かの仲間を出獄させ、彼らとともに、中東に逃亡したのだ。日本の政治指導者は、〝人命は地球よりも重し〟として超法規的措置を決断したが、主権国家にあるまじき行為で、世界で大恥をかいたのは間違いなかった。

恥をかいたのは、政治だけではなかった。日本警察こそ、何の手も出せず、権威を失墜させたのだ。

しかも日本警察が、中東エリアに何の情報源も持っていなかったことも重大問題だった。逃亡先の追跡がまったくできていないのだ。

ようやく日本警察が動き出したのは、警備官として職員を海外に派遣することだった。しかし、それもまだ始まったばかりなのだ。

〝合格通知〟はそれからまもなくして届いた。推薦してくれた静岡県警の上司は、さも自分の力がいくばくかという風に振る舞ったが、名村は特別な感情を抱くことはなかった。どこに行こうが恐らくやることは同じなのだ。

公安、外事の世界にどっぷり浸かってきた自分ができるのは、ひとつである。協力者獲得作業のみなのだ。

警備官の辞令を受けた名村に与えられた赴任場所は、エジプトの首都、カイロのハイタウンにある日本大使館だった。

警察大学校での一般研修は二週間で解放された。その一週間後には早くも蒸し暑いカイロに足を踏み入れ、アパートが見つかるまでの間、ナイル河畔に立つ「カイロ・マリオット・ホテル」を仮宿として荷物を解くこととなった。

辿り着くまでにタクシーの中から感じたのは、期待していたエキゾチックな薫りではなかった。

排気ガスの臭さと、肌がべたつくどころか湿っぽい感触だった。そして何より、空港で取り囲まれた白タクシーの客引きにはうんざりした。彼らは入国審査場(CIQ)の中ですら存在したのだ。

だが、ホテルの部屋の窓から見下ろしたクリケット練習場のグリーンは眩い陽光に輝き、優雅な雰囲気さえあった。

翌朝、着任の挨拶に出向いたとき、在カイロ日本大使は、名村を喜んで歓迎する、という雰囲気では明らかになかった。

後で知ることになるのだが、逃亡した「日本赤軍」の追及作業ということを名目に、外交分野にまで警察が介入してくることへの警戒感が大使にはあったのである。

「勘違いしてもらっては困る」

挨拶抜きの言葉だった。さらに、この館（やかた）は私の館だ、と続けた。

不遜（ふそん）な態度に最初こそ面食らったが、その大使というのが二代続いた外交官家系であり、館員たちは「玉（ぎょく）」と呼んで――しかも大っぴらにも――奉（たてまつ）っていることを知ったのは、それからほんの一時間後のことだった。

だが翌日、大使館のナンバー2である公使から呼びつけられて言われた言葉に、名村はさすがに驚愕することとなる。

公使は、「日本赤軍メンバーの情報収集などという大それた理由で派遣されたわけではなかろうね？」と露骨にクギを刺してきたのだ。

「いいかね？　君は玉（ぎょく）に仕える者として、領事業務というちゃんとした任務がある。捜査活動などは考えるな――」

それは警告だ、と名村は理解した。

「なるほど」と名村が気のない返事をしたので、公使は苛立ちを隠さず、「現地のあらゆる機関との接触も許さない」と言って睨み付けた。

だがそれでも公使の怒りは収まらず、そもそもだね、君たちが現地の機関の関係者と会って情報収集することを認める法律など存在しないのだ、とまくしたてられることになった。

名村はそれでも適当な返事をして逃れたが、名村が大使館という狭い世界のルールに大人しく従っていたのは数週間だけのことだった。

警察庁から与えられていた〝本来任務〟のスイッチを秘かに入れ、行動を開始したのである。

しかし、エジプトの〝警察庁〟にあたる国家治安庁や、カイロのシリア大使館の中に、カウンターパートを作り上げることができたのは、着任してから一年後のことである。

名村にとって予想外の時間だった。何しろ、査証発給業務などで朝から夕方までほとんど大使館内に拘束されていたからだ。しかも、ちょっと外出しようものなら、大使館幹部から呼び止められ、どこへ行くのだ？　何しに行くのだ？　と詰問される日々が続いた。休日は休日で、日本から来る政治家や官僚などの観光に付き合わされる日々も多かった。ゆえに、僅かな時間の隙間を見つけてそれを行うことになったのだが、活動費に至ってはすべてが自腹だった。

やりがいはあった。何しろすべてがゼロからのスタートであるからだ。

日本警察は、中東の治安機関にほとんどラインを持っていなかったからである。それを一（いち）から始めるのはまさに開拓（フロンティア）精神というものだった。つまり快楽的でもあった。

ちょうど名村がカイロに着任した直後、警察庁はイギリスとの間にだけは特別な関係を結ぶこととなった。通称〝MI5（エムアイファイブ）〟として知られる内務省保安局（SS）との間に、「二国間暗号テレックス」を設置し、テロ情報についてのみ情報交換ができるようになった。それ以外の全世界の治安機関とは、まだパイプも人脈もまったく何もない状態だった。

名村は密（ひそ）かな動きを続けた。もちろん、独自判断であったことは言うまでもない。

着任してから半年経った頃だった。覚悟を決めればその手法は単純だった。いや、そもそも正面突破しか道はなかったのだ。

それはエジプトの国会議員や在カイロのシリア企業の集まりへ飛び込みで訪ねることから始まった。そして、そこを訪れる度にこう言った。

〝日本から来た国家警察の代表なのだが、アラブの世界を勉強したいので専門家を紹介して欲しい〟――そう正直に、正面突破で、しかも厚かましくも頼み込んで回ったのだ。

名村は初対面から全力を傾けた。初対面で相手とうち解けることができるという、日本でかつて行っていた、過激派への協力者獲得作業で身につけた能力をすべて動員した。さらに、英語で説明でき、ある程度の雑学に通じていることも役立った。

ほとんどは、無視されるか、丁重にお断りをされる日々が続いた。だが、ある国会議員が名村のことをいたく気に入ってくれた。エジプト内務省の関係者を紹介して欲しいという無理な願いにも二つ返事で応諾し、手続きをすぐに始めてくれたのである。

名村は紹介してくれた関係者からさらにその先へ人脈を伸ばした。そしてついにそこに行き着いたのである。エジプト国家治安庁の渉外担当官から、最高幹部と面会することを実現させたのだ。

実はそれまで、警察庁はエジプトの情報機関を過小評価していた。だが、最高幹部に会ってから名村は見抜いた。彼はすべてを明らかにする訳でなかったが、言葉の端々に、中東全域に張り巡らしたネットワークには素晴らしいものがある、と。

名村は、その人脈から新たな人脈を作ることに集中した。

接触を重ねてゆくうちにエジプト治安機関員の協力を得て、ヨルダン国家治安本部に接触することができたのである。——ここも日本警察はまったくラインを持っていなかった。

当時、ヨルダン政府は、自国内で庇護していたパレスチナ系過激派組織を隣国のレバノンへ放逐して以来、テロリズムとは一線を画していた。そのため、益々過激となるテロ組織に手を焼いていたエジプトの治安機関と水面下で連携していたのである。

新たな人脈は、名村の人生を大きく変えることとなった。

ヨルダンの首都アンマンへ向かった最初の日。名村は約束の日よりも早めに入国した。

その土地は、テロリストを保護し、内戦が繰り広げられたという不幸な歴史を終えたばかりだったが、地中海性気候に恵まれた穏やかな街はまるでリゾートだった。クイーンアリアと呼ばれる国際空港からしてそうで、ミリオンセールスとなったイーグルスのアルバム「ホテル・カリフォルニア」のジャケットを思わせるほど洗練され、またエキゾチシズムに満ちていた。

アイデアが浮かんだのは、カイロを出発する数日前のことである。

最初の接触では、話の切っ掛けを作ることに全神経を注いだ。名村にとってそれはアイテムを選ぶことを意味した。かつて過激派を相手にしたときは、それがカメラだったり、パイプだったりした。

だが名村は、これからも複数の国を訪れることを予想して、どこででも手に入る、普遍的で、かつ簡単なものを探し出した。ヒントとなったのは、カイロの日本大使館の料理長だった。彼が口にしたうんちくから頂くこととしたのである。

二日がかりでアンマン中を探し回り、ダウンタウンの一角で名村はやっと買い求めた。

ヨルダン国家治安本部の渉外担当官（リエゾン）と握手を交わし、自己紹介をした直後、手に掲げたヨルダン産のワインを饒舌（じょうぜつ）に誉めあげたのである。予想以上の反応を呼び寄せ、相手は喜んでくれた。地元のワインというのがよかった。実際、そのダウンタウンで買い求めた赤ワイン、セイント・キャセリーンは絶品だったのである。

名村はアンマンへ何度か通った。そしてヨルダン国家治安本部の渉外（リエゾン）担当官とうち解けて来た頃、ついにそれを入手したのだ。

彼らが管理する入国管理事務所のドキュメントだった。含まれていたのは、ヨルダンとシリアやイラクとの国境を陸路通過したときに記録されたパスポート番号のうち、日本旅券だけを抜き出したプリントだった。しかも期間は五年間分にも及んでいたのだ！

ヨルダン人は見返りを特に要求しなかった。

ではなぜ協力してくれたのか――？　自分でも不思議だった。何かウラがあるのか？　とさえ思った。フローラルグリーンの香りが漂うクイーンアリア国際空港のがらんとしたサテライトで、カイロ行きの便を待ちながら慎重に分析を試みた。

もちろん、他の中東諸国と同じく、この国でも、反（アンチ）イスラエルという構図は絶対的である。ゆえに、かつてイスラエルを攻撃した日本赤軍という存在は、ヨルダンも含めたアラブ社会ではいまだにヒーロー扱いされている。

だが、それとは別に、まったく違う意識が二人の間に通い合った、という感触を名村は感じていた。敢えて言うならば、そう、〝コップ・インテリジェンス（警察情報機関）〟同士の共感、とでもいうべきだろうか、と考えていた。つまり、同じ国家警察官同士が互いを認め合ったことが共感を呼び寄せたのではないか——。実際、それを名村は強く感じたのだ。なぜなら、中東のテロ情勢を語り合うとき、そこにはほとんどイデオロギー的なものは感じなかった。〝情報分析〟という作業は、ドイツ人がナイフとフォークで時間をかけて神経質に魚を捌くがごとくの緻密な手順こそが重要、と理解しあったからだ。

彼が与えてくれたのはそれだけではなかった。

通称〈サライヤ〉と呼ばれるシリア陸軍の特殊部隊の幹部までを紹介してくれたのである。その部隊は、大統領の実弟が総指揮官なのだが、兄弟関係は微妙で、ゆえに陸軍本隊との関係までにも影響している——彼はそう説明してくれた。だから、自分の名前を出せば会ってくれるはずだ、という言葉と同時に、そこに付け入る隙がある——そう露骨には口にしなかったが——と仄めかしてくれたのである。

シリア軍のルートは名村にとって是が非でも欲しかった人脈だった。

日本赤軍が潜んでいると思われるレバノンのベッカー高原を事実上、支配しているのはシリア軍であったからである。

そこまでくると、さすがに名村は訊かずにはおれなくなった。

なぜそこまで協力してくれるのか、と——。

ヨルダン国家治安本部の幹部は穏やかな表情で言った。

「アラブでは何より人脈が重要だし、友人をとても大事にする」

名村は知った風に頷いた。

「それだけじゃない」幹部は憐れみの表情を投げかけた。「あなたはたった一人で無謀なことをしている。同じ世界に棲む者として尊敬もしたし、また哀れにも思ったからだ」


カイロに戻った名村は、さっそく入手したドキュメントを、公電としてまず日本の外務本省へ送り、そこから警察庁へと転電するべく、大使館の政務班長の決裁を仰いだ。そして、紹介してもらったシリア軍の人脈をさっそく辿るための休暇願書も胸に入れていた。

だが、政務班長は色をなして怒りをぶつけたのである。彼の怒りの元は、大使館の領事業務、並びに警備任務があるはずのところ、それを名村がほったらかしにした、ということ。しかもどこから洩れたのか、ヨルダンまで無届けで出かけたことがばれ、それが火に油を注いだ。

唇を震わせるまでの政務班長の怒りは収まらなかった。

だが名村には反論があった。休暇を取った上での行動だったからだ。

しかし政務班長は聞く耳を持たなかった。公電を使うことに至っては相手にもされなかった。それでも名村が、外交行嚢（国際条約で守られている開封禁止の外交官郵便）の言葉を口にした途端、「外務省は郵便局ではない！」とまた怒鳴られた。

結局、名村はホテルの公衆電話を使って、警察庁の担当者へ暗号化した言葉を使って緊急通報しなければならなかった。

隔靴掻痒のごとき言葉の意味をようやく理解した日本赤軍ハンターの指揮官――外事調査官は、それが思わぬ〝宝の山〟の入手の報であることを悟り、受話器の向こうで興奮した。

名村はその反応が心地よかった。自分もまた興奮した。海外での初めての成果である。そしてそれが激しい快楽を伴うものであることも初めて知った。

外事調査官の決断は素早かった。日本赤軍ハンター・チーム――外事調査官室の一員であり警視庁から出向している一人の警部――を〝運搬人〟としてカイロへ極秘に派遣してくれたのである。

実はそれだけでも大変なことだった。とにかく外務省や大使館には絶対に知られてはならない。ゆえに、外交官旅券は使えない。しかし、資料を受け取るだけにしろ、諜報活動であることには変わらない。それは、入国する国にとっては主権侵害にあたるのだ。犯罪なのである。つまり〝運搬人〟は、イリーガルな活動をしなければならなかった。

また、日本赤軍ハンター・チームは、発足してからまだ四年しか経っておらず、別称〈日本赤軍担当調査官〉と呼ばれるこのキャリアの指揮官の下に、人数も二人のキャリアの補佐、警視庁からの二人のノンキャリアの警部、そして庶務係の男性職員というたった六名の〝零細企業〟だった。実質的に動けるのは四名であり、そのうちの一人を動かすのは、すなわち〝業務の停滞〟を意味していた。

だが、日本赤軍ハンター・チームの指揮官である外事調査官は、名村がもたらしたドキュメントの価値をすぐに見抜いてくれたのである。

空港で名村から資料を受け取った警部は、その日のうちにパリへ飛び、そこから東京へと舞い戻り、すぐさま外務省とかけあって旅券発給データと突き合わす作業に没頭した。結果、中に紛れ込んでいた複数の偽造および変造旅券がヨルダンの国境で使われた記録（ドキュメント）を発見したのである。

警部は、直ちにＩＣＰＯ（国際刑事警察機構）東京支局（ＮＣＢ）を通じて、パリのＩＣＰＯ本部へと電報を打った。加盟国への緊急手配を依頼したのである。ＩＣＰＯ本部は、すぐに全世界加盟国一斉通報（ディフュージョン・インターポール・ノーティス）を行ってくれた。

その結果、新たなテロ計画を準備しているとされていた中東諸国や欧州を活発に行き来していた日本赤軍の動きを一時的にストップさせることに成功したのである。

名村は当然ながら、警察庁の幹部たちから大いなる賞賛を受けることとなった――ある一人のキャリアを除いては……。

その話を聞くことになったのは、再び警察庁からの〝運搬人〟がカイロを訪れてくれたときだった。

ほとんどの警察庁幹部や名村と同じく地方警察から来た者たちは、日本警察が中東において初めて情報収集のとっかかりを作ったこと、また日本赤軍に初めてひと泡吹かせてやったその小気味よさも感じてくれたという。

だが、外事課理事官という肩書きを持った若いキャリアだけは、激しく名村を罵ったのだという。

名村が批判されることになった水曜会と呼ばれる警察庁幹部会議で、その若いキャリアは警備局長までもたきつけた、と〝運搬人〟は複雑な表情で教えてくれた。

〈名村という男が勝手な行動をしてくれたお陰で、外務省は今後、警備官制度について考え直さざるを得なくなったと抗議が来ている。あいつのようなバカ者のために、日本警察は多大なる損害を被ることにもなりかねない！〉

警備局長の怒りはそれに止まらなかったんです、と〝運搬人〟は続けた。

〈即刻、奴を帰国させ、ことの顚末を報告させせよ〉

〝運搬人〟は警備局長の口調を真似てみて、溜息を吐き出した。

だが、名村は帰国命令を無視した。なぜなら一週間後に、エジプト国家治安機関の最高幹部から昼食の誘いを受けていたからだ。

断ることなど考えもしなかった。相手から誘って来ることこそ最も重要な獲得工作の段階なのだ。

約束の時間を三十分も遅れて来たエジプト治安機関最高幹部の顔が、いつになく緊張に包まれていることに名村は気づいた。彼の背後に目をやると、警護員らしきサングラスをかけた男たちが、店の内外へと何度も顔を振っているのが見えた。

食事の間、肝心な日本赤軍についての話題は簡単に終わった。苛立った名村だったが、その次にエジプト人が口にした言葉に脱力感を覚えることとなった。

彼らにとっての認識は、日本赤軍は、パレスチナ系過激派の単なる一つの部隊(コマンド)でしかない。過激派組織をそっくり潰さなければどうにもならない——。

「日本が部隊を送って日本赤軍(フレンズ)を抹殺するならいつでも手を貸す用意はある」

エジプト人はそう言って首を竦めた。

東京にそのまま伝えたら、警察庁幹部たちはどんな顔をするだろうか、と名村は思った。

それが不可能であるからこそ、せめて、日本赤軍メンバーの行動を遮断するという、間接的な対策しかできないのだ。

それどころか、警察庁が把握している日本赤軍に関する独自の情報からして乏しいのだ。イギリスＭＩ５から、暗号通信で密かに伝えられた情報は、カイロからわずかに北東六百キロ先――東京と京都ほどの距離――にあるレバノン北部、「バールベック」という紀元前に栄えた古都にある、パレスチナ過激派の軍事キャンプの中に日本赤軍は拠点を持っている――それだけだった。

その地は、様々なテロリストや麻薬密売人の巣窟でもあった。どうひっくり返っても、日本という国が手出しができるような場所ではないのだ。

「ただ、やっかいな問題を抱えていて、今、その余裕はないがね」

黙って頷いた名村は、その〝やっかいな問題〟というのがエジプト人の表情を厳しくし、セキュリティを強化した理由なのか、とふと考えてみた。

だが、エジプト人は、質問を投げ掛けない名村が信じられないといった風に身を乗り出してきた。

「アフガニスタンという国で起き始めていることに、なぜ関心を示せない？」

アフガニスタン？　名村は訝った。突然、軍事侵攻したソ連軍に対し、国際世論が批判を浴びせている。しかしソ連軍の力は圧倒的で……。

「世界各地から、義勇兵（ムジャヒディン）という名のイスラム戦士が集まろうとしている。もし、彼らが手を組めば、結束は余りにも固い。将来、彼らは必ずや、災いのもととなる」

――エジプト人の、あの顔が脳裏に浮かび、あの言葉が、酒に浸った名村の頭に響き渡った。

ブッシュ大統領が、テロリストの攻撃という言葉を使ったのなら、相当な証拠（エビデンス）か事前情報があったはずである。今、これほどの大それたことをしでかすことができる組織は……。

今や、テロ対策とまったく関係のないところにいるにしても、想像はできる。数年前、アフリカで二ヶ所のアメリカ大使館を吹っ飛ばし、アラブでは、アメリカ海軍の駆逐艦に自爆攻撃を行ったテロリストの黒幕……。

エジプト人の危惧は当たったのだ。不幸にも。

脳裏に浮かんだのは、エジプト人の顔だけではなかった。

あの時間での出逢い……ヘジャブの中で暗く沈んだ小顔の女……寂しげな表情……ほんの少しだけの小さな微笑み……。

彼女は、歌っていた。まったく下手だったが、透き通るような声だった。

〝私に電話して（コール・ミー）　いつだって構わないから〟

2001年9月12日　東京・永田町　自民党本部

これまで数え切れないほどここには足を踏み入れているのに、リバティと命名されたこの会議室には、饐えた臭いというか、はっきりと言えば老人臭とも言うべき臭いがこびりついていることに若宮賢治は今更ながら気づくこととなった。

原因は明らかである。いつもなら空席が目立つばかりの椅子は満席で、自民党三役と、その代理という肩書きの党の重鎮たちに加え、内閣、国防、外交、法務という主だった部会の会長たちと委員たち――国会対策の部下から事前に耳打ちされたところでは八十名以上――が勢揃いしているものだから、〝臭い〟が、熱気の中で濃密に充満しているのだ。

流れている空気はいつになく緊迫していることを、若宮は感じ取っていた。誰もが深刻な表情で囁きあい、いつもの軽口もなく、緊張と重苦しい空気が混ざり合っていた。

若宮の顔が歪んだのは、冒頭撮影に押しかけたカメラの数だった。三分間だけの時間が過ぎて党職員たちがようやく押し出しても、ドアの向こうでは、政治部記者たちが今にもドアを蹴破らんばかりに押しかけている。

若宮の視線の先には、待ち構えている膨大な国会議員に相対して、各省庁の代表がすでに顔を揃えていた。その顔には、よくも遅れてくる勇気があるものだといわんばかりの冷ややかな表情があることもまた若宮は瞬時に気づいた。

若宮にとってこそ侮蔑の対象であった。日本の安全、治安という世界はどこの省庁とて対応できるはずもないからだ。しかし、そんなことさえ若宮にはどうだっていいことだった。

昨日、二機目のユナイテッド機が世界貿易センターの南棟に激突した、わずか三十分後には、極めて素早く、次長と分け合って全国の管区警察局へ電話をかけまくり、そこからさらに、全国警察本部長へ、管轄内にあるアメリカ関連の施設に対する警戒強化を指示。さらに三十分後には、若宮自身を長とする警備連絡室を総合警備対策所内に三十名規模で立ち上げさせるとともに、再び全国警察本部に対し、米国関連施設等の警戒強化、ハイジャック防止、テロ関連情報の収集等警備諸対策など、文書での指示を矢継ぎ早に命じたのである。

一時間後には、国家公安委員のご老体たちをたたき起こして集め、臨時の国家公安委員会を開催するなど、息つく暇もなく、澱れのない対応という言葉こそ、若宮にとって美学そのものであったからだ。

これから始まることもまた尚更である。いつもの応答要領で見事に対応し、国会の予算委員会ごときの議員からのあけすけな質問にも、淀みなく答えるということを一時間続けても、ほとんど寝ていないにもかかわらず睡魔も襲ってこないほど疲れにはならなかった。

案の定、一時間後に、幹事長である神崎巧巳が締めくくった言葉は、この緊迫感の中では違和感となった。

「本日をもって対策本部を党内に設置するわけですが、コトの重要性に鑑みて、問題意識の所在が大事であることは言うまでもございません。今後、それぞれの課題ごとに整理検討し、重大決定事項は、本部がまとめることにしたいと思っております。本日は、党内の問題意識を伺う場として開催しました。今後とも、先生方の頼もしいご助言を期待申し上げたいということで、閉会の挨拶とさせていただきます」

力強い拍手とかけ声が議員たちの間から起こった。

若宮は、背後のパイプ椅子の中で、書類の束に埋もれるように座った警備企画課長に、下唇を突き出してから顎をしゃくって、早々にここを後にするのだ、と促した。やるべきことはヤマほどある。一刻も早く役所へ戻るべきなのだ。

出口へと視線を向けた若宮の目が、内閣官房副長官の、丹下太郎が目配せしている目とぶつかった。丹下は、菱沼総理が抜擢した男である。将来の総理候補と自他共に認められている。だからこそ、総理にとってリスクになることには、政務の秘書官よりも敏感で、なにかと探りを入れてくることも頻繁だった。

さすがに抜群の政治センスゆえ、丹下は声をかけることなく、目配せだけで部屋を出て行き、そのすぐ後から、官房副長官付の事務官が、折り畳んだメモを若宮に手渡した。

警備企画課長を先に帰らせた若宮は、メモに指示されたとおり、トイレや喫煙室で十分間潰してから、通路の一番奥にある総裁室へと足を踏み入れた。

丹下は、無言のまま、手振りで、戦後政治の波乱を見続けてきた重厚な執務机の前に置かれた応接ソファに若宮を誘った。

「歴史は繰り返す、そうだとは思いませんか？」

丹下は座るなりそう言って頭を振った。

「確かに」

若宮は曖昧に、かつ慎重に答えた。

「それにしても……。百家争鳴じゃない。百家暴論——」

丹下は吐き捨てた。

「同時多発テロ発生直後の、総理の談話が第三者的で評判が悪いだって？」丹下は怒りが収まらないように続けた。「それは、あんたたちのことだ、と言ってやりたかったよ」

若宮の脳裏に、さきほどの会議の様子が蘇った。日本のテロ対策の問題点について、初めこそ、若宮にしても考えさせられる個別の有意義な指摘が議員たちから続いたのだが、最後の方になると、丹下が言ったように、いきなり鉾先が総理に向けられたのである。特に、当選三回未満の若手議員たちの発言は遠慮がなかった。

日本にも影響するので他人事のような態度ではいけない……政府の姿勢を明確に示せ……政府の方針が決まらなければ教育にも悪い……日本がやられたらどうするんだということを決めろ……。

若宮は丹下の言葉を無表情に受け止めた。丹下がここにわざわざ呼びつけた理由が分かるまで、ヘタな賛同も、意見もするまいと決めていた。

「もし米国がテロリスト・グループに報復攻撃を行った場合、それを『理解する』という談話では、日米関係が持たないし、主要国の首脳がすでにテロとの戦争を主張している以上、国際的にも孤立する。ゆえに『支持する』という線で今、外務省と急ぎ調整を行っています。しかし、『支持する』の立場をとった場合、テロとの戦いの真っ直中に日本は立つことを意味することはご承知のとおりです。つまり、その為の備えをする必要があるということに繋がります――」丹下は若宮を見据えた。「ですから、総理は非常に危惧されておられるのです」

「警戒警備はすでにご案内どおり――」

「そのことじゃありません」

丹下が遮(さえぎ)った。

「総理が覚悟を決めるべき情報がきちんと入って来ているのか、またこれから入るのか、そのことについてです」

「恐縮ですが、さきほどの会議でも申し上げましたが、入手した情報は逐一、官邸もしくは内閣衛星情報センターへ通報しているところでありまして――」

「問題は、クリティカルな情報です」

丹下は静かにそう言って身を乗り出した。

「それについても含まれます」

「なるほど――」

丹下は顎に手をやって窓を見つめた。

「アメリカの方から、警察庁に事前情報が入ったと言っておられたが、どういう過程でどういう対応をしたのか、ここであらためてお訊きしたい」

若宮の脳裏に、警備企画課が一睡もせずに作り上げた応答要領の内容がすぐに蘇った。

「日付は、六月二十三日のことです。アメリカ側からカウンターパートである担当課に連絡がございまして――」

「同時多発テロが発生する二ヶ月以上も前に⁉」

丹下が驚いた表情を向けた。

「ですが――」若宮は急いで続けた。「内容は不確定、および具体性がございませんでして、一般的に脅威が認められた、という範疇(はんちゅう)でありましたので、関係警察へ警備諸対策の徹底と情報収集について指示したものです。国内のアメリカ関連施設は、二十都道府県百五十二施設。昨日、極左九名がアメリカ、イスラエル大使館に無届けの抗議活動をしましたが、即刻、機動隊により排除いたしました」

「しかし、防衛庁（現・防衛省）と外務省は、同時多発テロのわずか四日前の七日になってから初めて知ったというじゃないか！　それも、報道や、アメリカ大使館との通常の情報交換の場によってであり、警察庁からは通報を受けていない！　しかもだ、情けないことに所管大臣の国家公安委員長にさえもあがっていなかった――」

若宮は頷く真似はしたくなかった。

「――つまり、クリティカルでホットなテロ脅威情報がギリギリまで〝政治〟には届いていなかった。これは深刻な事態だ。なぜ警察は、〝政治〟のみならず、外務省や防衛庁等へも情報を連絡しなかった？　歴史の繰り返しをいつまでするんだ！　情報の円滑化を図り、縦割り――。もう、うんざりだ！」

丹下が睨みつけた。

「ご理解を頂きたいことがございます」

丹下は応えなかった。

「情報提供につきましては、信頼と人間関係でとっている部分があるということでございます。情報交換の場には、サードパーティルール（情報限定の紳士協定）というものがあり、一概に他へ提供するということにはなりません」

「理屈は理解はできる」

「しかも、今回の情報は、提供者側の希望もございまして、サードパーティ……」

「しかし！」

丹下が遮った。

「警察庁は、二ヶ月以上も前にカウンターパートから入手した情報は秘密扱いということで、他官庁には流さなかったと言っているが、米国関係施設に対する警戒措置をとっていた——。ところが、防衛庁、外務省の、大臣は知らなかった。矛盾しないかね？　たとえば、岩国の米軍基地は日米共用であり、警察庁から防衛庁へ連絡があれば、早期に警戒ができた。警察は怠慢だ、そう理解されても仕方ない！」

「もちろん、具体性がある重要情報であれば、情報源を秘匿するなりして、他省庁にも通報しているところでございます。そもそも、それ程の重要情報であるならば、早期に防衛庁にも米側から提供があるはずではございませんか？」

「責任逃れする気か？」

丹下が低い声で言った。

「いえ、そうではございませんでして、治安維持の第一の責任は、警察が負っております。国際テロ防止のためには、情報収集が一番大切であり、警察としては情報収集に種々努力してもおります。他方、今回、あの強力な米国ですらテロを予防できなかったのでありまして、これをどう評価するか難しいところであり――」

「問題は総理のお気持ちだ。警察庁から情報の取り扱いについて軽視されているような気がしてならない、そう感じておられる――」

「警察としては、情報伝達も含めて、現在の体制の下でしっかりやって行きたい、と考えております」

「ちょっと待って欲しいね。こんな状態で本当に良いと？　情報が、途中で止まれば国民が被害を受ける。情報の扱いについて責任体制を明確化するため法制化するべきじゃないか？」

「それにつきましては――」

「アメリカ大使館が提供したテロのおそれに関する情報には具体性がないとおっしゃったが、

それは、脅威の対象が米国人のみで、日本人は関係ない、ということだったと？」

「今時、情報におけるテロのおそれのある場所という表現でなされたものであり、つまり米国軍人や軍属が自由に出入りする場所、ということでございました。しかし、万が一のことを考え、米軍基地の警戒も行っています」

「米国軍人や軍属が出入りする場所といったら、米軍基地しかないじゃないか！」

「他にナイトクラブや飲食店など――」

「飲食店だと？　そこには日本人も来る！」

丹下は顔を真っ赤にさせた。

「いずれにしてもです。警察としましては、しかるべき措置を講じております。今回は、内閣衛星情報センターにも通報しておりますし、今後、具体的な情報を入手しましたら、広報することも考えております」

「なら聞きたい。事前情報は誰のためにある？」

「いわずもがなです」

「はっきりとお伺いしたい」

ここまで警察庁を追い詰める議員は少ない、と若宮は表情には出さず驚いた。

野党の重鎮にしても、地元に戻れば真っ先に県警本部長を表敬する。選挙違反こそ、議員にとって最大のアキレス腱であるからだ。しかも、選挙違反に連座制が拡大されてからは、かなり怖れている。

　ところが、丹下は彼の地元、岩国で圧倒的な人気を誇り、無投票選挙のごとき強さである。ゆえに選挙で無理をする必要がなく選挙違反とは無縁なのだ。しかも後援会組織も父親から受け継いだ地盤は盤石であることからも、リスクを伴った資金集めも必要はない――。

「最終決定権者です」

若宮は静かに言った。

「つまり？」

「総理です」

「その言葉を、総理は重大に受け止められるでしょう」

若宮は言葉を呑み込んだ。ここで反応することは何にしても得策ではないと判断した。

2001年9月12日　東京　警察庁

何人もの部下たちが決裁書類らしきものをもって、執務室のドアの前に立ち並んでいた。

上着を脱ぐまもなく、一人ずつ執務室に呼び入れた若宮は、警備強化に伴う――という言葉で始まる何枚もの書類に機械的に捺印（なついん）を続けた。

最後に入って来た国際テロリズム対策課長の緑山厚志（みどりやまあつし）は、ドアを慎重に閉め、緊張した面持ちで若宮に近づいた。

「いかが致しましょうか？　ご決裁を頂きたく存じます」

若宮は舌打ちをして、未裁と書かれた箱から、もうひとつの〝ピンクペーパー〟を摘み上げた。ＣＩＡがリクエストして来た電話番号がずらっと並べられている。数は百件にも及び、しかも〝昨日分〟だけなのだ。恐らく、今日の夕方までには〝本日分〟がどっさり届くのだろう。若宮は吐き気を催した。

「いずれにしても、いつもの、〝とにかく探せ〟〝すぐにやれ〟ということか……」

若宮は頭を振りながら、さらに奥にある小部屋の騒然とした国際テロ対策課の光景を思い出した。

数々のアメリカの政府機関――ＣＩＡ、連邦捜査局（ＦＢＩ）、さらにアルコール・タバコ・火器及び爆発物取締局（ＡＴＦ）――とそれぞれにダイレクトに結ばれたコンピュータ端末に届けられる膨大なリクエスト――それも、たった一度しか、何年も前に、アフガニスタンに足を踏み入れていないビジネスマンを含む延べ数千人にも及ぶ人物の所在確認と、アルカイダキャンプで押収されたメモの断片や電波傍受（ぼうじゅ）によって引っ掛かった天文学的な電話番号の調査のリスト

――それらを全国都道府県警察本部の公安部門へ細かく指示するために、国際テロ対策課員たちや地方の外事、公安警察官たちがどれだけの犠牲を払い、追いまくられているか、若宮はそれをよく知っていた。

しかも国際テロリズム対策課が強(し)いられているのは、それだけではなかった。

毎日のように照会を求められる事前搭乗者情報システム(APIS)から流される膨大な乗客名――。それらをテロリスト・リスト(TEL)などと照合することである。到底、総勢三十二名では賄いきれないのだ。

特に、CIAからの依頼は多種多様でかつ熾烈(しれつ)を極めていた。二十四時間行動監視を要求するAリスト、日中のみの監視対象者Bリスト、さらに定点時による監視対象者Cリストといった具合に、細かくリクエストして来ているのである。

いや〝リクエスト〟などと言えるものか！

若宮が声に出さずに毒づいた。そんな生やさしい状態ではない。一方的な〝要求〟ではないか！

しかし、日本警察はと言えば、誠実にこなしている。

いや、それについても正確ではない。言うなれば、下僕(げぼく)のように、忠実にだ！

若宮は苦々しい表情で〝ピンクペーパー〟を机の上に放り投げた。

「県（全国都道府県警察）へばら撒け。で、何だと？　外国船舶と航空機が乗り入れる港での検索、視察を徹底——水際対策、その言葉を、同席していたアメリカ大使館のＦＢＩリーガルアタッシェ（法務駐在官）が何度も繰り返した、そういうわけだな？」

「とにかく口を開けば『ヒトとモノが日本に入って来る前に阻止せよ』とわが方の渉外担当官に繰り返しています。それもしつこいまでに——」

緑山が神妙に続けた。

「今度は明確な根拠があると言うのか？」

「相変わらず、根拠については何も……」

「なのに水際対策を強調？　ふざけやがって！」

「しかし、〝サードパーティルール〟の遵守が求められ、かつこの通り極秘限定でありまし……」

緑山が右上隅に印字された〈Σ〉という記号を指で示した。

若宮は、一度ちらっと目を向けただけで、すぐに興味を失い、緑山に突き返した。

「ところで、本日の、在日アメリカ大使館、ＣＩＡの渉外担当官との情報交換について、重要な報告がございます」

顔を上げた若宮は無言で頷いた。

「〈極秘かつ限定〉であります」

緑山は、横書きの英文が並ぶＡ４サイズの一枚の書類を若宮の前に置いてから、体を硬くしたまま若宮の顔色を窺った。

若宮は見る気もしなかった。ＣＩＡがその、たった一枚の紙によって調査依頼して来たのは、ある特定の日本人女性を捜せ、というだけのもので、その内容たるや、余りにも断片的であり、曖昧だった。

だが、この日本人女性にかけられた〝容疑〟こそ信じがたいものだった。

〈国際テロ組織の一員であり、近々、テロを起こす可能性が――〉

添付された写真女性は、どこか日本人離れしたエキゾチックな雰囲気だが、それがなんだっていうんだ、と吐き捨てたかった。

「当該の女については、全国の県に撒いて捜させればいい」

「実は、これにつきましては、ＣＩＡから、特別な要請が局長にございまして」

緑山は恐縮して頭を下げた。

「何だ？」

「完全なる保秘が必要な特別な依頼があり、ついては局長に是非、お越し頂きたい、それも明日、緊急に。そういうことでございます」

その直後、緑山が口にした言葉に、若宮は声に出して毒づいた。

2001年9月13日　東京　首都高速

公用車が首都高速道路の環状線から湾岸道路に滑り込んでも、若宮は黙り込んだままだった。

レインボーブリッジに車がさしかかったとき、一緒に連れて来た、リエゾン担当補佐が何かを言いかけたのを手で制し、緑山が説明した言葉と、同時に見せられた写真を脳裏に蘇らせていた。

考えを巡らせたのは、もし、CIAからの情報が事実だとすれば、自分にとって、どれだけのリスクとなるか、そのことを必死に考えることだった。

結果は考えるまでもない。テロリスト・グループに日本人女性がいて、それがどこかの国でテロを敢行する、ということがもし事実ならば――。その責任は、警備・公安の総責任者である自分がツメ腹を切らされることになるはずだ……。

しかしあくまでも、アメリカ側の情報を鵜呑(うの)みにすれば、ということである。

正しいとは限らない。これまでアメリカ側からのどれだけの誤報に振り回されたか、その一つ一つを思い出すと十分に可能性があった。

そのためにも、接触は重要であることは分かる。多忙を極める自分の仕事を知りながら、強引に呼び出すその傲慢さには怒り心頭だが、いかにして検証されたものなのか、ズバリ問い質してやるべきだ、と割り切った。これまでさんざん投げつけられてきた、〝信じることこそ重要で、理由を訊く必要はない〟という傲慢な言葉は、二度と許してはおけないのだ。

待ち合わせとして決められた、羽田空港地下一階の、セルフサービスのレストランに着いたとき、突然、一人の男が近付いてきた。

黒い髪と睫の長い、ラテン系を思わせる小柄な男だった。

男は、いきなり人なつっこい笑顔で握手を求めた。

だが名乗ったのは、《トム》という短い名前だけだった。

初対面の男だった。簡単な朝の挨拶をしただけで、すぐに出発口へとエスコートした。

その男たちの姿に若宮が気づいたのは、セキュリティ・チェックを終えてサテライトに入った時だった。

数にして……三名か。決して近付こうとはせず、それぞれ離れて椅子に座り、視線だけはこちらの方に――直視はしないで――漠然と向けていた。いずれも背は高くない。最前線からやってきたことを窺わせる殺気立った雰囲気を感じることもなかった。

それどころか、特徴を見つけだそうとしても何もないことに驚いた。男の身体的特徴に特筆すべきことがないのだ。屈強な、という表現も相応しくない。余りにも〝普通〟なのである。

「熱いからどうぞ気を付けて」

《トム》がカップコーヒーを差し出した。

スタンド式のテーブルで啜りながら若宮は訊かずにはおれなかった。

「なぜ警護員が必要なんだ？」

《トム》はさりげなく周囲を見渡してから囁いた。

「私が命じられているのは、最高度の安全措置を講じろ、それだけです」

《トム》はすぐに口を噤んだ。

溜息を吐きだした若宮は、急にそのことを腹立たしく思い出した。

三沢まで利用する便について、アメリカ側は、勝手に全日空のチケットを準備したことだ。

さらに納得できないのは、その後のスケジュールも明らかにしないのだ。

ファイナルアナウンスメントに急かされるように、《トム》は、若宮たちをボーディングブリッジへ誘った。

機内に入った時、若宮は《トム》と並んで座った。警護員たちは、若宮を前後左右から挟むような形でバラバラに座った。だが渉外担当者に用意されていた席だけはずっと後方だった。

一時間ほどのフライトを終え、三沢空港に到着したとき、迎えの車は到着ロビーの先になかった。案内されたのは、しばらく――警護員に遠くから囲まれながら――歩かされた挙げ句、到着ロビーからずいぶんと離れた職員用の駐車場だった。

黒塗りのビークルがすでにエンジンを吹かせていた。ご丁寧にも、左右のウインドウからリアウインドウまですべてが黒いシールドで被われている。

いざ乗り込んでみると若宮は違和感を覚えた。後部座席と運転席とがパネルのようなもので隔絶されている。車内には自然光の洩れが一切なく、オレンジ色のライトがほんのり灯るだけで薄暗い。

黒いシールドがここまで陽光を遮断するものなのか――。

若宮はしばらくすると気づいた。

黒いシールドではない。窓がないのだ。初めから窓が作られていない車だった。

エンジンがスタートしてしばらく経っても、どこをどうやって走ったのか分からなかった。

《トム》は、腕時計を示し、「約二時間です。走ったのは」とだけ囁いた。

若宮は苛立った。三沢基地なら空港から十分もかからないはずではないか！

ビークルのエンジンがアイドリングに変わった。若宮は、その異様な音に耳を澄ました。

何かの音が聞こえる。車のエンジン音ではない――。

ドアが開いて足を踏み出した時、左右を見渡した若宮は呆然とした。

建物の玄関はなかった。

広大な滑走路が広がっている。

甲高い爆音が耳をつんざき、若宮は思わず耳を塞いだ。

目の前をグレーの戦闘機が離陸し、猛スピードで上昇していった。

やはり三沢基地か……。ではわざと遠回りしたのか……。ふざけたことを！

辺りを見渡した若宮は妙なことに気づいた。

基地施設はずっと向こうにある。

ここはエプロンのど真ん中ではないか……。

しかも、今気づいたが、傍らに、白い機体の双発のプロペラ機が駐機されている。ずんぐりむっくりしているその航空機を見るのは若宮は初めてだった。

若宮は慌てて《トム》を探した。だがどこにもいない。警護員たちの姿もなかった。

突然、後ろから肩を叩かれた。飛び上がらんばかりに驚いて振り返った。

真っ先に目がいったのは、胸に貼り付くウイングマークだった。ゆっくりと顔を上げると、白い航空ヘルメットにヘッドセットを被り、くすんだ色をしたツナギ風の作業服を着る、海軍パイロットらしき男が立っていた。

　スモークバイザーで表情は分からない。だがパイロットは、背後のプロペラ機に向かって、立てた親指を指し示した。

　目を彷徨わせる若宮に、脇からサングラスの男が近寄り、たどたどしい日本語で言った。

「約四十五分、それだけ、我慢してください」

　――まさか……これから……これで飛ぶというのか……。

　若宮は目を見開いてサングラスの男とプロペラ機を見比べた。

　サングラスの男は構わず続けた。

「着陸する直前、こうやって合図します」

　サングラスの男が片手を頭の上に掲げ、何度も円を描いた。

「その時、シートベルトをこうやって両手でしっかりと摑み、前傾姿勢で衝撃を受け止めてください」

　――衝撃だって⁉　いったいどこへ連れて行く気なのだ……。

　プロペラが回り始めた。回転数が上がる。エンジンの強烈な爆音。鼓膜を突き破るかと思った。

「でも、たった二秒、それだけです」

サングラスの男は声を張り上げて付け加えた。

若宮は、自分を見失っているような錯覚に陥った。

二人がかりで、航空ヘルメットと防音用ヘッドセットを強引に被らされ、オレンジ色の救命衣を羽織らされた。さらに、救命具の操作方法から始まり、幾つかの安全動作の説明を受けたが、もはや耳に入ってはいなかった。最後に、トイレは？　と訊かれたことにもただ呆然としていた。

サングラスの男に腕を取られるまま、機体の後部にあるカーゴドアの中へと引っぱり込まれた。

若宮の頭に、諦めるという言葉は浮かばなかった。ここから飛び出すことさえ思いつかなかった。頭はまだ混乱し、現実を受け止められないでいたのだ。

堅いシートに座り、少しだけ冷静になれたとき、自分は今、米軍の航空機で空を飛んでいるのだ、と気づいた。だが、エンジンの騒音は相変わらずやかましい。ヘッドセットを被っているのにもかかわらずだ。思考を巡らせようとする努力さえ邪魔した。

大きく息を吸った若宮は、初めて機内を見渡した。

ひと言で言えば、乗客の輸送環境ということを無視しているということだ。天井や床には様々な色の配線やコードが走り、金属の構造物が剝き出しでそこらじゅうに突き出ている。そしてまたしても窓が一つもないのだ。

座席こそ、民間機並みに、整然と進行方向に向かって並べられ――。

若宮は違和感を持った。ふと背後を振り返った。機材の間から操縦席が垣間見えた。じゃあ、この椅子の配置は逆なのか！

顔を戻した若宮は、その光景に唾を呑み込んだ。三列前に座るサングラスの男が、伸ばした手をぐるぐる回している――。

若宮は、指示されていたことを思い出した。ハーネス式のシートベルトを両手でぎゅっと握った。前傾姿勢を取る。

その直後だった。強烈な慣性が襲った。前傾にしていた上半身が一瞬で、シートの背もたれに叩き付けられた。顔が歪む。息が止まった。

サングラスの男が言ったように、数秒で終わった。しばらくすると、タキシングをする軽い振動だけが体に伝わってきた。

機体が止まった直後、立たされた若宮は、カーゴドアの前で立ち止まった。

ゆっくりとドアが下に開き、眩い陽光が差し込んできた。

すべてが開き終えた時、若宮は声を失った。

想像もしていない光景が広がっていた。

白いラインが引かれた真っ直ぐな滑走路。十数機の戦闘機がぎっしりと見事なほど整然と並んでいる。色取り取りの服装をして、ヘッドセットを被った大勢の男たちがこちらをじっと見つめていた。

ベージュの海軍制服を着た男がカーゴドアに駆け込んできた。

若宮の手を取るようにして、機体から連れ出した。首を回した若宮は、呆然と立ち尽くした。戦闘機の数はそんなものではなかった。数十機の戦闘機の他に数機のヘリコプターが――。しかも、滑走路の両側には、白波が立ったブルーの海――。

海軍士官が敬礼した。

〈空母エイブラハム・リンカーンへ、ご乗艦ようこそ！〉


若宮が案内されたのは、真正面の壁にデモンストレーション用の巨大なプラズマ・ディスプレイが掲げられている部屋だった。

中央に置かれた白い円卓を三人の見知らぬ男たちが囲んでいた。

彼らはいずれも無表情に若宮を一瞥したただけですぐに顔を逸らした。

若宮は彼らが軍人ではないことをすぐに見抜いた。余りにも特徴がない雰囲気が、今まで見かけた男たちと明らかに違っているからだ。

エスコートしてきた男たちはさっさと部屋を出て行った。代わりに、乾いた靴の音が聞こえた。振り向くと、ベージュ色の制服に身を包み、膨大な数の徽章を輝かせた男が近付いてきた。

男は毛むくじゃらの手を差し出した。

「マクレガー中将です」

鼻に掛かった東部訛の英語だ、と若宮には分かった。

硬そうな顎を引き、逞しい胸を突き出し、目はカッと見開かれている。そして何より、ほれぼれするほど凛として立っていた。

「非礼はお詫びする」

アメリカ軍人は慇懃にそう言って若宮に握手を求めた。

「お帰りになる時にはご理解いただけると思う」

それでも若宮は不満をぶちまけた。「三沢や嘉手納基地でなかった理由は何です？」

「残念ながら」中将は神妙な表情を作った。「それらにはスパイが存在するからです」

若宮は最後までその言葉を聞いていなかった。彼の胸にある徽章に釘付けとなった。パラシュートを背負った鷹が稲妻と剣を摑んでいる——。とすれば……確か……アメリカ太平洋軍特殊作戦コマンドの司令官ではないか……。

アメリカのテロ対策のすべてを、特殊作戦部隊に統括する計画があるとは聞いていたが……。

「驚くには当たらない」

マクレガーは若宮の動揺を見透かしたように言った。

「合衆国は対テロ戦争において新しい取り組みを劇的に作りかえた。つまり、政府機関が収集したすべてのテロに関する情報を、我々の指揮下に置く、合衆国特殊作戦コマンドが統括し、対テロ戦争を執行せよという特別命令に大統領がサインされたのです」

「なら、ここに案内されるべきは防衛庁ではないのか？」

若宮は無理矢理に連れて来られた不快感が拭えないでいた。

「プラクティカルな執行力(メジャー)はそこでは不可能だ」

若宮は、その言葉の先に、〝少なくとも今は〟というフレーズがあることを想像した。

それは、警察庁にとって重要問題だった。いや事態は深刻だというべきである。

テロ情報を含めた対外情報は、警察庁がこれまですべて掌握してきた。そのための努力は並大抵ではなかった。三十年以上にもわたって、各国の情報機関との関係を営々と築き上げてきたのだ。

　マクレガー中将は円卓に並ぶ三名の男たちの紹介を始めた。

　彼らは、オーストラリア、シンガポール、インドネシアの情報機関の最高幹部であり、対テロ対策の最高責任者たちだ、と紹介された。

　若宮は、居心地の悪さを感じ始めていた。彼らの、微笑みや笑顔が冷ややかなものであることに気づかないはずもなかったからだ。どう考えても自分は場違いなのだ。

　だが若宮が紹介を受けたのはそれだけではなかった。

　マクレガーはドアの近くに立つ部下に目配せした。

「我々の極秘協力者（CI）は、必ずや、貴重な示唆を与えてくれるものと確信しています」

　円卓の向こうに、黒い本革張り風の高価そうなクラブチェアが用意された。

「なぜ、この場を設定させて頂いたか。どうか、我々の真意をご理解を頂きたい。合衆国は、対テロ戦争の同盟国に、すべての情報を開示する、その方針を今後、継続してゆくことを決めたのです」

　若宮は嗤笑（ししょう）を堪えた。情報開示の継続？　どこまで行われたものか、分かるものか！　これまでの傲慢さを反省した？　ふざけるな！

　情報を提供してやる、ゆえに検証する必要などない、信じることこそ救われる——そう言い続けて来たCIA東京駐在部長の赤ら顔を忌々（いまいま）しく思い出した。

「ゆえに、これまでの関係をより強固なものとし、情報を共有するため〝情報源（ソース）〟から直接、その口から聞いていただく決断をした。対テロ戦争は一国だけで対応できるものではなく、同盟国間の協力が必要なのです」

まさかここに？　だから空母なのか……。

しかし、そいつが本当に信頼できる者かどうやって信用しろと……。

「この人物が信頼に足る者であることは、わが合衆国大統領の名において、かつ同盟国との将来の関係においても保証する」

マクレガー中将が誇らしく言った。

言葉が終わらないうちに、ドアが開き、屈強な男たちに挟まれるように、エイブラハム・リンカーンらしき英字の入った帽子を目深（まぶか）に被った一人の男が誘われて来た。

アラブ人であることが一瞬でわかった。陽に焼けた頬、長い顎鬚（ひげ）。背は高くもない。目はサングラスをかけているのでわからない。怯（おび）えているようにも見えたが、殺気だった雰囲気は尋常ではない印象を与えた。

マクレガー中将が部下を呼びつけた。

「ご質問については、後ほど彼に命じて下さい。彼のことは、《レッド》、そうお呼び下さい」

　そう紹介されたオリーブ色の制服姿の男は、後ろ手に組んで胸を張り、アラブ人の背後に仁王立ちした。

　アラブ人は、手にしていたミネラルウォーターのミニボトルを飲み干した。

「自己紹介を」

《レッド》が促した。

「組織の指導部に接している。だがすべてを知っているわけではない。我々は集団指導体制ではなく、有機的に全世界で結合している。ゆえに情報は集約されることはないからだ」

　マクレガー中将はそれには応えず、身を乗り出した。

「さっそくだが、今、計画されているという〝段階的作戦（フェーズイン）〟をここでも説明して欲しい」

「現在は第1ステージ」

　アラブ人が平然と言った。

「意味は？」

　マクレガー中将が質問した。

「準備が開始されたということだ」

　アラブ人の答えに、若宮はマクレガー中将を見つめた。

　マクレガー中将は静かに頷き、質問することを許した。

「実行段階のステージは？」

若宮が英語で訊いた。

「第4ステージ」

アラブ人の言葉に淀みはなかった。

つまり、阻止する時間的余裕はまだある、ということか、と若宮は思った。

ただし、この男の言うことが本当の場合だが——。

「第4ステージで何が起きると？」

若宮がたまらず訊いた。

アラブ人が大きく息を吸った。

「日本の総理官邸（プライム・ミニスター・オフィス）と国会。それらがターゲットとして上がっている」

若宮は咄嗟に声が出なかった。

「なぜ、確信できる？」

慌ててそう言ったが若宮の声は掠（かす）れていた。

「私の立場が分かってしまうので言えない。ただ、言えることは、作戦実行のタイムテーブルが稼働した、ということである。ただ、作戦が決行される確率は百パーセント。数週間以内。指導部の許可はすでに下りているからだ」

「で、第2ステージは？」

若宮が訊いた。

「日本の外交官への攻撃」

「第3は？」

「ターゲットは日本の在外権益」

「つまり、在外公館か企業？」

アラブ人は小さく頷いた。

「なぜ日本なのだ？」

若宮が続けた。

「知らない」

「最後のターゲットは？」

「総理官邸」

そう聞いた若宮の頭は、次々と叩きつけられる事実と情報の前で混乱していた。

「総理官邸攻撃の手段は？」

「それもまた知らない」

しばらく考え込んでいた若宮が口を開いた。

「テロリストが日本に潜入して、テロを実行する、その理解でいいのか？」

アラブ人は大きく頷いた。

「潜入するテロリストを特定する材料について、提供してもらいたい」

アラブ人は黙った。

「大丈夫だ」

マクレガー中将がアラブ人に頷いた。

「一人の、ある日本人女性を捜せ」

アラブ人が言った。

「名前は？」

若宮が慌てて訊いた。

アラブ人は《レッド》へ目をやった。《レッド》もマクレガー中将を見た。マクレガー中将が頷いた。

「彼女は——」アラブ人は声を潜めた。「かつて、シリアのラタキアに住んでいた」

「ラタキア？」

若宮にとって初めて聞く街だった。

「ラタキアとは、シリア指導部の住宅が集中し、かつ軍の情報部が集まっている重要拠点である閉鎖都市ジャブラと隣接している」

　マクレガー中将が補足した。

「かつて、ということは現在の所在は？」

　若宮が突っ込んだ。だが、アラブ人は首を竦めた。

「突き止める方法は？」

　若宮が畳みかけた。

「アイデアを私は持っていない」

「じゃあ、なぜ、そうだと言える？」

「私が知っているのは、かつてラタキアに在住していた日本人女性が日本をターゲットにしたテロ計画の中で徴募された、そのことだけだ」

「テロ計画？　テロリストとして？」

「分からない」

　若宮は椅子の背もたれに体を寄りかからせた。

　そのまま聞けば、内容は衝撃的である。しかしまたしても曖昧である。人定に繋がるキーワードは、ラタキア、それだけだ。しかも情報が正しいかどうかは別である。テロの脅威という話にもそもそも疑問があった。

「日本は島国だ。その地政学的な条件から、容易く爆弾の類を搬入できない。また、支えるイスラム社会のインフラも盤石ではない。ゆえに実現となると可能とは思えない」

若宮は、敢えてその言葉を投げかけた。

アラブ人は初めてニヤッとした。

「それもまた、私には何もアイデアがない。説明は以上だ」

アラブ人の目の前に、化粧品メーカーのロゴが入った二つのくしゃくしゃの紙袋と銀色のアタッシェケースを《レッド》が並べた。《レッド》はアタッシェケースを開き、部下とともに古札の束を幾つも抱え、汚い紙袋の中に移し替え始めた。

若宮は驚愕の表情のまま目で追った。

二つの紙袋は一杯となった。最後に札束の上にアラビア語の新聞紙が被せられた。

呆然と見守っていた若宮は頭の中で計算だけはしていた。

間違いなく数十万ドル（数千万円）はあった——。

紙袋を手渡されたアラブ人はにこりともせず紙袋を手に取った。そして、最後の挨拶をすることもなく、《レッド》の部下たちに両脇を固められるようにして部屋から出て行った。

若宮は気分が悪くなった。わざわざ我々に見せつける演出もさることながら、アメリカの金の使い方に虚脱感を覚えたからだ。レベルが違いすぎるのだ。

「彼の証言は、証拠（エビデンス）によって裏付けられている」

　マクレガー中将が胸を張った。

「我々が行っているテロリズム対策を支えているのは、全世界の約六十万人が使用する有線電話、衛星電話、携帯電話、軍事通信、トランシーバ、短波、長波、そして電子メール、さらに国際金融決済システムの監視である。うち約二十万人については自動録音が行われ、残り約八万人については二十四時間体制でライブによって傍受している。さらに——」

　若宮はうんざりして話を最後まで聞いていなかった。

「——重要なことは、途方もないジグソーパズルの組み立てである。つまり、特徴的な言い回し、声紋の照合、そして電話番号ならびに電子メールのアドレスの特徴などの天文学的なピースを一つ一つ積み重ねてゆくことだ。それらすべてを解析した結果、さきほどの供述が裏付けられた」

　円卓の男たちは力強く頷いている。

「それでは、個別のテーマに絞って、それぞれに担当官から」

　若宮を含め、円卓に並んでいた者たちは別々の個室に案内された。

　若宮が通されたのは、小綺麗な個室だった。ビュッフェ形式の食事が用意されてあった。

「《グレイ》です」

入って来た、白いワイシャツ姿の男は愛想もなく名乗った。白髪頭で、目の周りと額には深い皺が幾つも刻まれている。歳は自分ほどの五十代後半くらいだろうか。唇が余りにも薄いことが目についた。

若宮は怪訝な表情で見つめた。ＣＩＡではないか、と直感した。軍人ではないと感じたからだ。しかし、現場要員ではないはずだ。歳を取りすぎているからだ。

《グレイ》は向かい合って座るなり、硬い表情のままいきなり上着のポケットに手を入れ、一枚の書類を若宮の前に滑らせた。

若宮は全身がその紙に吸い込まれるような錯覚に陥った。

淡いピンク色！

胃から何かが込み上げた。

ピンクペーパーには、つい今しがたアラブ人が説明したことが箇条書きにされていた。

若宮は、文書の冒頭に書かれた文字を掠れた声で読み上げた。

《ＴＨＩＳ　ＢＲＩＥＦＩＮＧ　ＩＳ　ＮＯＴ　ＴＯ　ＤＩＳＣＵＳＳ　ＷＩＴＨ　ＴＨＩＲＤ　ＣＯＵＮＴＲＩＥＳ．ＳＥＣＲＥＴ　ＣＩＡ　ＡＮＤ　ＪＮＰＡ　ＰＳＹＣＨＯＬＯＧＩＣＡＬ　ＩＭＰＡＣＴ》

「サインを」

《グレイ》は黒い万年筆を若宮の顔の前に差し出した。

若宮は手が伸びなかった。

サードパーティルールのフレーズは見慣れたものであったし、嫌というほど聞かされた言葉である。しかし、今日ばかりは、その言葉に目が釘付けとなっていた。

《JNPA（日本国警察庁）》

今、明かされたことがもし事実であれば、我が国にとって極めて深刻な情報である。しかも国家の根幹が狙われているというのなら、政府一丸となって対応しなければならない。ゆえに、サードパーティルールの相手の欄には、《JAPAN GOVERNMENT（日本政府）》と書かれるべきなのだ。

文書の右上隅にある特殊な記号にも若宮は驚いた。

七桁の数字の後に記されている《Σ（シグマ）》――。

若宮は怒りをもはや堪えられなかった。狙われている当事者にも伝えてはならない!?

だが若宮は無力感に襲われた。何をどう怒ればいいのか、それさえ思いつかなかった。

「サードパーティルールの厳守を願いたい。さきほど語られた〝日本人の女〟の存在に――」

《グレイ》は初めて微笑んだ。

「まさしく、互いに、〝深く心に刻むもの（PSYCHOLOGICAL IMPACT）〟として」

溜息を吐きだした若宮は、万年筆へ手を伸ばした。

《グレイ》が顔を寄せた。

「さっきの男は口にしなかったが、あなただけには話しておかなければならないことがある」

若宮はそれには応えず、万年筆を滑らせた。

「我々は昨日、ミスターミドリヤマを通じてリクエストしたはずです。あの女について――」

若宮は《グレイ》をじっと見つめながら、緑山課長から見せられた、あのエキゾチックな顔貌をした女の面割写真を思い出した。

なぜだ？　なぜアメリカはあの女にここまで固執する？　日本がテロ攻撃に遭うとすれば、そのターゲットに在日米軍施設が含まれる可能性もあるが……。それにしても動きが異様ではないか……。

「協力者運営担当官（ケースオフィサー）、ミスター・ナムラ、そして彼が運営していた協力者（インフォーマント）であり、ラタキアにかつて住んでいた日本人女性――。彼女を我々に任せてほしい。極めて重要な問題が絡んでいるからだ」

若宮は平然と聞き流した。驚くこと、感情をさらけ出すことなど——。

そして、不躾なリクエストに曖昧な返事をしただけで席を立った。

怒りが爆発したのは、再び輸送機に乗せられたときだった。

爆音の中で、激しく毒づいた。

結局、知らなかったのは自分だけだったのだ！

カタパルトから発進して、全身が猛烈な勢いで、今度は前へ引っぱられた後、これまでの時間が、いかに自分の人生の中で最も屈辱的だったか、それは帰途につく全日空機の中でもずっと忘れることはなかった。

2001年9月13日　静岡市

そば屋で昼食を済ませた名村は、県警本部へとは足を向けず、本屋に立ち寄った。柄にもなく、美術書のコーナーをうろついた名村は、そこで確信に至った。

脳細胞は大量に死んでしまったとはいえ、感覚というものだけは残ったままなのだ、と妙に感心した。

書店裏にあるトイレに入った名村は、どうすべきかを慎重に考え抜いた。

強硬手段に出て排除したところで、尾行者の素性は分からない。たとえ問い詰めても口を割るはずもないだろう。

重要なのは、素性であり、目的だった。

唯一、考えられるのは、別れた女房くらいだが、十三年も前に別れた彼女が、探偵社に大金を払ってまでして今更そんなことをする意味が見当たらなかった。

かつての〝フレンズ〟たちか？

それもまた否定した。

復讐（ふくしゅう）でもしようというならまだしも――いや、そんなエネルギーなどあいつらには残っていない。増して、こんな不様な人間を殺したところで何の宣伝にもならないのだ。

敵とは、常に強敵を狙うものなのだ。

追い剝ぎか強盗だろうか――。それもまた考えにくかった。

どう見たって金持ちに見えない冴（さ）えない男を、真っ昼間という目撃者が多いリスクを払ってまで襲う価値はないに決まっているからだ。

名村が把握しようとしたのは、追尾者の編成と規模だった。それによって、素性に繋がる端緒が見つかるかもしれない。プロであれば、それなりの方法をとっているはずだからだ。

トイレを出た名村は、尾行点検はせず、しばらく歩いて、ＣＤショップに足を踏み入れた。

見晴らしがよく、左右がひらけている。ここから、追尾者の全員を視界に入れることができるはずだ、と思った。

だが、時間が経っても、あの感覚は再び湧いてこなかった。

名村は、愕然とした。

感覚まで燃え尽きてしまったのか――。

疲れた表情で店を出ようとしたときだった。

名村は思わず足を止めた。

追尾者の存在に気づいたわけではなかった。

自然とそこへ足を向けた。

オールディーズと名付けられた棚の上に置かれたミニサイズのスピーカーからその曲は流れていた。

忘れもしない曲だった。

名村は、思わず口ずさんだ。

コール・ミー、コール・ミー……。

脳裏に、すっかり忘れていた、彼女の姿が浮かび上がった。

それは、初めての、あの出逢いの瞬間だった。

彼女との出逢い——。

エジプト治安機関幹部との昼食を済ませた名村が、パリ経由で日本へと舞い戻った。

名村には〝災難〟が待っていた。怒りに震える警察庁外事課理事官である。名村が帰国命令を事実上、無視した形になったことによってそれは爆発的エネルギーとなって充満していた。しかも名村が気づいたことは、その松村一郎（まつむらいちろう）なる外事課理事官は、自分を、〝毛嫌い〟しているということである。理屈も何もない。単に自分を嫌っている、と見抜いていた。だから、廊下ですれ違ったとき、「おまえの名前は二度と忘れはしない」という言葉を叩きつけられたことも平然と受け止めた。

最後の勤務を終えるため、カイロに戻った名村を迎えたものはそこでも冷たい目だった。大使館員たちは話しかけようともせず、名村を無視する行動に出たのである。もとより名村は気にすることもなかった。

ただ、申し訳ないと感じたのは妻に対してだった。それまで親しくしていた大使館員の妻たちが電話をかけてくることもなくなり、集まりにも声をかけなくなった。

それからである。妻の状態が悪くなったのは。

不眠症に陥ったのだ。しかしそれもあと数日間のがまんだと名村は妻に言い聞かせた。

帰国を三日後に控えたある日、日本大使公邸で行われた防衛駐在官（ミリタリーアタッシェ）の交替式のパーティが名村にとって最後の公式な仕事となった。

仕事と言っても、一応、スーツを着ているが、いつものとおり、民間警備員の手配を整える安全対策である。

だが警備は、名村にとって緊迫するものだった。なぜなら、今晩、ここに中東のおもだった大使館関係者も集（つど）うのである。パレスチナ系過激派は、中東や欧州全域でのテロや拉致を増加させていた。しかも外交官を狙った爆弾テロや狙撃による暗殺が今年に入って連続しているのである。

パーティはそんなことを忘れているかのような派手さで盛り上がっている。

話題の中心となったその晴れがましい陸上自衛官は、自分とほぼ同じ時期に離任するのである。

それと比べて自分はと言えば、おざなり、ごく限られた館員とのごく小規模の送別会が一度予定されているだけだった。

公邸の周囲を一周し、一個中隊のカイロ市警察官たちに緊張の緩（ゆる）みがないことを確認した名村が、ちょうど受付付近からロビーへ足を向けようとしていたときのことである。

名村はまず、強い香りに気が付いた。そう、喩えるのなら、まるでバニラの香りを思わせる甘ったるい芳香だった。

名村は反射的にその香りを追い求めた。

名村の目がいったのは、クロークの接遇係に薄い水色のショールを預けている一人の女性の姿だった。

鮮やかなブルーのロングワンピース——。

白い、パレスチナ刺繍が見事なスカーフを小さな顔に巻いたその女性から漂う、甘ったるい香りに思わず体が吸い込まれるような感覚に襲われた。

隣に目をやったとき、名村は息を呑んだ。淡いブルーの軍服姿に身を包んだ背の高い男がつねに付き添っており、彼女の美しさを自慢するように周囲に微笑んでいる。

だがその年齢差は余りにも歴然だった。彼女はどうみてもまだ二十代前半であり、一方、男といえば、その白い鼻髭からしても明らかに五十歳は過ぎている。アラブ社会では、若者の収入が余りにも低すぎるので年輩の男が若い女と結婚することがよくある。だがそれにしても……。

名村が〝息を呑んだ〟のはアンバランスな夫婦関係ではなかった。

名村の目にこびりついたのは、夫の軍服に——二つの緑の星を上下に赤と黒が挟む——シリア国旗が貼り付けてあったからである。

しかも胸章にはウイングマークがあり、肩章は二つ星（ツースター）——。

空軍大佐（キャプテン）という高官なのだ。シリア、空軍と聞いて鼓動が速くならないわけはなかった。

駐在武官として派遣されて来る空軍将校は間違いなく、〝情報部の人間〟と決まっているからだ。

シリア空軍情報部はレバノンに潜む日本赤軍に影響力を持っている！

名村は、顔見知りのエジプト治安機関員を探した。彼もまた陸軍将校であることから、ここに呼ばれているはずだった。

彼は、メインホールの片隅で、フランス人とみられる胸を大きくはだけた女性とグラスを傾けながらにやついていた。名村は無礼を詫びてその間に割り込んだ。

エジプト治安機関員は気分を悪くする風もなく、フランス女を近くに待たせておいてから、名村の質問に答えた。

エジプト治安機関員は、そのシリア空軍情報将校へちらっと視線をやってから、したり顔で大きく頷き、「君は、この世界のもぐりだ、と言われないようにすることが肝心だな」と言ってにやついた。

「ヌーリー・ハイマ大佐、シリア軍総参謀部政治局派遣だ。彼が有名なのは、ジャブラ出身であるということだ」と続けた。

名村は呆然として、遠くで人影の間にちらちら見えるそのシリア人を見つめた。脳細胞を震撼(しんかん)させたのは、〈シリア軍総参謀部政治局〉という言葉の響きだった。名村が知らないはずもなかった。シリアの陸海空軍がそれぞれ持つ情報部を統括する――ゆえに空軍情報部にも絶大な権限を持つ――上級機関であること。また、〈ジャブラ〉というシリア北部にある地中海に面した街は、閉鎖都市であり、シリアの一般国民でも出入りが禁じられている。なぜならそこは、シリア大統領をはじめ、その権力機構を支える閣僚、軍高官や情報機関幹部たちの出身地であり、今でも彼らの本宅の他、数々の重要施設があるからである。

あの空軍大佐は特権階級に属するのだ。

名村が想像したのは、〝大物将校〟にもし近づくことができれば、日本赤軍へダイレクトに繋がる情報を入手できる可能性がある、ということである。

途方もない話だ、と名村は苦笑した。それどころか自分はあと三日もすれば、この土地を離れるのだ。

シリア情報将校の姿を口惜しく目で追っていたとき、エジプト治安機関員が背中から声をかけた。

「君のお目当ては奥さんの方じゃないのかね？　あのエキゾチックなハルカ、という名の日本人女性は、シリアでも人気の的だということだ」

名村はそれには驚かずにはいられなかった。名村は急いで、シリア空軍将校の妻に目をやった。

日本人とは思ってもみなかったからである。名村は初めて、カイロを離れなければならないことを後悔した。

人事異動は機械的に進められた。名村はすべての仕事を放り棄てるようにして静岡県警へ戻った。自ら開拓した人脈さえ、松村理事官からの〝申し送りの必要認めず〟というツルの一声で受け継がれることがなかった。

静岡県警本部に戻った名村を待っていた新しい職場は、警ら部自動車警ら隊補佐だった。

「公平な人事」といういつもの哲学は揺るぎないのだ。今更腹をたてても仕方がない、と名村は運命を呑み込んだ。

――1983年8月　東京　警察庁

毎日が雑務のごとき仕事に忙殺されていた約一年後、名村に再び白羽の矢がたった。日本赤軍ハンターの指揮官である〈日本赤軍担当調査官〉に新しく就任した警察官僚が、再びチームへ戻るよう声をかけて来たのである。しかもそれは一方的なものだった。なぜなら人事異動の季節でもない。警察庁警備局の都合だけによって、一方的にねじこんで来た、そんな感じだった。

名村は意外にも、その誘いを聞かされたとき、反発する自分を見つけられなかった。想像もしていなかったことだった。自分の中で何かが変化していることに気づいた。

警察庁という職場は、最も唾棄すべきところであることには変わりがない。もう二度と御免だ、という言葉もずっと脳裏にこびりついている。

だが、かつてエジプトやヨルダンで感じた、ささやかなあの興奮と快楽——その禁断症状に陥っていた自分を最近、見つめることとなっていたのだ。

そして、名村は吸い込まれるようにして警察庁へ〝呼び戻された〟のである。

それでも東京・霞が関の、人事院ビルに足を踏み入れたときの気分はやはり最悪だった。旧内務省の亡霊たちが彷徨っていてもおかしくないそのビルに足を踏み入れた途端、相変わらず〝老人臭〟のごとき饐えた臭いが鼻についた。

戦前に取り付けられたガタガタとうるさいエレベータで四階に降り立ったときには、胃の痛みを感じるほどになっていた。

目指す部屋は中庭をぐるっと囲む廊下の一番隅にあった。その廊下は——晴れていたのでまだ気分がそれ以上沈むことはなかったが――雨の日ともなれば薄暗く、しかも気分まで沈ませることを思い出した。

〈調査官室〉とだけ安っぽい黒板に白い塗料で表示されたドアの前で、名村は大きく息を吐き出してからドアをノックした。

あっけなくも狭い空間――八畳ほどのその部屋には二つの机しかない。うち一つは空席である。さらにもう一つの椅子ではメガネ姿の男性事務官だけが輪転機で焼き付けた書類と格闘していた。

名村が男性事務官に案内されたのは、右の壁にはめ込まれた〝隠し部屋〟だった。実際そんな表現が正しいほど、そのドアは目立たないし、中もまた狭かった。

〈日本赤軍担当調査官〉といういかめしい名称を戴いた日本赤軍ハンターの指揮官であるキャリアは、まだ四十代前半とおぼしき若さだった。

前任者と違うのは、その突き刺すような視線だった。テロリズムへの憎悪と措置（対策）に並々ならぬ関心を抱いていることを態度に隠そうとはしない姿だった。

「君の仕事は聞いている」

キャリアはそう言って、目の前のパイプ椅子に座るように顎をしゃくった。

自分の過去の実績を評価されるという期待はなかったが、余りにそっけない言葉だった。

だが、その言葉を聞いて、そんな態度も、昔の話もどうでもよくなった。だから特別な反応もせず、「そうですか」と軽く受け流した。

「〝最前線〟でスタッフが足りないのだ」

名村は自分が呼ばれた理由が分かった。つまり、人数合わせなのである。一年前はたった六名――だが実際に動けるのはわずか四名――だったハンターたちも今では十名ほど――実際に海外で動けるのは八名だが――になっている。わずかに余裕ができたと言っても、やはり動かせる〝駒〟が必要なのだ。そして、選ばれた自分と言えば、どうみても〝使い捨て〟の兵隊なのだ。

だが、〝最前線〟という響きには激しく反応する自分に気が付いた。体の奥から、忘れていたものが一気に込み上げて来たのが分かった。

だが、名村はそんな自分が嫌になった。

「肝心のシリアが動けないでいる」

キャリアは唐突にそう言った後で、身を乗り出した。

「初代警備官をダマスカスの日本大使館へ派遣していることは知っているね？　彼は、シリア軍総参謀部政治局との接触を追求したが、その切っ掛けさえ見つけられないでいる――」

キャリアは「だが、差し迫った問題が発覚した」と神妙に語り続け、机の上に敷かれたガラス製のデスクマットの下から数枚の写真と、テレックスを〝解読〟したと見られる文書を名村の前に並べた。

手に取った名村はすぐに顔を歪めることとなった。

余りにも不鮮明な写真だった。

どこかのビルの中で撮影されたものだろうか。広い空間のほぼ中央に男たちが立ち話している姿があり、撮影者はそれらに焦点をあてていることが分かった。

目、鼻、口と輪郭が何とか分かる程度で、とてもではないが人定には至らない。

名村が写真を捲（めく）ってゆくと、構図は違うにせよ、他にも様々な男がペアで写っていた。

キャリアが続けたのは、いずれもその場所は、オランダのスキポール国際空港のサテライトであり、写っている男は合計で六名である――。

「すべては、レバノン北部、バールベックにいるはずの日本赤軍メンバーと思われる」

名村は驚くより前に訝った。

現在の日本警察の力でこれだけの情報を集めることができるだろうか――。

キャリアはそれを見透かしたかのように――しかも自嘲（じちょう）気味に――日本警察にとってその〝歴史的な出来事〟によって、捜査は思いも寄らぬ展開を見せたのだと説明を始めた。

約二年前の一九八一年五月、ヨーロッパの治安機関が作る〝極秘クラブ〟に警察庁が初めて入会を認められたのだと。

情報交換のための極秘オンラインシステムに日本が加わることが初めて認められたのだ。

そのシステムとは、ヨーロッパの内務省対テロ部門の局長会議から発展した「マドリッドクラブ」なる極秘ネットワークである。

ヨーロッパの十ヶ国、二十の治安機関や情報機関が参加したその極秘通信ネットワークは、暗号テレックスによって二十四時間、テロ情報を交換しあえるという画期的なシステムだった。

もともと十年ほど前にすでにそれはヨーロッパ内だけで運用されていたが、警察庁がオブザーバー・メンバーとして〝入会〟する認可が下りたのだという。

戦後、三十年以上経過したと言っても、国際舞台の場では日本はまだまだプレーヤーとして認められていなかったのだ。

日本はやっと一人前に仲間入りが許されたのである。ネットワークを駆使することによって、ヨーロッパを動き回る日本赤軍メンバーの痕跡(こんせき)がキャッチされ始めたのだとキャリアは続けた。

「しかしそんなことよりも――」

とキャリアの表情が急に暗くなった。

「日本警察が警察として措置（対策）すべきはもちろん日本赤軍の検挙なのだが、――これこそ最も重要な問題だと考えるべきだが――中東の治安機関とのネットワークが確立されていないこと、また海外に協力者がまったく存在しないということこそ問題なのだ」

キャリアがじっと名村を見つめた。名村はこのキャリアが何を言いたいのかが分かった。

今、この男が口にしたこと、それが自分の任務だということなのだ。

いつもキャリアがノンキャリアを説得するときに使う殺し文句を恐らくこれから口にするのだろう、と想像した。実際、目の前のキャリアもそうだった。

「よって、君のプロとしての力を発揮して欲しい。だから呼び戻したんだ」

いつもキャリアの言い草は同じだ、と名村は思った。〝呼び戻す〟という言葉にも引っ掛かった。ここは自分のいる場所ではない。静岡こそが戻る場所なのだ。

だが、不思議と怒りはこれまでのようにそれ以上、高まることはなかった。

思いがけずも、名村の脳裏に蘇ったのは、あの香りだった。

一年前、カイロを去る直前、日本大使公邸で嗅いだ、あのバニラを思わせる甘ったるいトワレの香り。そして一人の日本人女性の顔を思い出させた。もう一つ記憶に新しいのは、一ヶ月ほど前のことだ。日本のある新聞の家庭欄の片隅に取り上げられた、小さな記事――。

海外で逞しく暮らす女性たちを特集した連載の中で、その日本人女性の夫は死亡したとあったのである。

海外における機密情報提報者（コンフィデンシャル・インフォーマント）を獲得し、自分がその協力者運営官（ケースオフィサー）となることの可能性に興味を覚えた。絵空事ではないはずだ、と名村は意欲が湧いた。

「オペレーションを行うべきです」

名村が言った。

キャリアは「対象がいるのか？」とさらに身を乗り出した。

名村はそれには淀みなく答えることができた。

「ええ、まったく筋のいい対象です」

2001年9月13日　東京　警察庁

名村が、〈コール・ミー〉を買い求め、やっとCDショップを後にした頃、警察庁長官の殿岡和久（とのおかかずひさ）は、力なく息を吐き出して若宮を見つめていた。

「オペレーションか……」

「チェコ、ハンガリーなど旧東欧の情報機関は規模は小さいですが、タリバーンの海外での幾つかのグループの規模、活動エリアなどを把握し、リーダーの写真等、氏名などのデータを押さえています。それもこれも、かつて協力者運営官（ケースオフィサー）がアフガニスタンに潜入して情報収集していた結果です」

「だが日本にはない。オペレーションが」殿岡が吐き捨てた。「だから検証ができない」

「《Σ（シグマ）》の記号で示された条件は、政府内に上げてはいけない、ターゲットである官邸にしても——。警察庁内でも、ごく限られた関係者、五人ほどしか知らされません。警備課にも知らせていません。情報は加工して、具体的な情報はないが、現下の情勢から考えて厳しい、警戒すべき、という、ジェネラル、一般警戒警報、に加工して警備課と官邸へ上げるしかありません」

「もしこのことが官邸にばれたら私はクビだろう。しかしすでに腹をくくっている。仕方がないことだ。ただ、最近、官房長官がどうも疑っている。官房長官は、内閣情報調査室と公安調査庁にべったりで、警察が嫌いだ」

「私も耳に入っています。官房長官は、自分のところにナマの情報が届けられていないのではないか、と疑い始めている模様です。官房長官へはともかく、総理にはいずれお伝えしなければならないと思うのです。いかがでしょうか？」

　若宮にとっての事情もあった。官邸や自民党は相変わらず、情報を寄越せ、と毎日催促して来ている。ゆえにこれ以上、情報を押し止めておく自信はなかった。

最大の問題は、責任を問われるのは、国会対応の矢面に立っている自分なのだ、ということだった。

「必要ない」

殿岡はきっぱり言った。

「もし今、ルールを破ったら、アメリカ側は二度と情報を寄越さなくなる。本当の危機に直面した時にもだ。それこそが問題なのだ。わが方はわが方でこれらのことを検証しなければならない」

「確かに――。しかし……それとてどこまで……」

「本当にこの女は――」殿岡は、若宮が空母から持ち帰ってきた淡いピンク色の書類を手に取った。「本当にわが方の協力者なのか？　で、当該の女の所在を確認するための〝策〟だ。どうなっている？」

若宮は驚きを持って殿岡を見つめた。

「策、とおっしゃいますと？……」

「何も考えておらんのか？」

若宮は慌てて答えた。全世界の日本大使館に駐在する――警察庁から派遣している――一等書記官、警備官等すべて動員し、情報収集に当たらせている。だが、特異な情報が何も報告されていないことも正直に報告しなければならなかった。

「局長ともあろう者がそんな策しか思いつかないのか？」

殿岡が冷ややかに言った。そして、突然身を乗り出して「次長（警察庁のナンバー2）の座も近いものを――」と付け加えた。

若宮は息を呑んだ。彼は八ヶ月余りで勇退することが噂されている。警察庁長官人事と同時に行われる警察庁ナンバー2の次長人事は少なくとも半年以内には決まってしまうのである。人事に決定的に影響を及ぼすのは、目の前の男の言葉なのだ。

「松村に負けるぞ」

若宮はさすがにその言葉に激しく反応せざるを得なかった。次の長官は、現在の次長がそのまま持ち上がることはすでに噂に高い。ゆえに若宮が気にすべきはその次長ポストである。次長ポストを争うとすれば、警察庁官房長の松村一郎しかいない。そいつは一年後輩であり、もし自分を差しおいて次長に就くことはすなわち、自分の行き場所がなくなってしまうことを意味するのだ。

「すぐにでも」

若宮は怒りを抑えてそう口にするだけが精一杯だった。

「しかし……ラタキアというキーワードを持った者など、登録簿にはないようだが……」

殿岡が別の部局から取り寄せた書類から困惑して顔を上げた。

「運営官(ケースオフィサー)が破棄したようです——」

「住所や緊急連絡方法、しかも面割写真も破棄？　信じられん……」

「まったく、ふざけたことです」

「で、誰だ？　そのケースオフィサーは？　そう言えば、なぜそいつから直接聞かない？　すぐに分かるだろ」

「静岡県警の名村、名村奈津夫です」

若宮はそう言って、開いたファイルを殿岡の前に静かに滑らせた。

二枚目を捲ったとき、殿岡は驚いた表情で若宮を見つめた。

「精神を病んでる？　アルコール依存症？」

「そんな、燃え尽きたような男など、使い物になりませんので」

「なら他に策は？」

殿岡が冷たく言い放った。

「では——」

若宮が困惑した顔を向けた。

「もちろん。で、その名村という男、どういう仕事をしてきたんだ？」

２００１年９月14日　静岡市

警察庁の警備局長からの直々の電話を朝一番で受けた、静岡県警警備部長は、緊張しながら、高度な保秘が必要だとする指示を、メモ用紙に急いで書き留めた。

通話が切れる音を聞いた警備部長は、すぐさま警務部長に電話を入れた。その警察官の所属先を確認すると、公安課の作業班長を自室に呼び出した。

作業班長は、下された指令の理由を尋ねるヤボな真似はしなかった。

渡されたメモ用紙に書かれた名前の男を頭に叩き入れながら、当該人物の動向調査を行え、という言葉だけで、視察チームの編成に思いを巡らせた。

最優先の視察対象とされた名村が急いでいた先は、市内にある警察官舎だった。運転してくれる者が誰もいなかったので、自分でハンドルを握ってやってきた。

予算削減の嵐は、警察官の暮らしにまで影響を与えようとしていたのである。

すでに居住していた者は引っ越していたので、名村のやるべきことは、官舎の取り壊し費用の査定の準備だった。

取り壊しの費用があるのなら、維持費は帳消しとなってしまうだろうに、と名村は納得できずにいた。役所という組織はそもそも無駄に満ちているのだ、と諦めてもいたが。

二階に辿り着いたとき、名村は一番端の部屋のドアが開けっ放しになっていることに気づいた。

怪訝な表情で足を向けた名村は、ウッと呻いて思わず鼻を押さえた。

部屋の中から強烈な悪臭が漂っているのだ。

そっと中を覗いたとき、原因が分かった。

犬の死体と思われるものが数体、玄関に放置されていたのだ。

名村は、ひとり毒づいた。

こういった事案が、最近、続いていたからだ。廃屋だけではなく、民家に投げ込まれるといった事件も連続していた。

県警では、不良少年たちが悪ふざけで行っていると見込んでいたが、いまだ、犯人検挙には至っていなかった。

だが悪臭は、名村にまたあの〝時間〟を思い出させることとなった。

鼻が曲がるほどの、生物の腐敗臭——。

皮肉なことに、それは彼女との再会の場を思い出させたのだ。

――1984年4月　シリア　ラタキア

身元不明の溺死体をラタキア市警察署までハシム巡査長が一人で運んだとき、すでにほとんどの職員が帰宅していたか、到着する前に逃げ出していた。部長や課長は自宅にも帰っていなかった。

しかも検視をやってくれる医者は溺死体が見つかってから三日も経とうというのにやって来ないのだ。だから、悪臭を放ち続けるのを我慢しながら、一時保管していた分駐所からここへ運ばなければならなくなったのだ。

死体がネズミに食いちぎられないだけの作業を終えたハシム巡査長は顔を醜く歪めた。手のひらが猛烈な死体臭を放っている。

急いでトレイに飛び込んだ。給水タンクから伸びている安っぽいホースで何度も手を洗った。普段はそれが、尻穴を直接洗うための〝シリア式ウォシュレット〟であることは気にならなかった。とにかくやたら臭いのだ。

ようやく臭いが剝がれたことに満足したハシム巡査長は自分の車へ急いだ。

イグニッションキーに手が伸びたとき、眩しいヘッドライトでハシム巡査長は目の前が真っ白になった。

何度も目を瞬かせて顔を上げたとき、フロントガラス越しに、黒塗りのアウディが頭をこちらに向けて停まっていた。

ハシム巡査長は思わず背筋が凍り付いた。〝黒塗りアウディ〟を、最も恐れられるシリア秘密警察(ムカハバラ)たちが好んで乗り回していることはこの国では余りにも有名だった。

だがアウディから姿を見せたのは、思ってもみない男だった。

スーツ姿の男、それも東洋系ではないか――。

ハシム巡査長が啞然(あぜん)としていた時、迷彩を施したシリア・アラブ陸軍の三台のジープが勢いよく滑り込んで来た。

重低音のエンジンのアイドリング音を聞きながら、ハシム巡査長はハンドルを握る指が震えだした。

こいつらはいったい何なんだ？　いったい全体なぜここに？　溺死体騒ぎの上に、これ以上の面倒はごめんだ！

東洋系の男とともにアウディから降り立った一人の軍人が若い兵士に厳重に護衛されながらまっすぐ歩いて来る。

ハシム巡査長の前に立ったその軍人は、赤いベレー帽を被った男だった。

ハシム巡査長の目が釘付けとなったのは肩章に輝く二つ星（ツインスター）ではなかった。赤いベレー帽と、これみよがしに腰にぶら下げられた翼を広げた鷲の紋章付きの長いナイフ。

シリア陸軍の正式帽はグリーンと決まっている。聞くところによれば、ベトナム戦争で話題になった、グリーンベレーに倣（なら）ったのだという。

軍人はこの国では――特にこのラタキアでは――恐れられているのだが、それよりも尚、こいつらは最も近づきたくない――いや一生かかわりたくない奴らだった。

赤いベレー帽とナイフが意味するところは、大統領との仲が色々と揶揄（やゆ）されている実弟が指揮官を務める特殊部隊〈サライヤ〉の隊員、しかも高官であることだ。そいつらこそ最も恐れられているのである。ハシム巡査長は息が詰まった。

「ここに溺死体が保管されているはずだな？」

将校は、赤と黒にツインスターが描かれたシリア国旗が貼り付く身分証明書をこれみよがしに見せつけた。

「はっ！」

ハシム巡査長は車から飛び降りると直立不動の姿勢をとり、緊張して敬礼を送った。

「身元確認を行う。案内しろ」

将校は簡単にそう言っただけで、後ろに佇む部下たちと東洋系の男に大きく頷いた。

将校が顔を歪めながら赤色の死斑が浮かぶ死体を見下ろしていたとき、「遅くなりました」という女性の声が聞こえた。

東洋系の男が振り向いた時、そこに背筋をピンと伸ばして立っていたのは、黒髪を白いスカーフですっぽり被い、薄い黄色の丸首の上着と白いコングスカートという、この国では余りにも一般的な姿の若い女性だった。

「こちらが依頼されたお方です」

将校は急に態度をあらためた。

頭を少し下げるような仕草をして、身を縮めながら後ろに下がった。

女がゆっくりと視線を流した、その先で一人の東洋系の男がぽつんと立っていることに気づくと、ヒールの高いサンダルを鳴らしながら近づいた。

「通訳のハルカ・ハイマです」

女は日本語でそう言って、

「あなたが大使館の方でいらっしゃるんですね？」

と訊ねた。

「いえ、東京の警察庁から来た名村です」

女は「日本から？」と驚いた表情を向けた。

「捜索願が出ていたものですから」

名村は握手を交わしながらごく自然とみえるような笑顔を投げ掛けた。

「あなたは日本人では……」

名村がさりげなく訊ねた。

「ええ。晴香（はるか）です」

「深夜にもかかわらず来て頂いて、本当に申し訳ありません」

名村はかるく頭を下げてからそう言って晴香の瞳をじっと見つめた。

「私なら構いません。気楽な商売をやっているだけですし。それにこの辺りには日本人がほとんどいませんしね。じゃ、さっそく――」

女は毅然とした表情となって辺りを素早く見渡し、こんもりとしたシーツが掛けられているストレッチャーに気づくと名村を振り返った。

だが彼女は表情ひとつ変えていなかった。

「死体の検分はすでに終えています。ご協力をお願いしたいのは、その警察官から発見時の経緯を聞き取ることです」

晴香は冷静な表情で頷くと、後ろに立つハシム巡査長にちらっと視線を送っただけで、「この男性はどんな方なんです？」と聞きながらこんもりとしたシーツへ再び目をやった。

「もしかすると、ダマスカスに駐在している日本企業の偉い方かと――」

「偉い？」

晴香が無表情で訊いた。

「ええ、取締役（ディレクター）ではないかと――」

名村はその嘘（うそ）を平気で言えた。

特別な反応もしなかった晴香は、それを通訳して二人のシリア人に聞かせた。

将校が大きな溜息を吐き出したとき、晴香は「ところで――」と言って名村を振り返った。

「それにしてもどうして私を？　大使館にも登録していないはずですけど……」

名村はきさくな笑顔を演出した。

「日頃付き合いのあるシリア軍関係者の方からあなたの名前をお聞きし、そして紹介して頂いたんです」

それがどれほど苦労を重ねた結果であるかを名村は口にしなかった。

この女を紹介してもらうために、何ヶ月もの日数を重ねて完全なる偽のストーリーを作り上げたことをである。

「どうも軍人さんの中での方が有名でして……だから……」晴香が笑った。

まずは警戒していないようだ、と名村は判断した。

「と言いますと？」

と軽く続けながら、シリア空軍ラタキア分遣隊基地にほど近いブルーのひさしだけが唯一の装飾である、その小さな店の映像を思い浮かべた。

「港の外れで小さなカフェを開いてまして……」

「それって、水パイプをくゆらす……」

晴香は笑いながら首を振った。

「〝マクハ〟（アラブ式カフェ）のことでしょ？　そんな立派な商売を女がここではできないんです。私が経営しているのは、シリアコーヒーや簡単なデザートを売る店。それもほんのちっぽけなところです」

「今度、一度お伺いしてもよろしいですか？」

晴香は急に顔を曇らせた。

名村にとっていつものルールとは反する言葉だった。最初からなれなれしくすることは避けるべきことである。

だが、今回に限ってはそれはテストであった。ある重要なことをどうしても確認したかったのだ。

晴香はすぐにまた笑顔に戻った。

「どうぞ。どうせ独り身の身軽さですから」

「えっ？」

名村は敢えて驚いてみせた。

夫、五十二歳、乗用車運転中に交通事故、全身打撲の即死……名村は彼女に関する膨大な資料の一節を思い出した。

「精一杯なんとかやってるだけです」

晴香はまた硬い表情に戻ってそれだけを口にした。

シリア軍の将校が咳払いした。腕時計に目を落としながら苛立っていた。

「お陰で助かりました。明日、東京へ資料を送って照会作業を行います。もし行方不明者に該当すれば、またご協力を頂いても構いませんか？」

――そう言いながら名村は、〝そこからすべてが始まるのだ〟と思った。

「ええ……どうぞ」

晴香はためらいがちに頷いた。

「では、来週でしたら、いつがよろしいですか？　こちらは合わせることができますので」

名村は瞬きを止めて晴香の瞳を見つめた。

晴香は戸惑った表情のまま、

「じゃあ、土曜日でしたら。いかがです？」と答えた。

彼女はやはり自分の店が休みのときを選んだ。


名村はダマスカス市内で借りていたプジョーのレンタカーを駆って、海岸通りに面した「ホテル・ジャマール」の一室に戻ると、座ろうとした椅子の脚が一本折れかかっていることに気づいた。

やはり自分は運に恵まれている、とそんな些細(ささい)なことでも嬉しかった。

名村は、砂埃(すなぼこり)だらけの黒ずんだシーツをはたいてからベッドに仰向けに飛び込んだ。そして胸ポケットからノートを取りだして、今日一日の収穫を書き込む作業を始めた。

収穫とはもちろん、協力者獲得作業の対象者に対しての重要な段階――接触(マルセッ)を無事に終えられたことである。

まずノートを捲って最後のページに貼り付けた写真を見つめた。

そこに写った顔貌と、今日、目の前にしたそれとは余りにもかけ離れていた。

大使館に保管された在留届書に添付されているのは、いわゆる三分間写真の類である。よ・

くあるようにそれは写りが悪かったが、その余りの違いに名村は苦笑した。

実物の方がずっと良かった。

これまで出会って来たような——いかにも外国暮らしに溶け込んでいることを強調する——つまり無理に派手さを強調するような女性ではない。

だが、あの長い黒髪、細い眉、意志の強そうな落ちついた声、そして涙目のような憂いをたたえた瞳が彼女の魅力を引き立たせている。

特に神秘なる東洋への憧れが強いこの国では好かれるはずだ。

資料にある二十三歳という年齢よりもずっと大人にも見えた。日本の同じくらいの年齢の女性たちよりずっと落ちつきのある雰囲気がそうさせているのだろうか、と名村は考えてみた。

彼女の店に客足が途絶えないのは、亡くなった夫の威光だけではない、と名村は確信を持った。彼女の魅力そのものが、つまりオスを引きつけているのだ。

しかし名村は彼女を〝異性〟として意識する感覚は排除していた。これまで半年以上かけて彼女のことを調べて来たにもかかわらず、今日、初めて会話を交わすことができたという感動も名村の体の奥で湧き起こることはなかった。

すでに「工作」は始まっているからである。脳細胞は高速で回転し始めていた。だからそれ以外のことを考えている余裕はまったくなかったのだ。

だからこそ、重要な収穫があったことに神経が集中した。

現場まで案内してくれたあの厳めしい将校が、彼女の姿を見た瞬間に示したあの反応——恭しく挨拶したあの姿は、いかに彼女が大事に扱われているかの証左だろう。

いや、そうだ、そうに違いない。

あの反応は、いまだにシリア情報機関の中で厚い信頼が彼女に対して確立されていることを物語っている……。

やはり最高の対象者ではないか——。

名村は興奮を抑えながら細かい文字で書き詰めたページをめくった。

①概要
本名—ハルカ・ハイマ。1961年3月3日生。23歳。身長155センチ。血液型A。旧姓名——結城晴香（ゆうき・はるか）。本籍——秋田県。家族構成——父親‥77年病死。母親‥秋田県在住（農業）。兄弟なし。
②経歴
79年、秋田県内の高校卒業。同年、語学専門学校アラビア語科入学（同県内）。＊

当時の講師よりの聞き取り（アラビア語を学ぶ理由）「かつて父親が、カイロ駐在員となり三年間過ごした経験から、アラビアをもっとよく学んでみたいため」と入学面接時に言及。

80年、同学校卒業。同年、翻訳書専門出版社勤務（都内）。＊出版社人事課聞き取り（採用の理由）「アラビア語のヒアリングが特に優秀」。

80年、日本企業のカイロ支店が募集の現地臨時スタッフ採用試験応募。同年、同職員採用、カイロ居住。

81年、在エジプトのシリア空軍情報将校（当時52歳）と婚姻。同氏の駐在官赴任パーティで、在エジプト日本大使館の臨時雇用通訳として出席した折に知り合う。＊尚、夫の本来所属はシリア軍総参謀部政治局第2局（空軍大佐）

82年、夫死亡（交通事故）。同年、ラタキア市内にカフェ開店。以後、現在に至る。
＊開店資金は、居住アパートの一室（持ち家）を売却。飲食店開業許認可は、シリア軍総参謀部政治局次長の強力な口添えが存在。
☆同店客層：ラタキアからほど近いジャブラを出身地とするシリア陸軍、空軍の情報部門の関係者が多数。

すべての事項がすでに頭に刻まれていることを再確認した名村は、そのページだけ破り、カッターで切り刻んでからアルミの灰皿の中に放り込んだ。

ライターで点（つ）けた小さな炎を見つめながら、シリアに赴任するまでの半年以上に及ぶ基礎調査のため日本全国を歩き回った自分の姿を思い出した。

海外で工作を行うためにはそれとは比べ物にならないほどの過酷さが待ち受けていることを名村は覚悟していた。たとえば、外国の地でそれを行うのは常に主権の侵害そのものである。たとえその対象が何の変哲もない市民であってもスパイ行為となる。ゆえにオペレーションには厳密な慎重さと厳しい用心深さが必要となる。

西側情報機関では、協力者を選定する者（フッカー）、そこに近づいて説得し獲得する者（オペレーショナルオフィサー）、そしてその人物から情報提供を受けるべく運営する者（ケースオフィサー）と役割分担を決めて慎重にことを進める。

周辺では、対象人物についての基礎情報を集めるための膨大な数の支援（サポート）グループがいるはずなのである。たとえば、ソ連のスパイ機関であるＫＧＢでは一人を獲得するために十名がチームを組んで取りかかることを名村は知っていた。

ところが、名村に与えられた支援はゼロだった。最初からすべてを一人でやらなければならなかった。

警察庁の外事調査官は、「登録すべき情報提報者（マルハン）へ望みを繋ぐ協力者として獲得せよ」とだけ命じただけで、しかも活動費としてポンと百万円――日本との往復に使う航空費だけはさすがに別途請求にしてもらったが――の札束を渡しただけなのである。

名村には晴香への工作以外に、もう一つ、大使館にも、東京の警察庁にさえ知られたくない作業があった。慎重な工作手法と、かつ神経質な安全点検が求められたのだが、名村はそれをやり遂げる必要があった。暗号名には〝ダマスカスの友人〟というごく簡単なものを早くも自分の中だけで与えたのである。

後は、いかなるタイミングで晴香と出会うか、という接触現場設定の問題だけが残った。

別の意味でも極めて重要なことだった。

ダマスカスやラタキアを何度も往復し、またシリアへの入国を繰り返しても不自然に思われないだけの――理路整然として辻褄が合う――ストーリーを作り上げなければならない。

中東諸国ではどこでもそうなのだが、特にシリアの秘密警察は徹底した住民監視を行っていたからである。

特に、イスラム原理主義過激派の侵入対策は熾烈を極め、かつて軍を大量に投入し、テロリストたちを匿う村ごとすべて破壊し尽くしたこともあったほどなのである。

名村は、シリア領内で行方不明となった日本企業社員という架空の人物を作り上げた。

中東諸国に駐在する商社の支社を回って、かつてシリアで働いた者で、帰国する際に陸路でシリアを離れた人物を捜し続けた。

ある日本商社駐在員に協力を願って、〈所在確認願〉をシリア内務省に数ヶ月前より提出してもらうことができた。

シリアは国際刑事警察機構（インターポール）の非加盟国ではあったが、日本からの経済支援を熱望していたことから全国の警察にもすぐに手配してくれた——つまり結果的には名村の〝ストーリー作り〟にひと役買ってくれたのである。

準備は整った。日本人が巻き込まれた〝疑いのある〟事件捜査のために、彼女を通訳として雇い入れるため、シリアへの入出国を繰り返し、ラタキア、ダマスカスを何度も往復するだけの〝ストーリー〟が完成したのである。

実行するにあたって名村が考えたことは、奇をてらったものではなかった。それは身元不明の変死体の発見というニュースに飛びつくことだった。治安状況が劣悪なこの街では、日常的とまでは言わなくとも珍しいことではなかったからだ。

待ち望んでいた日が来た。

在シリア日本大使館に駐在する〝身動きがとれない〟警備官からラタキアで身元不明の水死体があがったという知らせを聞いて、今日、急いで東京から飛んで来たのである。

発見された死体が日本人かどうかは関係なかった。もちろん違うだろう。

だから大使館にも接触しなかったたし、外交旅券を使う危険をおかさずに済んだ。目立つことは絶対に避けなければならなかった。

目的が達成されたことこそ重要だった。

写真の中でしか見たことがなかった本人とやっと会えたこと、ごく自然な形で彼女を引きずり出せたこと、それは次のステップへと突き進むことを意味していた。

名村は考えなければならないことがあった。協力者に与える暗号名を作成することである。

しかしそれはすでに前に決めていた。この協力者獲得作業が成功することは、日本赤軍メンバーたち全員を逮捕することに繋がる、勝利の道への第一歩なのである。だから、〈勝利〉の頭文字をとって《V》を暗号名とした。

だがそれは東京に帰国した時の報告用の説明だった。

名村が選んだ本当の理由は別にあった。

《バニラ》という名をベースにすることを、実はずっと前から決めていたのである。

今日の初めての出会いでそれがもっとも相応しいと確信を持った。

名村は、二年前のカイロでの、あの〝バニラを思わせる甘ったるいオー・ド・トワレ〟の記憶が余りにも強い記憶となって離れなかったからである。

名村は決めた。

VANILLA（バニラ）の《V》という無味乾燥な記号、それが晴香・ハイマに与えられた暗号名と作戦名になったのである。

一週間後、名村は〝偽造した〟書類を抱えて、再びラタキア市へと向かい、同じ警察署のエントランスで晴香と再会した。

退勤時間の直前に訪れた名村の顔を見つけると、ハシム巡査長はうんざりした表情を投げかけたが、「時間をかけることはありませんから」と名村が声をかけると、ぎこちない笑顔を返した。

思いがけないことがあった。晴香は日本で若い女性が穿（は）くようなジーンズを穿いていた。ダマスカスでは〝カウボーイ〟と呼ばれている体の線がくっきりとわかるものである。首都ダマスカスでも最近では、欧米の女性たちと変わらない服装──ほとんどがキリスト教徒だが──が目につくが、一週間前に見た彼女の雰囲気とはまたがらっと違っていた。しかも髪の毛もポニーテールにまとめ、化粧も前よりは濃いような気もした。

だが名村には、彼女に〝女性〟を感じる余裕はなかった。

頭の中は自分の本来任務である獲得工作（オペレーション）の手順と、安全対策によって埋め尽くされていた。

「実は、歯型の照合の結果、捜索願が出されていた日本人じゃなかったんです」

名村は日本からさも取り寄せたように偽造書類を広げた。

「まあ……」

晴香は目を丸くして驚いた。

「それじゃあ、良かった、というわけですね」

「でも、誰かが亡くなったことには変わりがない。どこかの家族が涙することになるでしょうね」

名村は徹夜で作った〝台本〟の一節を頭の中で読み上げた。

晴香は溜息をつきながら頷いた後、それに気づいて、「じゃあ、私の仕事は――」と不思議そうな表情を投げかけた。

「今日、お越し頂いたのは、実は別の理由なんです」

晴香は怪訝な顔で見つめている。

「ちょっと、歩きませんか？」

晴香はぎこちなく頷くと、名村の後を黙ってついて来た。

ラタキアのメインストリートにほど近い公園は人でごった返していた。

隣のモスクの前では、ごろごろと寝転がっている男や、オーバーな身振りで何ごとかを言い合っている若者たち、屋台を取り囲んでペプシコーラを求める子供たち、公園に面したマクハ（アラブ式のカフェ）では、老人たちが表情のない顔でのんびりと子供の背丈ほどもある長い筒状のアルギーレ（水タバコ）を吸っていた。

名村たちの前を、タイトなスカート姿の若い女性たちがにぎやかに通り過ぎた。恐らくキリスト教徒だろうが、こんな雰囲気は、僅か三十キロ先にある国境の先では考えもしないことだろう、と名村は漠然と思った。

全身に熱さを感じた名村は思わず手をかざして空を見上げた。

中東での夏の太陽はこれまで嫌というほど見て来たが、今日の光線は特に強かった。溜息をつくほどに太陽は雲ひとつない空に光を放射している。よくもそれだけ燃え続けることができるものだ、と思うほどに、しつこくエネルギーを放射し続けているのだ。

車の排気ガスとタバコの饐えた臭いが混じったその熱い空気を肺一杯に吸い込むだけの気分には到底なれなかった。

自転車屋台で二人分のアイスクリームを名村は買い求めた。名村自身もそうしなければこの暑さに堪えられなかった。

ちょうど樹木の下にあるベンチが空いたので、名村はそこへ急ぎ、砂埃を払ってから晴香へ勧めた。

彼女への気配りだけでなかった。

安全対策を行うには格好の場所であり、ゆっくりとした口調で雑談をしながら、周囲に目を凝らし、こちらに鋭い視線を向けている奴か、自分と同じ臭いをさせている者を慎重に探した。

名村がまず口を開いたことは、ラタキア市警察のハシム巡査長についてのエピソードだった。

その男はさっき、署長とおぼしき幹部からこっぴどく怒られていたという話である。警察官は何度も頭を下げては、幹部のご機嫌をとるように机の上の砂埃を掃いたり、靴を磨こうとしていたのだと説明し、是非見せたかったですよ、と続けた。

素直に笑う晴香に、名村は、どこの社会でも媚びへつらう奴は同じ顔をしているもんですよと言って、静岡県警のかつての上司の顔を思い浮かべた。ごく自然な会話の流れの中で、

「もしかすると、ここで三年間勤めることになるかもしれないんです」と軽く口にした。

正式にはもちろん決まっていなかったが、名村自身、強引に進言するつもりであったし、日本赤軍ハンターの指揮官も上に通してくれるはずだ、という自信もあった。

だが、その目的とは、〝あなたを協力者として完全に獲得するためなのだ〟という言葉は

もちろん口にしなかった。

次の言葉を名村は更に慎重に口にした。

実はこの国について自分は余りにも知らな過ぎるんです。ついては、もしご都合さえ合えばいろいろ教えてもらえないでしょうか――。

「私は特に詳しいわけではありませんが……」

晴香がまたぎこちない笑顔を作った。

タイミングを外（はず）すわけにはいかなかった。

「もちろん、この国で、外国の人、特に僕のような仕事に就くような者と逢うことで、余計なご心配をかけるようなことは決してしません」

晴香からは笑顔が消えていた。もちろん彼女は知っているのである。国民を監視しているシリア秘密警察（ムカハバラ）の恐ろしさは国中に響き渡っているのだ。

「ですから、こちらからは決して電話をしませんし、あなたの名前を誰にも口にすることはありません。それは絶対に守ります」

名村にとってまず第一歩は、彼女と親しくなって〝うち解ける〟ことではなかった。

彼女から〝信頼を得る〟こと、それが最も大事なことだ、と確信していた。

西欧諸国やアメリカといった安全な街ならばそんなことは必要ない。魂を全力でさらけ出してぶつかることでこそ人間関係を接近させられるのだ。

だがこの街は違う。政治的な話を少しでもするだけで、それは生命の危険へと間違いなく繋がるのだ。

安全な場所もほとんどないに等しい。ホテルのロビー、部屋、レストラン、カフェ、タクシーの至るところに秘密警察の協力者が存在しているだろうし、盗聴器も設置されている可能性が高い。この国に存在する人間すべてが監視されているのである。

「あなたの都合のいい日程と時間、そして場所を指定してもらえば私はすべてそれに合わせます」

「それほどまでにされなくても……」

晴香の目は彷徨った。いけない、明らかに警戒している。

名村は今日はこれ以上、彼女に近づかないよう自分に言い聞かせた。

「たとえば、この街、ダマスカスとはまったく違いますね」

名村はそう言って立ち上がると、海岸通りまで出ませんか、と軽く誘った。

名村は注意深く晴香の様子を窺った。迷惑そうな表情が彼女の顔に浮かんでいないことだけ安心した。

少しの笑顔――まだそれが愛想笑いかどうかは峻別(しゅんべつ)できなかったが――を浮かべている。

キラキラと輝く地中海へ目をやりながら彼女は、ラタキアがいかにダマスカスと違うのかを説明してくれた。

「ですから、やっぱり、キリスト教徒が多いこと、それに港町であることが、ムスリムに囚われない開放的で、そう、たとえばエキゾチックな雰囲気までも醸し出しているんです」

確かにそう言われる通りだ、と名村は素直に思いながらも辺りを見渡すついでに尾行点検を繰り返した。

イタリアンレストランも多いし、女性のファッションも、カイロとまでは言えないにしろ、ある程度自由である。

街の中心を走る道路は幅も広くそれがまた一層開放感を与えてくれているのかもしれない、と名村は感想を口にした。

彼女は、麦の産地としてもこの国では有数だと言って、そんな経済的余裕も人々の表情を和らげているとも教えてくれた。

漁船が垂れ流す安っぽい軽油の饐えた臭いを感じて来たとき、名村は靴の紐がとれた風にしゃがんで、慎重に辺りを見渡して尾行点検を行った。

名村が気にしなければならない者は誰もいなかった。

「さっきの話、そう気になさらないでください」

名村は前を歩く晴香の背中に語りかけた。

名村は念を押す必要があった。この作業は決して無理をしないこと、そう決めていたからである。

日本を発つ前に日本赤軍ハンターの指揮官に対してもその点を何度も確認させた。だから長い目で見て欲しいと告げていたのである。

「今のようなお話でよければ……」

晴香はそう言って、神経質そうに後ろの方に目をやった。彼女もやはりまだ警戒しているのだ、と名村は気づいた。

「僕はどうも、この世界にまったく素人でどうしようもなくて……」

名村はその言葉は半分嘘で半分事実だと思った。

「それに、もしもです。あなたが少しでも不安に思われることがあれば、勝手にキャンセルして頂いて構いません。そうであってもこちらから電話を入れることは決してありません」

名村はその言葉をどれだけ彼女が理解してくれたか、自信はなかった。だから、次に逢う日程を彼女から口にしてくれるとは予想していなかった。だが、それはまだ、儀礼的なものなのだ、と名村は慎重さを脱ぐことはなかった。

名村は丁寧に礼を言ってからその場で別れた。最後に、明日もまたいい天気なんでしょうね、と付け加えることも忘れなかった。

――１９８５年１月　東京　警察庁

名村は会議が終わるのが長いと感じていた。

長いということは、意見がまとまらない、ということである。

もめている証拠なのだ、ということが気にくわなかった。極秘検討会に顔を揃えているはずの、警備局長、審議官（警備担当）、外事課長、外事課ナンバー２の理事官、日本赤軍ハンターの指揮官である日本赤軍対策担当調査官とその下に仕える補佐官たちの顔を思い浮かべた。

どいつが苦言を呈し、また横やりを入れているのかを想像した。

だが名村にとっては、協力者の生命の危険に直結する工作を検討会と銘打って話題にすることからして不満だった。会議など開かず、持ち回りで〝囁くこと〟によって決められるべきことなのだ。

名村が最も我慢ならなかったのは、審議官に昇進していた松村一郎の存在だった。検討会の開催を主張したのがそのキャリアだった。持ち回りで行って欲しいと名村が外事課長に要求していたにもかかわらず、松村がその外事課長の言葉を一蹴したのである。

普通なら審議官はこういった秘匿オペレーションには参加することはないのだが彼は出しゃばって来たのだ。

名村が何より許せなかったのは、《V》という海外協力者暗号のみで口にすることが保安規定であるにもかかわらず、彼が外事課員たちに向かって〝彼女〟と表現したことだった！　シリア軍の総参謀部政治局にパイプの一つも作れない奴に大きな期待はできないがね、と陰口を叩いていることも耳に入っていた。

名村はもちろん、愚かな奴だ、と思った。

名村は、松村審議官というキャリアを忘れるはずもなかった。

三年前――。強引に一時帰国させて罵声を浴びせかけるだけならまだしも、名村が作り上げたネットワークをまるでゴミ箱に投げ捨てるように引き継ぎも許さず、無視した男が松村であることを――。あの男が自分を嫌っている理由が理屈ではないこと、〝ただ嫌いなのだ〟ということも思い出した。

名村が何をしようが必ず苦言を呈し、邪魔して来る奴なのだ。

この検討会こそ、すべては格好を作り、自分がそこで貴重な意見を口にして、自分が正しかったことを正当化すること、工作が失敗した場合に自分は反対したんだ、と言い訳すること、そのすべてにおいてこの儀式は奴にとって必要なのだ、と名村は疑わなかった。

しかし、この儀式を通過しなければ必要な支援を受けられないのも揺るぎない事実なのだが――。

警備局長室から帰って来た新しい指揮官は、見た目にも明るい表情をしていた。

「登録すべき一般協力者（マルハン）としての運営については許可された」

名村にとって喜ばしい言葉だった。

海外において初めて本格的な協力者運営作業を行える、という興奮は快楽的であった。

が、日本赤軍ハンターが何かを口ごもったことに気づいた。〝運営については〟と口にしたことも意味深である。

「よって、四月から、ダマスカスの大使館に赴任してくれ」

日本赤軍担当調査官は「健闘を祈る」とだけ口にするともはや話は終わったという風に〈未裁〉と書かれた木箱に手をやった。

「何か支障が？」

名村は訊かずにおれなかった。

キャリアは黒縁メガネの奥でぎこちなく笑った。

「海外捜査費は十分じゃないが、大使館には接宴費というものもあるようだし、まあそこは一つだね、がんばってくれたまえ」

名村は自分の予想が当たったことを知った。どうせそんなことだろうと思ってはいたが。海外工作における捜査費は、〈日本赤軍担当調査官室〉の室員だけに許可されたものである。だから、海外の日本大使館で警備官として勤める者には与えられない――まったく信じ難いことにたとえそれが本来の日本赤軍ハンターの任務であったとしても――ことになっているのだ。

名村がそもそも頭に来ていたのは、大使館接宴費の言葉だった。

大使が管理する〈接宴費〉という、いわば機密費は、外務省の役人たちなら協力者謝礼費として使えることもあるが、警備官に融通してくれることなどあり得ない。警備官が大使館警備や領事業務以外をすることを外務省は認めていないのである。それをこいつは知らないのか？　いや、必ず知っているはずだ、と名村は思った。

この男を二度と信用してはいけないと心に刻むこととなった。

〝ダマスカスの友人〟については報告から除外し、登録もしなかった自分の判断が間違っていないことをあらためて確認した。

それでも幾つかの残された不安を引きずりながら階段を上り、人事院ビル五階の会計課へ顔を出すために中庭を取り囲む廊下を歩いていた途中で、名村は松村一郎に呼び止められた。

「活躍しているそうじゃないか」

松村の表情に険があることを、振り返った名村はすぐに読みとった。松村が外事課理事官だった頃、自分に何をしたのか、そのことを思い出した。松村も十分に覚えているはずだとも思った。

「しょせん地べたの仕事です」

名村は軽く返した。

「それにしても、いつからあの作業が始まったんだ？　私は何も知らなかったよ」

松村は目が笑っていないままで冷ややかに言った。

「私は指示に従っているだけです」

名村は頭の中で激しく警告音が鳴り響くのを知った。

何を企んでいる？　あんたが知らなくてもいいことなんだ！

「協力者の運営とは組織対応が常識だ。つまり悪しき前例だね」

つまり、自分だけがのけ者にされていたことが気にくわない。そういうことなのだ、と名村は分かった。

「立ち話で語るべき話ではないはずですね」

「なるほど」と言って松村がにやっとした。「君の名前はよく覚えておくよ」

捨て台詞のようにそう口にした松村は、さっと踵を返して大股で廊下を進んで行った。

君の名前を覚えておくだと？　それは嘘だと名村は思った。あいつはずっと知っていたのだ。知っていたからこそ、オレとここで出会うことをずっと心待ちにしていたに違いない——。

三時間後、名村は再び成田空港で出国審査を終えていた。

だが、パリ行きの便が離陸してからもずっと松村の顔が頭から拭えなかった。

《危険な奴だ》と自分に言い聞かせた。

在シリア日本大使館に赴任して名村が動き始めたのは半年後のことだった。〝新参者〟に二十四時間の監視を続けるであろう秘密警察がヤル気をなくすまで待ったのである。

それから九ヶ月の間、晴香は約束した日程を黙って反故にすることは一度もなかった。

警部に昇任した名村は、月に一度のペースでラタキアへ飛んで、晴香との接触を続けることとなったのである。だがその間も、名村は毎日忙殺され、休みもほとんど取れなかった。

朝から夕方まではとにかく大使館で〝缶詰状態〟だった。査証などを処理する領事業務に加え、大使館の安全管理にも時間を割かれた。妻との会話さえ途絶えることになったのは、大使館での本来の業務だけが理由ではなかった。

晴香よりも先に進めていた、もう一つの協力者獲得作業――〝ダマスカスの友人〟に対する工作――が厳重な安全点検を施さなければならなかったからである。

そのためには、複雑な欺瞞工作も必要で、かつ大使館も欺かなければならなかった。

最初の二ヶ月間、再接触した晴香の表情はいつも硬かった。

明らかに距離を置く雰囲気が、晴香の顔や態度からとれることはなかった。

だが、ほんの微かだが、最近、名村は彼女の表情に変化を見つけていた。

冷静に分析するまでもなく、〝獲得〟というレベルにはまだ到底到達していない。だが、少なくとも彼女は僅かだが自分を信頼し始めているという感触を摑みつつある――それだけは少しだが確信があった。

名村は、全力で彼女と接して来た。

全力というのは、今の段階でもまだ彼女の心の中に入りこむことではない。彼女の信頼を得ること、そのことに尚、全力を傾注しなければならないのである。彼女の安全を常に最優先とし――ときには、東京から防衛要員を呼びつけて、自分たちの後ろを歩かせ、彼女を安心させたりもした。

たとえ歩きながらでも会話には慎重を期した。〝テロ〟や〝日本赤軍〟という言葉はもちろんのこと、国際情勢や政治的なキーワードを会話の中から一切排除した。

なにがしかの情報を得ようとも焦らなかった。今はまだその段階ではないのだ、と自分に言い聞かせた。

退館時間の夕方五時半になったとき、名村は急いで帰り支度を始めた。

最後に部屋のカギを持ったとき、大きく息を吐き出した。

今晩もまた神経が張り裂けるような慎重な接触が予定されているのだ。

領事部のドアを開けた時、政務班長が立っていた。

どちらへ？　と彼が聞いた。

もちろん、自宅ですよ、と名村は答えた。

政務班長は、ふーんといった風に名村の全身をなめるように見渡してから、お目こぼしもそろそろ限界に来ているぞ、と声を押し殺すように言った。

だがそれでも名村は海外協力者運営官（ケースオフィサー）としての任務を続けることに何の躊躇（ちゅうちょ）も抱かなかった。

だから妻の変化に気づくのも遅れることとなった。

彼女は鬱病だったのである。

大使館員の妻同士は支え合っていたが、異境の地でほとんど一人で生活しているのも同じという状態は、彼女には余りにも酷だったのだ。

名村はそれに対応してやることができなかった。

いや、仕事の忙しさを理由に、妻の変化に気づきながらも、そこから逃げていた。面倒なことを囲い込んで心の奥底に封じ込めていたのである。名村は特別工作（トッコウ）にひたすら没頭していたのである。

2001年9月15日　東京　警察庁

「名村という男がトッコウに邁進（まいしん）していただと？」

殿岡は、手渡された古い資料を手に取った。

「この女に、別の意味で邁進していたんじゃないですか」

若宮は嗤笑した。

だが殿岡はそれには反応せず言った。

「摑めたか？　この女、晴香・ハイマだ。特別情報提報者（マルトク）としていかに運営され、実績を上げていたのかを」

　緑山は目を彷徨わせた。

「何しろ資料がありませんで——。ようやく見つかりました国際テロリズム対策課のＯＢからの聴き取りによれば、当時の、チェコスロバキアへ、日本赤軍が行き来していることを摑み、身柄拘束のための情報機関に足がかりを作るための作戦、その協力を得た、まずそれが実績ではなかったかと。もしそうであれば、名村が運営していた当該の海外協力者の登録名は《Ｖ》、秋田県出身。それだけしかわかりません」

「《Ｖ》と秋田⁉　それだけか……。で、成果は？」

「それもまた資料が残されていませんでして……」

「そのＯＢの中に、知る者もいないのか？」

「名村は、単独で、運営を行っておりましたようです。だから、懇ろになった、そういうことです」若宮は吐き捨てた。「ろくな野郎じゃないです、やっぱり」

　若宮は、静岡県警本部の警備部長からファックスで送られたばかりの人事資料を殿岡の前に置いた。

「こいつが、かつて、〝伝説〟のテロハンターと呼ばれた男だと？」

　若宮は応える代わりに、顔を歪めた。

２００１年９月15日　静岡市

悪臭が思い出させたのは、それもまた皮肉なことに、少なくとも今よりもずっとましな自分の姿だ、と名村は、官舎の廊下で現実に引き戻された。

晴香と接触を重ねた最初の二年間、自分はただ無我夢中だった。

思い出すのは、とにかく緊張の連続であったということだ。

だから今、思えば、余裕がなかったと言えるかもしれない。

そう、まだ若かったのだ。

だから、あれはまずかった。

――１９８６年４月　シリア　ダマスカス

シェクダーヘルと呼ばれるこの街で最も賑（にぎ）やかな広場は、歩行者天国となったメイン通りから流れて来る大勢の人たちで溢れかえっていた。母港を見下ろすかのように建っている大統領の像の前で待ち合わせたのは、追尾者をチェックするために人の流れを切ることができそうになかったからだ。

在シリア日本大使館警備官として赴任し、晴香との接触を重ねたこれまでの二年間、必ず守って来たことだった。

安全対策は、徹底的に、一切の妥協を排除して来た。たとえ彼女の気持ちを悪くさせたとしても貫いて来たのである。

約束した場所には一時間前には着き、安全確認（クリーニング）を行い、約束の時間通りにその場所に足を運んだ。

時間を守ることも彼女から信頼を得るためには最も重要なことの一つである。

だが、彼女の方から、この場所を告げられたことで名村は断れなかった。〝大統領の像〟についての逸話を教えてあげますよ、と彼女が口にしたからだ。

彼女が、少しでも政治に関係するキーワードを口にしたのは、ラタキア市警察本部で会ってからのこの二年間、一度もなかったからである。

とは言っても、名村は期待をしていたわけでもなかった。

「マルハン」という協力者獲得作業の最初の段階に本格的に入ってからもその気持ちはいつも持ち続けた。ひたすら慎重な会話を続けるだけで、この二年間、情報を得ることはまったくなかったし、焦りもなかった。

当然のことだが、彼女を異性として意識したことはなかった。魅力的な女性だということはもちろん意識にあったが、そこから思考を進める余裕がまったくなかったのである。

彼女と会っている時は、常に周囲の視線、人の動き、停車中の車、カメラのレンズとその反射光、また盗聴器を意識する。

頭の中と言えば、雑談をしながらも、別の脳細胞で彼女からさらに信頼を勝ち取るためにはどうすべきかというオペレーションを組み立てる、それだけで頭が一杯だった。

彼女と会う前、また会っている最中も食欲が湧くことはなかった。コーヒーを飲むことさえ欲求は生じなかったのである。レストランなどは最も危険な場所だったが……。

しかしそこには快楽があった。協力者を獲得し、育成すること——没頭する過程こそ快楽だった。

彼女とは、二ヶ月に一度会う機会を持つことができた。

それは名村にとってもありがたかった。今度の在シリア日本大使館の大使は、かつてのエジプトの大使に輪をかけたほど徹底的に自分を嫌っていたからである。

館内にスパイ網を張り巡らせて自分を監視させるとともに、溢れるほどの業務を押し付け、〝書類の海〟の中に溺（おぼ）れさせようと必死になったのだ。

警備官となったことで物理的に彼女との距離が近くなり、入出国を繰り返すという危険を排除することができたが、余計に神経を遣わなければならないことが増えた。シリア秘密警察の目から逃れるためにも多くの努力をしなければならなかったのである。

　だがこの二年は、晴香の姿に少しずつ変化をもたらした。

　笑顔が多少増えたこと、目が彷徨うことが少なくなったことは、最も大きな〝変化〟だった。

　この段階でも、気持ちが通じ合うというレベルではない。彼女のためにどれだけ気を遣い、注意を払っているのかを感じていてくれることだけは間違いない、と名村は慎重だった。慎重さと臆病（おくびょう）さこそが自分と彼女を守るためには必要なのだと――。

「どうりで、この像はここにあるんですね」

　名村は当たり障りのない言葉で、しかし妙に感心した風に晴香に頷いた。

「彼は最も尊敬される英雄なんですよ」

　彼女の言葉が以前とは違い、意味深な雰囲気を醸しだしていることに名村は気づいた。

「こんなエキゾチックな街が故郷だとは羨（うらや）ましい限りですね」

　名村は自然を装って周辺の不審動向をチェックした。

「でも、大統領の本当の故郷は……ここじゃなくて……」

　晴香は口を噤んだ。名村はそれとなく観察した。

感じたことは意外な事実だった。

彼女の目がまったく彷徨っていないのだ。笑顔さえ湛えている。

彼女が言葉を止めたのは、広場で遊ぶ子供たちが蹴ったサッカーボールが足下に転がって来たからだった。

彼女は拾い上げるとすぐに立ち上がり、頭の上に振りかぶって駆けて来た子供に投げ返した。

子供はそれを慌てて受け取りながら、目を丸くして、彼女の大胆な行動に驚いた。

晴香は気恥ずかしそうに首を竦め、「今、何を話してましたっけ？」と微笑みながら言った。

「本当の故郷がなんだとか……」

名村は慎重に答えた。

「えっ、ご存じですか？」

晴香が声を低くしたような気がした。もちろん名村は首を左右に振った。

「〝隣街〟のことです。その人たちが住む……」

晴香が小さく言った。だが決して〈ジャブラ〉というその閉鎖都市の名は口にしなかった。

「そ、その人たち？」

名村は、それが限界だぞ、と自分に言い聞かせた。

晴香は少し考えるような振りをしてから顔を近づけた。

「それは……たとえばそう……あなたの本当の仕事のようなことをしている……ちょっと違うかもしれませんが、とにかくちょっと……ねっ……あまり近づきたくはないような……」

晴香が慎重に言葉を選びながら言った。

名村は興奮を抑えるのに苦労した。彼女は〝囁いて〟くれたのだ。この世界に身を投じる者として、〝囁く〟ことがどれだけ重要であるのかを名村は十分に知っていた。

「だから……近づけないいんです」

晴香がまた〝囁いた〟。

それはまったく初めての、しかも重要な変化だった。二年間にして最初の変化なのである。

「じゃあ、一般の方々もその街について知っていると？」名村は勇気を持って、もう一歩踏み出した。

「ええ、まあ……」

晴香は躊躇した。当然だろう、と名村は思った。そして余計な期待をするな、といつもの言葉を頭の中で繰り返した。

だがさらに踏み出したのは彼女の方だった。

「もちろん、ほとんどの人が知ってますけど、私ほどには知らないでしょうね」

彼女の〝囁き〟がそれで終わらないだろうという予感はあった。

「彼らは、私の店によく来られるんです……」

名村はその次の言葉を待った。だが彼女はベンチから立ち上がった。

「今日はこれから予定がありまして、ごめんなさい」

名村にできたのは次の約束をすることが精一杯だった。


彼女が自分の生い立ちを話し始めたのは、大統領の像の前で会ってから四回目の接触のことだった。前回は、さすがにそれ以上のことを話そうとはしなかったが、スーク（市場）で落ち合ってすぐに彼女の方から、市内から十キロほど行った山間にある遺跡（いせき）に行きましょうと誘ってくれたのである。

そこはサラディーン城と呼ばれる、かつてアラブをヨーロッパの十字軍の襲撃から守った砦（とりで）だった。観光客なら時間の流れを忘れてしまいそうな空気に包まれていただろうが、名村にはその余裕はなかった。

だが安全確認（クリーニング）のためには絶好の場所だった。周囲にはとにかくその石造りの建物しかなく、見晴らしがずっときいている。しかもここまで辿り着く曲がりくねった道をすべて見下ろすことが出来た。

青々とした雑草を踏みしだきながら、彼女はぽつりぽつりと話し始めた。名村が基礎調査で調べたことのほんの一部だったが、すべてが真実だと確認できた。

彼女が語り始めた運命の一部は、夫が急死したときより始まった。それはまさに、夫が閉鎖都市ジャブラからラタキアへ――彼女は今もってその街の名前をズバリ口にはせず、あのときのように〝隣街〟とだけ表現した――向かっていたときに起こった。彼を乗せたアウディの運転手が居眠りをして――警察からはそう聞かされたという――貨物トラックと正面衝突し、即死だった。当然、悲しみにくれる日々が続いたが、慰めとなったのは、今の小さな店を営業することだった。ただ直前には、日本に帰国しようかとも考えた。なにしろ秋田で年老いた母親が独りで暮らしていることもあったからだ。

しかし、住んでいた家を売り払った金で簡単な飲食店ならできるかもしれない、そう軽い気持ちで周囲に口にした途端、夫の友人たちが店舗や面倒な行政手続きをあっという間に整えてくれたのである。そして、夫の友人たちが連日、訪ねて来てくれ、励ましの言葉を贈ってくれたことによって、ここでしばらく暮らすことを考えたんです、と彼女は笑顔を向けた。

名村は、恐らく彼らが押し掛けたのは、それだけではなかったはずだ、と思ったが口にしなかった。

彼女が城の屋上に繋がる風雪で朽ちた石の階段を上って行ったとき、痩せた背中がやけに小さく見えた。少し力を入れれば簡単に折れてしまいそうな感じに思え、彼女が歩んで来た半生を思い描いた。

彼女にとっては数奇な運命だといえるのだろう。それは苦労の連続でもあった。見知らぬ土地で暮らし、独りぼっちになったときの孤独感と苦労は、到底、実感できないものだと名村は思った。

彼女はそれを乗り越えて生きて来た。砂埃にまみれた孤独な土地で逞しく生きて来たのだ。彼女の小さな背中と、名村が想像した彼女が生きて来た姿とが二重写しになったとき、思ってもみないある感情が湧き起こった。

名村は初めて気がついた。その感情が今、生まれたものではないことを。実はずっと押し込めてきたものだったことに気がついたのだ。

名村はその感情を無理矢理押し込めた。少しでも感情を抱くことはすなわち、危険の渦の中で足を引きずられてしまうことになる――。

彼女はまた〝囁いた〟。その瞬間、名村の全身を鋭い快楽が襲った。彼女は、その〝夫の友人たち〟こそ、〝近づきたくない方たち〟なんです、と〝囁いた〟のである。

そして、今でも彼らは、店の売り上げに貢献してくれていること、彼らはダマスカスや〝隣街〟の友人たちも何人も紹介してくれ、彼らがラタキアに遊びに来たときには自分がホテルやボートを手配してあげている——しばらく晴香は語り続けた。

名村は、〝近づきたくない方たち〟とは、どんな色の制服を着た人なんですか？　という言葉が喉まで出かかった。

いや、そこまで踏み込むのはまだだ、と頭の中で激しい警告音が鳴り響いた。

しかし、またしても踏み込んだのは彼女からだった。

「ですから、彼らの愚痴も聞いてあげなくちゃいけないこともあるんです」

晴香は無表情でそれを口にした。

大変ですね、と名村は興奮を抑えながら軽く言った。名村はその言葉に妙な感触を抱いた。

ふと晴香を振り向いたとき、名村は彼女の見開いた目に吸い込まれた。

彼女は、実は昨日も愚痴を聞かされて、と言ってから口ごもって慌てて視線を逸らした。

彼女からすべてを聞き出すにはまだ時間がかかるのだ。

名村に焦りはなかった。今はそれだけでもまったく十分な収穫なのだ。

彼女を協力者として育成しつつあるという実感が激しい快楽を呼び起こした。

晴香は話を変えた。

「私、夫が亡くなった時、何度もこのお城を見に来たんです。何か、ここに来ると、温かく包んでくれるような気がしたんですよ。不思議でしょう？」

名村は晴香を振り返った。だが彼女は城壁を見上げたまま歩き続けている。

ヨーロッパにはたくさん、素敵なお城があるんですよね？　と言った。

ここもとっても素敵ですよ、と名村は何の意味もなく答えた。

彼女は突然、《フラッチャニ》という丘にも、とっても素敵なお城があるんですよ、と唐突にその地名を口にした。名村はその名前に聞き覚えがなかった。

どこの国です？　と軽い気持ちで訊いた。

晴香はそれには答えず、

「もし、興味があるんでしたら、行かれたらどうです？」と言ってから「大至急に！」とぼつっと〝囁いた〟。

名村は、初めて気がついた。

彼女は何かのメッセージを伝えようとしているのだ！

慌てて振り向くことはしなかった。彼女に合わせて歩き続けた。

小さな城の、周囲が高い壁に囲まれた狭い通路に足を踏み入れた途端、彼女は身振りで書くものを要求した。名村がジャケットの胸ポケットから万年筆を取り出すと、奪うように取って名村の手を摑んだ。そして、その手のひらに急いで書き殴った。

〈あなたが興味を持つ人たち　昨日　レバノン↓そこへ〉

名村は目を見開いて晴香を見つめた。彼女はすぐに自分の指をその文字に擦りつけて消し去った。


どうしたっていうの……。晴香は自分が信じられなかった。

驚きは、店の客から耳にしたその情報を伝えたことよりも、なぜあんな身の上話をしてしまったのか、それが信じられないことだった。

はっきりと自分がした行為に動揺しているにもかかわらず、後悔という言葉が頭に浮かんでこないこともまた信じられなかった。

初めは確かにそうだった、と晴香は正直に認めた。

単に日本語が恋しい、日本語で長い間話してみたい――。

単にそれだけの気持ちだった。

特に夫が不慮の事故で亡くなって以来、友人には恵まれたが、やはり外国語と母国語では、心の隙間を埋めるものが違っていた。

だから彼との初対面でそれを微かに感じたからこそ、ラタキア市警察本部で再会することに応じたのだ。

偽らざる気持ちだった、と晴香ははっきりと言えた。それ以上でも、それ以下でもないこともまた――。

だからこそ――。そう、だからこそ、彼とはビジネスライクに時間を共有することができた。私は、渇ききって、また飢えていた日本語と日本の話題を聞くために――単にそれだけのために彼と会うことを続けたのだ。

日本の警察官と会い、そして親しく喋ることがこの街ではどれほど危険であるかは十分に知っていた。しかも、自分が〝あの連中〟から聞き及んだ話を提供するなどと、あんた狂っているの、ということに他ならないのだ。

でも――という言葉に続けるのなら、彼もそれをよく知ってくれていた、ということに無意識のうちに引きつけられたのかもしれない。

彼は本当に努力してくれた。気を遣ってくれた。徹底的に安心できる環境を与えてくれた。いつも無理はせず、自分の都合に合わせてくれたのだ。

彼がどんな無理を言おうとしているのか――そう具体的には口にはしなかったが晴香にはその目的が薄々分かっていた――。

でも――それだけなのよ、と晴香は自分に言った。

何も変わったことをしてくれたわけではない。安全を守ってくれたのだ、それだけよ……。じゃあ、なぜ身の上話を私はしたの？　彼にはまったく関係がないことじゃない！　自分の店の中で交わされた〝囁き〟から聞いた、そんな話まで教えるとは……。それもこっそりと、しかも教えることに喜びを感じているかのように……。

喜び？　晴香は苦笑した。なぜ私がそんなことに喜びを感じなくてはいけないの？　有り得るはずもないわ！

なぜなら彼とはあくまでもビジネスライクだから、彼もまたそうであるからだ。と晴香は自分に言い聞かせた。

その日の夕方、ダマスカスへ飛んで帰った名村は、国際空港へとレンタカーを向け、満席のエジプト航空便でカイロへ飛んだ。

空港からは直接、タクシーで――いつものごとくまとわりつく白タクの客引きを振り払って――日本航空カイロ支店に駆け込むと副支店長との面会を強引に要求した。

怪訝な表情で現れた副支店長を名村は必死に説得した。

最初、渋っていた副支店長は根負けして、今夕に出発する成田行きの便に「機長預け」として、名村が差し出した封筒を成田の新東京国際空港まで運んでくれることを承諾したのである。名村が無理を頼んだ「機長預け」とは、一般貨物として扱わず、あくまでも〝非公式〟にコックピットまでそれを持ち込むことだった。また新東京国際空港に着いてドアが開くなり、乗客よりも先に地上係員にそれが手渡され、サテライトで待機している警察庁スタッフに届けてもらうまでの段取りを含んでいた。

日本航空カイロ支店を後にした名村は、彼女がなぜそのことを教えてくれたのか、やっと落ち着いて考えることができた。

一番の驚きは、自分が日本赤軍の動きに関心を寄せていることを彼女が知っていたことである。

これまでもちろんその言葉は彼女の前では一度として語ったことはない。そもそものフレーズを口にすることさえあの国では考えられないことなのだ。

だが彼女は気づいていた。完全にではないにしろ薄々気づいていたのだ。

彼女は、恐らく店に来ていた軍の情報部の誰かが口にした〝囁き〟の中で、日本赤軍メンバーの誰かがレバノンのキャンプからチェコスロバキアへ向かったという情報を耳にしたのだろう。

恐らく軍の情報部の誰かは、手続きやなんやかやで煩わしいことに巻き込まれたことで愚痴をこぼしたに違いない。フラッチャニという丘はチェコの首都プラハのシンボルであるプラハ城のある〝丘〟の名前である。調べるのに苦労したが、彼女は伝えてくれた。余りにも危険であるにもかかわらず……。

さらに翌日、名村が東京からの返事を受け取った場所は、ダマスカスの日本大使館ではなかった。事前の届けをせずに朝一番で休暇を申請したので、公使からはまるで犯罪者を取り調べるかのように、厳しく追及されることとなった。

適当な言い訳をして一方的に電話を切った名村が頼ったのは、カイロ赴任中、現地雇用の女性社員との不倫トラブルを解決してやった貸しがある日本商社の駐在員だった。

彼は今では東京の本社にいたが、紹介を受けたその商社のカイロ支店に昼前に飛び込んだ。打ち合わせ通りに文字を暗号化したＦＡＸを警察庁から受信すると、懐かしいナイル川沿いの「カイロ・マリオット・ホテル」の一室に拠点を設営した。

名村は、警察庁からの指示文書の復号化に没頭した。冒頭の「至急」というフレーズに続き、〈貴殿の案件、直ちに措置する〉という素っ気ない記述がまず目に入った。

〈詳細はパリの日本大使館に在籍する警察庁派遣の一等書記官と打ち合わせよ〉と命じている。名村は毒づいた。中東の情勢も分からないキャリアからなぜ指示を受けなければならないのか！

ただ最後に、〈尚、海外捜査費については同書記官から交付される〉と付け加えられていたことには満足した。

夜になって名村が足を向けたのはパリではなく、カイロの中心地にある埃っぽい市場の外れであり、路上でのんびりと商売をするジュースや菓子を並べた屋台前だった。

秋の足音も聞こえ出すはずの季節となっていたが、カイロはダマスカスよりもさらに暑く、しかも香港にも似た口の中にへばりつくような湿気にまみれていた。お陰でジャケットがまったく邪魔ものになっていた。

全身に汗を噴き出しながらエジプト治安機関員から指示された屋台に駆けつけると、すでにそこには懐かしい顔があった。だがエジプト治安機関員との接触は――その男がペプシコーラを飲み干すまでの――たった一分で終わった。

二時間後には、「カイロ・マリオット・ホテル」のバーでエジプト治安機関員から紹介された男を待っていた。

ナイル川を眼下に見下ろすテーブルには、川風が吹いて心地よかったが、名村にとってはまったく落ち着かない環境だった。防護柵があるとはいえ、少しバランスを崩しただけでこの二十階から真っ逆さまに落下しそうなのである。

オーダーをとりに来たミニスカートの制服を着るウエイトレスは、ふざけて柵から身を乗り出したが名村は鳥肌が立った。

バーの隅のステージでは太った黒人の女性が大きな尻を振りながら生バンドで甲高い声で歌っている。つんざくようなその声は店内の音という音をすべて押しつぶしているかのようだった。店内に充満するパイプや葉巻の臭いに噎せ返っていたとき、男は特に周囲を警戒する風でもなく姿を見せた。

「《グレイ》」とだけ名乗った硬い表情のアメリカ人と握手をした名村は、容貌と雰囲気に思わず怪訝な表情を浮かべた。

在カイロ米国大使館の外交官の顔は、どこをとっても何の個性もなかったからだ。目、鼻、口の特徴を探すのに苦労するほどで、髪の毛も真っ黒だった。雰囲気からしてそこに存在することが不思議だった。存在感がまったく感じられないのである。

「本来ならこういった非公式接触(セカンドトラック)は禁止されている」

《グレイ》はそう吐き捨てて、ビールの泡を少し舐(な)めただけでグラスをコースターにそっと戻した。

灰色のナイル川を行き交う砂利運搬船の灯火を無表情のまま見下ろしていた。

だから、「で、目的は何だ?」という言葉を名村はもう少しで聞き逃すところだった。

《グレイ》は視線を合わさないまま、名村の説明したことには興味なさそうに「それで?」

とぶっきらぼうに先を促した。

名村はしばらく黙った。ステージが中断したからだ。

再び始まったとき、「チェコスロバキア（ボヘミア）の機関（カンパニー）と接触するための方法を伝授して欲しい」と早口で、しかもストレートに言った。アングロサクソンにはその方がてっとり早いのだ。

《グレイ》はゆっくりと振り返ると、無表情のまま名村を見つめた。

「あんた正気か？」

《グレイ》が呆（あき）れた顔で言った。盛り上がり始めたステージへちらっと視線を向けてから名村が言った。

「我々は全世界に幅広く渉外担当官（リエゾン）をおくというインフラが整備されていない。まだ第一歩（ファーストステップ）の段階にいる」

《グレイ》の表情が微かに緩み、リトルリーグが大リーグの入団テストを受けるようなものだ、と吐き捨てて、ビールの泡をまたちらっと舐めた。

何人のチームが乗り込んでいるんだ？　と《グレイ》が上目遣いに聞いた。ステージでドラムが激しく鳴り響くのに合わせて、本隊（メイン）と補助（サブ）を含めて一個小隊（ユニット）ぐらいは送り込んで来たのか？　と右眉を上げながら続けた。

「それは言えない」

もちろん言えるものか！　と名村は声に出さずに毒づいた。たった一名で支援も何もなしに乗り込んでいること、しかも東京にいるのはたった十名——うち実質的に働けるのは八名——などとても言えたものではないじゃないか！

黒人歌手の叫ぶような歌声が店内に響き渡った。

「我々は今、多くの情報を得ようと必死になっている。たとえば、『イスラム義勇兵』のこともその一つ。知っているはずですね？」

名村は顔を近づけてそう囁きながら、用意して来た唯一のカードを切った。知らんね、と《グレイ》が無表情に答えた。だが《グレイ》の頬が微妙に震えたのを名村は見逃さなかった。その時、リードギターのソロが始まった。

「軍事訓練を施す施設がエジプトやサウジアラビアで増加している。参加する者は合計して五百名で——」

演奏が中断したので《グレイ》は開きかけた口を閉じた。

再びステージから気分を逆撫でするような黒人女性の歌声が聞こえて来ると名村はまた顔を近づけた。

だが先に口を開いたのは《グレイ》の方で、「いや三百名だ」と呟くように言った。そして初めて真正面から名村を見つめた。

間違いなく五百名だ、と名村がこだわった。それは〝ダマスカスの友人〟が教えてくれた情報だった。《グレイ》は大きく足を組み直して「そいつらを単なる田舎者からプロに仕上げてやったのが誰だか知っているのか？」と言って薄笑いを浮かべた。そしていきなり、くっつかんばかりに名村に顔を近づけると「この世界では〝二度聞き厳禁〟だ」と小声で言った。

ステージが最高の盛り上がりを見せた瞬間、《グレイ》は早口で十桁の数字を〝囁いた〟。顔を上げ、やっとビールの泡を卒業して金色の液体を喉に流し込んだ。

黒人歌手、リードギター、そしてドラムが狂ったように大音量を放ち合ってラストを迎えた。

「あんたが興味あるその機関（カンパニー）の、リエゾンオフィサー（L O）（渉外担当官）のデスクの直通番号（ダイレクトイン）だ」

《グレイ》は顔を寄せて小さく囁いた。

名村は十桁の番号を脳裏に刻み込むために頭の中で何度も復唱した。

「ひとつだけ忠告しておいてやる」

《グレイ》が言った。

「オペレーションには膨大な支援（サポート）、兵站（ロジ）そして部隊（ユニット）が必要だ。それがないならやめておけ」

《グレイ》はそれだけ口にすると、十ドル札をテーブルの上に置いてすっくと立ち上がり、握手をすることもなく立ち去って行った。

その直後、名村の目に入ったのは、すっかり静かになった店内のあちこちから——合計すると六名ほどの——男女がバラバラで、しかし統一した動きで立ち上がって出口へと急ぐ姿だった。

チェコスロバキア社会主義連邦共和国(1986年当時)の首都プラハという街は、ヨーロッパの中でも最も美しい街の一つであることを名村はあらためて思い知らされた。中世の趣を今でも残す荘厳な建築物から感じる歴史の重みで、名村は今にも踏みつぶされるような気分に襲われた。とにかく街全体が中世の〝博物館〟なのだ。

名村は沈んだ気分から逃れるべく窓から離れると、「セントラルホテル」——ビジネスの拠点としてはまったくふさわしいほど機能的な——に備え付けられたビジネスデスクに頭をもたせかけ、一度も鳴ることがない電話機を見つめながら、これしか方法はなかったんだ、と自分に言い聞かせた。

日本警察は海外での捜査権はない。ゆえに、いくら〝ベルリンの壁の向こう側〟であっても、現地治安機関の協力は欠かせないのだ。

もちろん大使館を通せば交渉ごとはやり易いのだが、今回の場合、絶対に許されざることである。外務省を巻き込むことで発生するであろう晴香へのリスクを完全に排除しなければならないからだ。

だがそれでも、チェコスロバキア情報機関のリエゾンから「二、三時間後にこちらから連絡する」という言葉を引き出しただけでも恵まれていた、というべきか。まったくの飛び込みにもかかわらず門前払いされないだけましだった。もちろん〝お土産〟は用意したわけなのだが、それをどれだけ微妙に言えたかは分からない。後は運を天に任せたということなのだ。

だがすでに五時間は経過している。電話機は沈黙したままだった。名村は悲観的にはならなかった。どちらにしても必ず電話は入るはずだ。情報機関の人間は必ず約束事だけは律儀に守るものだ、ということを名村は知っていた。嘘はたくさんつくにしろ……。

ふと睡魔に襲われたとき、けたたましい音が聞こえた。

飛び起きて受話器を握ったとき、覚えのあるしわがれ声が聞こえた。

「ミスター・ナムラか？」

名村は、「そうだ」と短く告げた。

「結論を申し上げる。残念だが会うことはできない」

覚悟はしていたとはいえ、実際にそう聞かされると気分が沈んだ。そして二度とその結論は覆されないだろう、とも確信した。

「会うことと交渉することとは自ずから違う。よって、会うことそのものには抵抗はない」

ならばどうして——と叫びたかったが口を噤んだ。ヨーロッパの情報機関は何事にもジェントルマン的な雰囲気が好まれると、かつてヨルダンの情報機関幹部から聞かされたことを思い出したからだ。

「それを阻害する問題は、一点だけだった」

ミスター・ナムラ——ともう一度名前を呼びかけてから、彼はゆっくりとした口調で語った。つまり、あなたは本名で、しかも真正旅券で我が国に入国した。それはネームプレートを胸につけて街を歩くようなものだ。ゆえに、そこに私が接触した場合、私の身分も判明してしまう。その危険を冒すことはできない——。

つまり偽造もしくは変造旅券で入国すれば会ってやっても良かった、ということなのか？上手い言い訳として使ったかもしれない。だが名村はそうではないと思っていた。断るためにわざわざそんな話を作ることもないのだ。名村は溜息が出た。日本の外務省が、偽造・変造旅券を国家公務員に交付することなどあり得ない話である。それをどう説明していいのか分からなかった。いや説明したところでどうせ理解はされやしない——。

「いつか互いに自由に会える日もあるだろう」

チェコスロバキア情報機関員は最後にそう儀礼的な言葉を使った。名村は感謝の言葉を述べるのが精一杯だった。

２００１年９月16日　東京　警察庁

「で、新たに見つかった資料では、チェコスロバキア情報機関とのパイプは構築できなかった、そういうことだな？」

殿岡長官が念を押した。

「それだけの男だった、そういうことです」

若宮はそう言って頭を振った。

「名村なる男が使えない、それで済ませるのか？　策はないのか？」

ファイルを閉じながら殿岡が訊いた。

「同じ言葉を繰り返すようですが――」

若宮警備局長はその言葉の先に続けるつもりだった、〝現実的にわが方での情報の検証（ヴェリフィケイション）は不可能です〟という言葉を呑み込んだ。余りにも言い訳じみている、と思ったからである。だが長官の想いがそこにあるのではないことを若宮は忘れていた。

「当該の日本人女性の人定に繋がるべきものが何もなく、いったい何が狙われるのかにしても一切分からない。状況は前回と何も変わっていない！　だが、最大の問題は、君が何の策も取っていないことだ」

殿岡長官が睨み付けた。

「しかるに国際空港・港湾施設を持つ全国都道府県警察に対しては——」

「違う！　ＣＩＡから一方的に情報を押しつけられるばかりで、わが方独自の検証をやろうとなぜ策を講じない？　それが正しいかどうか独自に判断するための策をどうしてやらないのだ！」

若宮は余りの剣幕に拳を握って怒りを堪えた。そんなことを今更言われなくとも今に始まった話ではないじゃないか。しかもやるべきことは必死にやっているのだ。中東諸国や欧州の日本の在外公館に駐在する警察庁アタッシェを動かして必死の情報収集をやらせてはいるが、核心となる情報がほとんど入手できないのである。そりゃ、そうだ。天文学的な予算を投じ、想像を絶するマンパワーを動員したアメリカの情報収集活動とは比べる方がおかしいのだ。それはもう激しい脱力感を抱くほどに圧倒的なのだから……。

しかし、若宮は、ＣＩＡから日本に送りつけられる情報がどこまで正確であるかどうかかすらそもそも疑問なのだ、というかつて抱いたことのある想いを蘇らせた。偵察画像情報収集活動や電波傍受情報収集活動を神のごとく信じ切るＣＩＡのやり方が果たして真実を見極めているのだろうか、という疑念である。今回の同時多発テロの直前、アメリカは、テロ警告を何度も日本外務省や警察庁に送って来た。六月に二度、直前の九月六日にもあった。ところが、その内容とは、これまで国会等で警察庁が答弁して来たような〈アルカイダが在日米軍施設を襲う〉という情報ではなかった。

彼らが通報して来たのは、〈パレスチナ系テロリストグループの『ハマス』が、米軍施設及び米軍兵士が集まるナイトクラブに対してテロ活動を行う恐れがある〉というものだった。ところが、結局、アメリカに攻撃したのはハマスではなく、アフガニスタンを支配するタリバーンとテロリストだったのだ。

「それにだ、実は、気になることがある。アメリカ大使館の幹部を通じ官邸に対し、ＣＩＡ本部からの接触要請が来ているらしい。当該の日本人女性と関係があるのか？」

「国際テロリズム対策課で鋭意、情報収集中です」

若宮はそう答えるのが精一杯だった。

「ところで、午後から総理に呼ばれています。ワシントンでの件はどこまで？」

若宮は話題を逸らした。

殿岡は首を左右に振った。

「方針は変更しない。総理官邸や警察庁の警備部門、そしてもちろん一般に対しても、これまで通り、一般警備警報としてのレベルのみとする」

「しかし、ここまで情報が具体的になりながら……」

「私とて、狂わんばかりに、ここ何日も眠れない日々が続いているのだ。だからこそ、名村を使えないのならば、《V》に辿りつくための他の策はどうなっているんだ、と言っているんだ！」

殿岡は大きく息を吐き出しながらネクタイを緩めた。若宮はその姿を見つめながらいつも頭に浮かべる言葉が喉まで出かかった。その責めを負うのはあなたではない。私なのだ！官邸というところがいかにスケープゴート探しに長けているのか、総理秘書官の経験のないあなたは知らないのだ！

「それにつきましても、目下、鋭意、検討中でありまして……」

若宮が言った。

だが殿岡は見据えたままで、「君は結局、次長を諦めたのか？」と言い放った。

若宮はその言葉が出ることを最も恐れていた。

「局長としてもまったく失格だ」

殿岡がさらに追い込んだ。

若宮はもはや崖っぷちに自分がいることを感じていた。この場はただでは引き下がれない――そう確信した。だから、思いがけない言葉が口に出てしまったのだ。

「実は、検討中の策が一つあります」

若宮は自分でそう言って息が詰まった。そんなことを言うつもりはまったくなかったのだ。殿岡の言葉に動揺し、思わずそれを口にしてしまったのだ。しかも検討などしていないにもかかわらず……。

「どういうことだ？」

殿岡が身を乗り出した。

引き下がれない！　と若宮は思った。

「かつて、日本赤軍ハンターとして活動した、あの部隊を呼び戻すことです」

「詳しく説明してくれたまえ」

殿岡の目が輝いた。

若宮にとって、それはまったく本心ではなかった。そんな奴らに期待をするくらいなら、他の部門からキャリアをかき集めて派遣した方がよっぽどましだと確信していたからだ。〝ハンター〟などと自称しているようなノンキャリアの地方警察官など……。そもそも国家を代表して行う海外工作や海外の機関と付き合うことはキャリアこそがやるべきことなのだ。だから、国際テロ対策課にしてもキャリアだけで構成したい、それが若宮の理想だった。だが、キャリアは物理的に人数が少ない。だからその理想は達成できないだけだった。

だからこそ――。そんな言葉を本来なら吐くことなどまったく考えられないのである。しかし、もはやそれは手遅れだった。誰に非もない。自分が自分を陥れたのだ。前に進むしかなかった。

「彼らがかつて運営、育成して来た、海外協力者を再び覚醒させ、さらに彼らが作り上げた情報機関の幅広い人脈によって《V》の所在を捜させる、そこに望みがあります」

「呼び戻してどうする？」

殿岡の言葉で、若宮はさらに自分を追い込むことになった。

「ですから、様々なルートから、ＣＩＡが主張している『ステップ・アップ計画』の検証をさせるのです」

「彼らは今どうしている？」

殿岡が具体的な課題に言及したことで、これで完全に自分ははまった、と若宮は覚悟を決めるしかなかった。

「私の頭にあるのは六名です。うち二名は、いったん地元県警に戻った後、内閣情報調査室国際部にまた呼び戻されました。しかし、そのうち一人はリエゾンであり、かつてフィリピンに単身乗り込んで活躍を果たした輝かしい実績があります。もう一人の情報収集担当者ですがこれもまたベイルートで三名の日本赤軍メンバーの検挙に成功するなど、いずれもまさしく〝ハンター〟たちです」

若宮は思ってもいないそんな言葉を使わなければならない自分が嫌になった。

「で、残りは？」

殿岡が先を急がせた。

「それぞれの出身県警に戻って、国際テロ対策とは何の関係もない部署で最後の務めを行っています」

「まったく残念なことだ……」

殿岡が溜息をついた。

若宮はそうは思わなかった。彼らはそのほとんどが五十五歳を過ぎたか、過ぎようとしているのだ。そんな男たちにいったい自分は何を期待しようというのか……。

「ちょっと待て。それだけじゃないだろう。まだいるじゃないか」

若宮はそれを訊かれるのを最も恐れた。

「何と言った？　青森県警のあの男はどうした？　その卓越した分析力は警察庁でも彼の右

に出る者はいない、と聞いている。欧州における三人の留学生の拉致事件でも彼の活躍がすべてを解明したはずではないか？」

「ご存じなかったですか？　長官がおっしゃる、その『橋本』なる男は数日前、亡くなりました」

「えっ？」

「それも自縊（じい）（首吊り自殺）という手段で……」

「なんたることだ……」

殿岡は絶句したまま椅子の背もたれに力なく体を預けた。

「県警に戻ってからは管理部門へ配属されて……」

若宮はそれ以上の説明をしたくはなかった。

「しかし……呼び戻そうとする男たちにしても、まだ海外の情報機関や協力者との関係を維持しているといえるのか？」

「わかりません」

若宮はそれが自分にとっての唯一の安全策だった。だがそれは甘かった。殿岡はあくまでも判断を若宮に委（ゆだ）ねた。

「だが、やってみる価値はある。そう言うんだな？」

若宮は大きく頷くしかなかった。

若宮は早々と長官室を後にした。だから、今朝一番で、総合情報分析官（ゼロナナ）から受け取った報告書のことも口にすることはなかった。秋田県警外事担当部門からの〈情報関心〉とだけ名付けられた極秘扱いの報告書によれば、アメリカのボストンにある、アラブ研究財団なる聞き慣れないところから、秋田県庁に、秋田出身でラタキアに住んでいた日本人女性についての照会があったという。

理由は、彼女がアラブ社会に精通していることから、アドバイスを受けたいからだ、としていた。明らかにその背後にＣＩＡがいるはずである。

だがそれを口にしたところで、殿岡から山のような質問を浴びせかけられるだけだ。

問題は、自分は何も知らないということである。大きなうねりの端に立って傍観しているだけなのだ。

ＣＩＡがなぜ、その日本人女性を血眼になって捜しているのか——。

その答えを求められるのは、やはりあの男しかいないのか……。

もはや、がんじがらめじゃないか、と若宮は思った。

2001年9月16日　東京　杉並区

制服警察官が上げてくれた殺人現場用規制ロープを潜り抜けた北島浩輝警部補は、ばしゃばしゃという靴音に気づいて足元に目をやった。風俗店やスーパーの賑やかなチラシがでこぼこのコンクリートの上に散乱し、さらにその上に激しい硬い雨が降り注いでいる。顔を見上げると、今にも崩落しそうな郵便受けはどれもこれもひん曲がって体をなさず、消費者金融の督促状らしき封筒が束となって突っ込まれていた。掃除や手入れをする者が誰もいないことが一目瞭然である。つまり、借人管理が徹底されていないことを物語っているわけであり、これでは目撃証言を探すにはまずいな、と北島は思った。

ひび割れの激しいコンクリートが剝き出しの階段は、目を凝らさなければならないほど薄暗かった。しかも天井の蛍光灯はちかちかして弱々しく、壁づたいに手探りで上りながら、北島は早くもその確信を抱いていた。被疑者は必ずここに土地鑑（地域に精通していること）がある……こんなどうしようもない場所をよそ者が知っていることなどあるものか――。

二階に辿り着くと、その開け放たれたドアの前で踏み出そうとした足を思わず引っ込めた。足元には履物痕を検出するためのチオシアン酸塩の赤褐色の塊が溶けて流れ出している。仕方なく部屋の奥へと首だけを伸ばした。目に入ったのはアルミニウム粉末をプラスチックブラシで丹念に撒布（さんぷ）している本部鑑識課指紋係員たちの姿だった。目の前に部屋の奥へ伸びる、幅三十センチほどの黄色いビニールシートの通路帯が真っ直ぐ敷かれている。北島は透明ビニールの靴カバーをつけ、白い手袋をはめながらその通路帯に一歩踏み出すと、まず台所の周囲から見渡した。

そこは、台所というにはおこがましいほどの場所で、その寒々とした光景に鳥肌が立つ思いがした。たとえば、小型のガスレンジが置かれるであろうその狭い場所からして何も存在せず、小さなシンクがあることがせめてもの〝台所〟と言えるだけである。もちろん冷蔵庫も食器棚もなかった。ここに来るまでにキソウ101（機動捜査隊の指揮官車）へ飛び込んで聞き取った初動捜査情報によって、ここが「空き室」であると知っていたが、ここまで殺風景であるのも北島には異様に感じられた。

通路帯は短く、すぐに六畳一間の畳部屋に足を踏み入れた。北島はそのことに真っ先に気づいた。水カビの悪臭が鼻についた以外は、ここでは臭いがしない、ということである。しかも僅かに開けられたすりガラスの隙間からは南側に位置すると思われるマンションに遮られ、陽はほとんど注ぐことはない。電気でもつけりゃいいものをと顔を上げると、照明器具がそこにはなく、プラグ線がだらんとぶら下がっていた。

だが、そのことに気づくのは余りにも遅かった。

あの臭いがない！――。殺人事件の現場に踏み込むときに必ず味わう、生温かく、口腔内にへばりつくような、血の臭い（アレ）がまったくない。しかも空気に触れたことで赤黒いアメーバ状でぶよぶよしている血液も見あたらない。またランダムに点在するアラビア数字の番号が振られた黒い三角柱さえ置かれていない。つまり被疑者（ホシ）や被害者（ガイシャ）のいずれの遺留品も存在しないことを示唆していた。

しかしそれにしても、この悲劇的な殺風景さときたらいったい何なんだ……。

アパート一階の自転車置き場に集められた、北島を始めとする本部捜査第1課殺人犯捜査第2班員八名は誰もが押し黙ったままだった。北島は、びしょ濡れになりながら這（は）いつくばって側溝を調べる機動捜査隊員をじっと見つめていた。

「特異点は二点だ」

顔を上げると、本部捜査第1課庶務（しょむ）担当管理官が強ばった表情のままメモを捲っていた。

「第一、死体発見現場には血痕（けっこん）が一切認められない。水道は閉栓（へいせん）状態であり、洗い流したことは考えにくい。かつ、ルミノール反応もナシ。よって犯行現場は別にあり、そこから遺体を搬入したことが思料される」

もちろん、最初からすべてが異様なのだ、と北島は思った。ここから四十キロ近くも離れた西多摩署の地域課警察官が行方不明となってから二日後、突然、こんな場所で発見されたのである。

「第二、死体発見時、被害者（ガイシャ）の両足は靴下姿。また、左右の手首から先が切断。着ていたはずの上着と靴および手首は発見されていない」

庶務担当管理官が北島へ視線を向けた。

「で、被害者（ガイシャ）の身元、再確認しろ」

「西多摩署地域課、警察官です」

北島は機動捜査隊指揮官車（キソウ101）の中で隊長から受けた報告を口にした。

「その根拠は？」

管理官が素早く聞いた。

「携帯していた警察手帳に添付された顔写真、ならびに西多摩署地域課長による確認、以上です」

「よし。尚、拳銃は被害者である警察官のホルスター内に留置しており、五発の弾もそのままである。さらに無線機、警察手帳、財布等の所持品は奪われてはいない。以上だ」

何か質問があるか、という風に庶務担当管理官が顎を上げて本部員たちを見渡したとき、

「ひってえ……」と殺人犯捜査第2班でたった一人の巡査部長が掠れた声で言った。北島は振り返って、「バカヤロ！　ぐたぐた抜かすんだったら出てけ！」と怒鳴りつけた。死体の損壊(そんかい)状態についていちいち反応する奴を北島はいつも許せなかった。

　体軀のいい体を小さく丸めるようにした機動隊上がりの巡査部長を無視して、北島は腕を組みながらアパートを黙って見上げた。それは思考が深く掘り下げられてゆくときに必ず取るいつもの彼の癖だった。

《なぜ手首を切断する必要があったかだ……》

被疑者(ホシ)が両手首を切り落としたのは、宗教的、加虐的な精神状態からではないはずだ、と北島は確信をもっていた。

それをする必要があったのだ。被疑者にとって絶対に不可欠な〝目的〟だったはずである。現職警察官の両手を切り取らなければならない明らかな理由が絶対にあったのだ——。

２００１年９月16日　静岡市

今度は間違いない！

名村は自信があった。

コーヒーショップに座る名村から、時計の針で十時の方向――。

そこに座る男は、新聞を広げているが、明らかに緊張している。

また、店の外で、イチャイチャしている風の男女も、目が笑っていない、と名村にはそう思えた。

名村は湧き起こった衝動に勝てなかった。強引な手段によって、あいつらの素性を暴露させてやる――。

そう思うと、名村はすぐに行動に出る構えをした。カップの底に残ったコーヒーを喉に流し、伝票へ手を伸ばして――。

後ろで立ち上がった老人が、よろよろと名村にぶつかった。

老人は、消え入るような声で詫びると、危なっかしく杖をつき、よろよろと店を出て行った。

名村は、せっかくのタイミングを台なしにされたことで、衝動が消え失せた。

あのヨボ老人め！

伝票に伸ばした手を引っ込めたとき、その上に、さらに一枚の紙が載せられていることに気づいた。

そっと手にしてひっくり返した名村は、思わず唾を呑み込んだ。

名村は老人を捜した。だがすでにその姿は店の外へ消え失せていた。

ここにこれを置けたのは、あの老人だけである。どう見ても、もし、自分が睨んだ者たちが追尾員であったとしても、老人とは、別チームであることが窺えた。そんな手の込んだ配置をするはずもないからだ。

店を出た名村は、しばらく歩いたところで、自然を装って尾行点検を行った。

だが、店にいた者や、カップルの姿はなかった。

それでも、そういった者たちは直近追尾員で、他にも遊撃の追尾員がいる可能性を考えた名村は、歩道橋を三度上り下りし、追尾員を切った上で、目的の場所へと急いだ。

老人が座っていたのは、公園のブランコの脇にあるベンチだった。

名村は、わざと乱暴に座った。こういったゲームはとっくの昔に終わったのだ。

「まず機関名を明らかにしろ」

名村は老人の顔を見ずに、ぶっきらぼうに言った。かつてのようなスパイごっこは二度と御免だった。

「性急だな」

辿々（たどたど）しい日本語の、野太い声が返ってきた。

「お前、どこのバナナだ？」

名村は、マナー違反をも敢えて口にした。バナナとは、日系欧米人の機関員に対する国際テロリズム対策課が使っていた蔑称だった。皮膚は黄色いが中身は白いという意味である。

「分かってるはずだ」

老人が言った。

「ならＣＩＡか？」

今更、保秘もへったくれもないさ、と名村は投げやりに訊いた。

だが老人はそれには答えず、名村が予想もしない、言葉を投げ掛けた。

「バールベック、懐かしい名前だと思わないか？」

名村は、ゆっくりと老人の顔を覗き込んだ。

だが、見覚えのある顔ではなかった。

ただ、その黒い瞳の中に、名村ははっきりと見つけた。

レバノン杉の、あの青々とした姿――。そして脳裏に浮かんだものは、またしても晴香・ハイマの笑顔だった。

——1986年10月　シリア　ラタキア

晴香がそのことを提案したのは、在シリア日本大使館を離任するまであと半年ほどに迫った頃だった。

約束の場所はアル・ムタナビ通りにオープンしたばかりのアメリカンスタイルのカフェの脇。一ヶ月ぶりの再会でのことだった。

海岸まで出て、波打ち際を歩きながら、名村はその言葉が信じられず、思わず立ち止まって晴香を振り返った。

同時に、とんでもなく危険なことだと体全身が拒絶反応を起こした。

だが晴香は、「先日はお役に立てなかったようですね……」と残念そうに言ってから、「ご紹介する方は、私がいろいろ面倒をみてあげているから大丈夫ですよ」と平然と続けた。

晴香が提案したのは、ある〝シリア人の知人〟を紹介する、ということだった。それが夫妻であることは説明したが、どういう職業であるのかは口にしなかった。

ただ、その目配せと口ごもることで、普通の男ではないことを名村は悟った。つまり、彼女は〝お膳立て〟をしてくれたのである。

「でも、その人に会うこと、とても参考になる相手じゃないかと思いますよ」

彼女の言葉が極めて慎重な言い回しだったことに名村は気づいた。だから、もしかすると、自分が最も会いたい類の男であるのかもしれない、と警戒心よりも期待が膨らんだ。

「それにしても、いったいどこで会うと……」

名村は激しい興奮を抑えて冷静になれ、と自らに言い聞かせた。

「ご夫妻が明後日、ダマスカスからこっちに来られて、昼食をご一緒することになったんです」

名村はズボンのポケットに両手を突っ込んだまま、砂浜に目を落として歩きながら慎重に耳を傾けた。

「ですから、昼食が終わる頃、そのレストランに来てください。偶然を装って紹介しますから」

名村が驚いた顔を上げると、晴香はいつもの硬い表情のまま笑っていた。

「しかし、どう考えても無茶な……」

確かに無謀だった。

「だって、その人の奥さん、死んだ夫の姉なんです。ここでは、家族（ファミリー）の絆（きずな）は強くて永遠なんですよ」

その情報が基礎調査の段階で洩れていたことに名村は気づいた。

「しかし……」

名村はきっぱり断ろうという気が失せた。やはり断るべきだ、という思いと、こんな機会はそうそうあるものではない、という言葉が脳裏で激しく戦い合った。

「でも、何と言って僕を紹介するんです？」

名村にとってそれが最大の問題だった。

だが、晴香は、もちろん、身分を名乗られても平気ですよ、と軽くいなした。そして、だって、私、今でも故郷の国籍を持っているんですよ。だからあなたのような職業の人を知ってても全然不自然じゃないでしょ？　と静かな笑顔をみせた。

名村は笑顔を返しながらも、頭の中では脅威評価を大急ぎで行った。しかしやはり余りにも……。

「しかも奥様は、私を信頼してくれているんです」

そうは言っても、と名村はまだ戸惑っていた。

「とにかく、私なら安心してください。これでも、こんな物騒な中東でずっと暮らして来たから、何が安全で、何が危険だ、ということくらいは分かっているつもりです」

晴香は神妙な顔でそう言うと、「では、明後日」と立ち上がりかけた。

名村は「しかし……」と言って慌てた。だが決断が速いのは晴香の方だった。「そうですね、午後一時半くらいにこの店で」と言ったきり、名村から借りた万年筆で自分の手のひらにその店の名前と通りの名前を書き込むと、名村が頷くのを見届けてから、すぐに指で擦って消し去った。

名村は苦笑しながら彼女のせっかくの誘いに乗ることを承諾した。

頭の半分では激しい警告音が鳴り響いているが、その不可思議な〝出会い〟の誘惑に勝てなかったからである。

しかもその〝警告音〟とは、彼女の身の危険そのものよりも、〝協力者を危険に晒すことで失いたくない〟という計算だった。

晴香は結局、その日、紹介する相手について素性を口にしなかった。だが、名村にはその男の素性について予感があった。彼女の表情と口ぶりからそれを読み取ったのである。

名村は〝読み取った〟ということが不思議になった。確かに彼女との接触はすでに二年半も続けられている。しかし、二人の関係はまだビジネスライクである。自分はまだ冷厳なまでに一切の感情を切り離し彼女を協力者として育成することに徹しているし、またそのことにこそ快楽を感じている。それは絶対任務である。

しかし、すでに互いの気持ちを推し量るまでに感情が通じ合っているのだろうか、という思いがふと過ぎった。少なくとも心の会話があったことは事実なのだ——。

彼女からはある程度、信頼を得ていることも間違いはない、と名村には確信があったし、それは緩やかだが徐々に高まっていることを実感した。

だからこそ、身の上話も聞かせてくれたし、チェコスロバキアの情報も教えてくれ、そして今日、その危険な接触を演出してくれることを提案してもくれたのだ。

だから何だというんだ！　と名村は自分に苛立った。自分は何か別のものを期待しているのか、と問いかけた。だが名村はその先を考える余裕がなかったし、そうする必要などないのだ、という強いブレーキが心にかかった。ケースオフィサーとしての任務を忘れるな、と自分に言い聞かせた。

しかも名村には急いでやるべきことがあった。〝ダマスカスの友人〟と接触するための方法を探ることとその安全対策を立てることだった。


私はいったい何をしようとしているの！　と晴香は心の中で叫んだ。それがどれだけ危険なことと知っていながら——。彼に紹介しようとしている相手がかつて自分を口説こうとしていた——もちろん義姉には内緒で——その弱みがあったことも決断に繋がったが、それでもなぜ？　という言葉が脳裏に何度も浮かび上がった。

だが、それでいて後悔という言葉は見つからなかった。ただそこから先は考えることはしなかった。なぜなら何の意味もないと思ったからである。何かを期待することもしなかった。自分がそうしたいから、そうするまでのこと――今はそれだけは確かなことだった。

偶然を装った出会いは、彼女の言うとおり完全に成功した。シリアでも上流階級に属していそうな上品な夫妻のどちらもが英語を話してくれたことで印象を悪くさせないことができた。

しかし一番の功労者は何と言っても晴香だった。ごく自然な驚きで自分を見つけてくれ、それほど親しくもない風の演出をしながらも、巧みな言い回しで、この人は信頼できる人だから、という意味の言葉を告げて、目の前に座る大食漢風のシリア人の男から「いつでも歓迎するさ」という言葉さえ引き出してくれたのだ。

晴香が紹介してくれた男は、蓄えた顎鬚はすでに真っ白で、襟の大きな白いシャツとズボンというラフな姿だったが、名村に向かって視線を流す時は決まって瞬きをしない。しかも、晴香の投げ掛けるジョークに笑うときも、一瞬にして冷静な表情に戻るのだ。だが、男の顔を見た瞬間の反応は抑えることができた。

ラタキアでも最も人気の高い「レストラン・エル・ダール」で出されたバロイド・マセラ

（焼菓子）は余りにも甘すぎて顔を歪めたいほどだった。だが、名村がそれを我慢するために苦いシリアコーヒーをごくんと呑み込んだとき、考えてみれば、晴香とこうやってレストランで落ち着いて面と向かったことは初めてだ、と感慨深くこれまでを思い出した。だから、晴香が口にしたその言葉を名村は聞き逃したのだ。

「いや、失礼。今、何と？」

「彼は、レバノン杉（シダー）を見たことがあるかって聞いてらっしゃるんです」

名村は驚きを顔に出さないことに苦労した。レバノン杉（レバノン北部に群生する樹齢千数百年の杉）と聞いてすぐ思い浮かべられる者はそう多くない。名村が体の奥深くで反応したのは、それが有名なレバノン北部――つまり〈バールベック〉という日本赤軍のキャンプがある魑魅魍魎の街を指す〝隠語〟であるからだけではなかった。目の前の男が、名村がそのことに興味を――しかも並々ならぬ興味を持っていることを彼がここで口にした、そのことだった。

名村は慎重に考えた。これは自分の正体を確かめるためのテストなのか？

それとも、その反応次第では今、この瞬間に身柄を拘束しようと待ちかまえているのだろうか？

だが、それを判断するには余りにも時間が少なかった。

名村は意を決した。正攻法で行くこと、それが窮地に陥ったときに選ぶいつもの名村のやり方だった。だから「いえまったく」という言葉も名村は笑顔で言えた。そしてさらに「でも一度は行ってみたい、前からそう思ってはいるんです」と踏み込んだ。

シリア人の男は、テーブルのワイングラスの下に敷かれたコースターを取ると、万年筆で何かを書き込んだ。そして「そこには私のファミリーがいる。会ってみるがいい」と言って、名村の前に置いた。

名村は、信じられない、という風に顔を上げた。そこには、バールベックのある住所と、名前が乱暴な英語で書き殴られていた。

「ただし、希望が叶うかどうかは保証できない。知っての通り、あんたが関心を持っているだろう『友人たち』は我々にとっても重要な〝フレンズ〟だからだ」

名村は息を呑み込みながらじっとシリア人の男を見つめた。〝友人たち〟とは、この世界ではテロリストたちのことを意味する隠語である。

名村はアラビア語を通訳してくれた晴香をまじまじと見つめた。だが晴香は特別な反応もせず、シリア人の妻との賑やかな会話に戻った。晴香が傍らの妻との話に夢中になったのを見届けたシリア人の男は、突然、名村に向かって手招きをして顔を近づけるように促した。

「忠告しておくことがある」

シリア人の男は急に英語で話しかけた。

「わが国に限らず、どの国においても、協力者の獲得工作は、主権侵害行為ということを忘れてはならない」

名村はゆっくりと頷いた。だがなぜか警告音は頭に響かなかった。いつも何度も聞かされている言葉なのだ。

「もし必要ならば、まず私に言いたまえ。希望する相手を探して（フッキング）してやるし、獲得（オペレーション）も行ってやる」

それだけ言うと、シリア人は急に笑顔に戻った。

「君はたった一人で無謀な仕事をしている。だから、それに哀れな尊敬をしたまでだ」

晴香がふと視線を名村に送った。笑顔で首を傾けていた。そのとき初めて、不安という言葉が脳裏に浮かび上がり、後悔という思いが体の奥で湧き起こった。


翌日、名村は昼休みに大使館に勤務する電信官を昼食に誘った。海岸通りの地中海料理のレストランでごちそうしてやったのだ。だがそれは初めてのことではなかった。これまでにも何度か、自宅に呼んでは料理を——手巻き寿司は最も喜んでくれた——振る舞っていた。彼らの給料は驚くほど安く、そしていつも外務官僚たちにこき使われている、そんな愚痴の聞き役となった。

　だから名村のその無理な頼みにも二つ返事で応じてくれた。

　名村は、バールベックへ行くことを東京の日本赤軍ハンターの指揮官に伝えなければならなかった。そのために何枚もの報告書をまとめたのだが、肝心な目的は海外捜査費の請求だった。

　そのためには、秘密警察も開けることが許されていない〈外交行嚢〉という〝特別な郵便〟を使うことを大使館公使に申請する必要があった。だが最近ではそれを使用することが厳しくなっている。もともと我々には冷たいのだが、数年前にある愚かな外交官がそのシステムを使って密輸を謀っていたことが暴露されてから、より一層、それを使うことが制限されていることを名村は知っていた。しかも、中身をすべて大使館公使に明らかにしなければならない。そして、許可されれば中身を入れた袋の先を紙で封印し、そこに大使館公使のサインが書き込まれる——それが規定だった。名村にとって当然それはできなかった。レバノンに行くことなど言えるはずもないからだ。

　だから電信官の協力が必要だった。サインされた〈外交行嚢〉を最後に預かるのが電信官だからである。

　昼食から大使館に戻って来てすぐ後、電信官は直ちに動いてくれた。名村が徹夜で書き上げたその分厚い報告書を外交行嚢(パウチ)用の袋にそっと忍ばせ、さらにそこに貼り付けた封印の帯に自分でサインを書き込んでくれたのだ。

「公使のサインはいつも見慣れていますんでね」

電信官はそう言って小さく笑った。

——1986年10月　シリア　ダマスカス

自分の勘はこれまで一度たりとも外れたことがないのだ、とシリア秘密警察防諜部のオメッド・アル・アミール大尉は、笑みを湛えながら届けられたばかりの報告書を、大きな鷲が描かれた指輪をはめた指でピンと弾(はじ)いた。

アミール大尉の目が釘付けとなっていたのは、ある日本大使館員の動向に関する報告書だった。

それをしたためたローカルスタッフとして日本大使館内に送り込んでいる協力者によれば、その館員は、本来の業務があるにもかかわらず、休暇が多く、外出も頻繁という不審な行動をして大使館幹部からいつも怒鳴られているという。

つまり、外国大使館の監視を任務とする我々にとって関心を抱くべきは、業務をほったらかしてまでやらなければならないことが他にある、ということだ。

しかもこの男に関するファイルは、二年前にも存在したのだ。それによれば、シリア領内で行方不明となっていた日本人技術者と思われる遺体の確認というわけで、日本国家警察（NPA）の職員として頻繁に入出国を繰り返していた。それが、まったくの言い訳であることを、この優秀なアミール大尉が見抜かぬわけはない、と思った。

なぜなら、まずその男がダマスカスから頻繁に通い詰めていたのが、ラタキアだったからだ。二年前の検問記録にそれは残っていた。そして、ダマスカスでの滞在記録もいかにも胡散臭いのだ。たとえば、日本人の観光客や文化使節団の多くは、金にものを言わせて「シェラトン・ダマスカス・ホテル」か、中級クラスでも、ヒジャーズ駅近くの「スルタン・ホテル」に宿泊することが多いのに、この男が滞在先としていたのはアラブ系の客が多い「アル・イーワン・ホテル」だったのである。普通ならとりたてて不審に思うことはないが、そこが他の奴らと違うところだ、とアミール大尉はほくそ笑んだ。だから、自分がこれから指揮する部隊がどんな〝囁き〟も逃しはしないだろうと確信した。

アミール大尉は、一人の部下を内線電話で呼びつけた。そして、彼がやって来ると、「私の勘はこれまで狂ったことはないのだ」と言った。

　名村がベイルートの日本大使館を頼りにすることはなかった。内戦の激化で館員すべてがダマスカスに避難し、ローカルスタッフがいるにはいるが、もちろんアテにはならない。いや、たとえ機能していたとしても名村がそれをするはずもなかった。だから、ダマスカスで知り合った——そうするためだけでも一年という月日を費やしたのだが——ペプシのアメリカ人駐在員の助けを借りることとなった。彼によれば、レバノンは一時の激しい戦闘は止んだとは言え、いまだ内戦中であることには変わりがない。しかも様々な軍閥どうしが混在しながら戦いを続けているので、国全体が戦場だと表現するに相応しい——ペプシの駐在員からはそんな何とも頼もしい回答が返って来た。

　ペプシ駐在員は「気を付けなければならないのは、テロリストだけではない」と付け加えた。特に目指すバールベックに向かうために通過しなければならないベイルートでは特に〝グリーンライン〟（ベイルート市内を宗教などで分断するライン）付近では、正体不明の武装集団による強盗や殺人、さらにスクーターに乗った追い剝ぎやひったくりが頻発しているという。その男がやけに現地情勢に詳しいことが気になったが、現実的な情報だった。とにかく名村にとってはそれはまったく楽しくなるような世界というわけなのである。

名村はタクシーをチャーターした。その方が目立たなくて済むだろうし、道も分かっているはずだ、と判断したからだ。だが、大使館に出入りするタクシードライバーは使わなかった。いつものとおり、何事も情報が洩れるリスクは排除することを優先した。

タクシードライバーは案の定、相当なチャーター代を吹っかけて来た。しかも、目指す場所が、バールベックという村だと聞かされると、さらにその倍額を要求した。そこが、テロリスト、麻薬密売人、武器商人という物騒な奴らがたむろするところであることは余りにも有名だったからである。だからある程度、金を積むことも仕方がない、と名村は覚悟していた。だが、提示された金額は余りにも荒唐無稽だった。

しかも資金は潤沢ではない。警察庁〈日本赤軍担当調査官室〉から派遣された〝運搬人〟が海外捜査費を特別に運んでくれたが、その接触費というレベルで、つまり〝レストラン代〟くらいのものだった。しかも防衛、通信、非常待避のいずれにおいても自分で考えろ、というわけである。

だが名村は今更、苛立つこともなかった。いちいち怒りを感じることは健康にも良くないと、最近、悟りにも近い心境になっていた。

バールベックという村はベイルートから北に位置する険しい山岳地帯のなかほどにある。

もちろんレバノン領内なのだが、事実上、シリア軍の支配地であり、パレスチナ系過激派だけでなく、多くのテロリストグループの軍事訓練場も点在していることから、まったく治外法権の——テロリストにとってはまったく理想的な——聖域であった。ゆえに海外のマスコミや、西側情報機関でさえなかなか足を踏み入れることはできない、この地球上でも最も危険な場所の一つであった。

名村はタクシードライバーとの交渉を再開した。いつもの通り、その三分の一から交渉を始めた。結局、最初の提示の三分の二まで持ち込んだが、付け加えて小麦粉を六十キロ買うことで契約は成立した。

幸いなことに、ベイルートとダマスカスを結ぶ通称〝ダマスカス街道〟からレバノンに入り、一旦、ベイルートを経由して、バールベックに辿り着くまで襲われることはなかった。だが、その代わりに名村が乗ったタクシーを検問所らしき場所で迎えたのは、目出し帽をすっぽり頭から被った黒ずくめの武装集団だった。彼らはカラシニコフAK47小銃の銃口を後部座席に突っ込み、アラビア語で何かを喚きながら名村を脅したが、タクシー運転手が自分の身分証明書を提示するとやっとそこを通り過ぎることを許した。だが、後ろからは、殺気立った目をした男たちが乗る、その埃だらけのボルボやルノーがしばらく張り付くこととなった。運転手は「あいつらはヒズボラ（イスラム原理主義過激派）だ」と首を竦めたが、後ろは振り返るな、と厳しい口調で警告した。尾行点検をしている風をみせるとスパイと判断され、二度と帰れることはない秘密の尋問所へと連行されるからだ、と運転手は忠告してくれた。

「彼らはこの辺りでは英雄なのさ」

運転手はそう言って首を竦めた。

山襞に沿うように白い石造りの家屋が重なり合うその街の奥へと進みながら、ここがもっぱらテロリストの街とされているのはごく最近の話であることがよく分かった。そもそもは紀元前に遡る歴史を持つこの古都は、壮麗なジュピター神殿が残ることからしても、かつては欧州からも芸術家たちが集ったところであることを名村は思い出した。だが運転手の言葉がそんな気分を台なしにした。

「あっちはヒズボラ、あっちはパレスチナ解放人民戦線、あそこはアマル、そっちはアル・アクサ殉教団……」

運転手は、名だたるテロリスト・グループの名を口にし、それぞれのキャンプがある場所を指で差し示した。その四方八方に広がる光景はまさしくテロリストのモザイクじゃないか、と名村は息を呑んだ。

タクシーがダウンタウンに入ると、意外なことに生鮮食料品を並べる屋台が所狭しと道を占領し、活況を呈していた。タクシー運転手は、「あそこにわんさか小麦粉があるぜ」と言って、一軒の屋台を指さして歓声を上げた。名村がフロントガラスに身を乗り出すと確かにそれは膨大な量だった。他の店よりはひとまわりも大きいその荷台に高さ一メートルほども積み重ねられているのだ。

名村は、〝ダマスカスの友人〟からかつて聞かされた話を思い出した。小麦粉を満載してトルコのイスタンブールなどからベイルートへ輸出される貨物船の数パーセントは地中海で海賊に遭遇するのだという。そして、そのまま小麦粉を積んでベイルートのジェニエ港の埠頭に着くのだが、その時は船の名前がすっかり変わっている。つまり貨物船ごと盗んで、上甲板に並べられた巨大なコンテナ群は幾つかの盗賊集団にそっくりそのまま分け与えられるのだというのである。

名村は、小麦粉を買うのは帰りにしてくれ、と渋る運転手を納得させて先を急がせた。

賑やかな町並みを過ぎると、石造りの平屋建ての無機質な住宅群が、舗装されていない細い一本の道の周りに続きだした。その暗い雰囲気にも名村は違和感を持ったが、ナッツの殻がそこらじゅうに捨てられた舗道のあちこちで、ただ呆然と椅子に座って辺りを眺めている男たち——アラブではその光景はどこでも見かけるのだが——が、死んだ魚のような目を一斉に向けている姿こそ不気味だった。

タクシーを降りてしばらく狭い階段を上ったとき、ふと名村が顔を上げると、すぐ目の前にオレンジ色のモザイクに装飾されたモスクが悠然と見下ろしているのが恐ろしくさえ思えた。時折、「パクストン！」という叫び声が聞こえ、名村がその方向に目をやると、日本ではもはや見かけない旧式のヤマハスクーターに乗った少年がカートン箱を頭の上に掲げながら傍らを過ぎていった。〈パクストン〉とは大麻が含まれていると噂のある紙巻きタバコである。そして、そこかしこに小銃と弾帯を抱えた男たちが闊歩（かっぽ）する姿は、この街の運命を物語っているようだった。

ダマスカスの旧市街（ダウンタウン）で買い求めたカフィーヤを頭に被っていたので、物乞いが近寄って来ることはなかったが、誰もが自分に視線を送っているような気がして名村はまったく落ち着かなかった。今にも、誰かが駆け寄って来て、ＡＫ47の七・六二ミリ弾を叩き込む――そんなことさえごく容易に想像できたのである。

目的のその場所は、雑然とした石畳の脇道を入った暗がりの奥にあった。アラブ式喫茶店とも言うべきその〈マクハ〉は、中東ではよくみかける一般的なものだったが、ただ漫然とテーブルが点在しているだけの空間だった。物憂げな老人たちが漠然と通りを眺めながら、股の間に挟んだ長いガラス管の底をタイル状の床に置いて水タバコ（アルギーレ）を吸っていた。名村は思わずその店中に漂う煙と臭いに噎せ返って、目が染みて涙が溢れた。

涙目を拭いながら店内を見渡すと、燻ぶったオイルの臭いがするランプの灯が揺らめき、猥雑な笑いに包まれていた。しかも、アップテンポなアラビア音楽がやけにうるさかった。

その時、じっとこちらに投げかけられている視線を名村は少なくとも三つ数えることが出来た。死んだような眼をしたその男たちは、ただ東洋人であることへの好奇心だけでそうしているとは思えなかった。隙あらば荷物を引ったくってやろうとしている奴か、権力闘争の亡者たちが放った監視者か、いやそのどちらであっても今更どうしようもなかった。彼らがそれを決意する瞬間にすべては終わるのだ。

そして、目指す男の直近で警護につく男以外にも、店のすぐ脇にある階段に二名の警護員らしい男を配置させているのが見えた。体をすっぽり被ったマントが胸のあたりでこんもりと盛り上がり、その大きさからするとライフルを握っていることが想像できた。

白髪が交じった口髭をしきりに撫で回す、そのシリア空軍の情報将校にしても尋常ではなかった。アルギーレの長いパイプをもてあそびながら、鷹揚に足を組んで意味深な笑いをずっと名村へ投げかけていた。

だが名村は、男の斜め後ろを歩く店員が気になっていた。ナツメヤシの実から作ったアラックらしき飲み物を運ぶ店員は、無表情にテーブルを回っているが、時折、情報将校の背中を鋭い目つきで睨み付けるのだ。その眼差しは、死んだような目をした男たちで埋め尽くされたこの店内では余りにも異質だった。名村はふと二名の警護員へ視線を送ったが、彼らはその店員には目も向けていない。あくまでも店の外を警戒している。注意してやろうかと思ったが、すぐにその考えを放棄した。自分はまだこの街のルールを知っていないのだ。

「あんたが言うような、その〝友人たち（フレンズ）〟らしき者たちが、近くの軍事キャンプに飼われているようだ、という噂は聞いたことがある。重要なのは、〝聞いたことがある〟ということだ」

名村は黙って頷きながら、怒りが込み上げた。〝友人たち（フレンズ）らしき者〟？　〝噂は聞いたことがある〟だって⁉　よくもとぼけてくれるじゃないか。九年前、バングラディシュのダッカで日航機をハイジャックし、人質と引き換えに日本の刑務所から釈放させた者とその犯人である日本赤軍メンバーの終着駅はここじゃないか！　しかも同時に奪い取った六百万ドルもの身代金も最終的にはここで降ろされたのだ！

「で、あんたは、その日本とかいう、聞いたこともない国からわざわざやって来て、何がご所望なんだ？」

情報将校は、まるで流浪の民を見下ろすかのような目で言った。

「彼らを逮捕（アンダー・アレスト）したい」

名村の毅然とした声が、退廃した空気が支配する店内に小さく響き渡った。正確な英語で伝えられた自信が名村にはあった。もちろん正確に言う必要があったのだ。

「何だって？」

情報将校は身を乗り出して顔を歪めた。「逮捕だ」名村が続けた。

「逮捕？」一旦、口を大きく開いて硬直したシリア人の顔が突然緩み、大きな笑い声に変わった。「あんた、お縄をかけようと遠路はるばるやっていらっしゃった、そういうわけか⁉」

情報将校は突然、声を上げて笑った。そして涙さえ浮かべながら、「神のみぞ知る（インシアッラー）」と言って笑いが止まらず、噎せ返りながら首を竦めた。

「シリア軍の親父（おやじ）さんの紹介だから会ってはやったが、お引き取り願った方がよさそうだ」

顔は笑ってはいるが、もはや目はそうではなかった。だから、名村は「どこにいるかさえわかれば国際協力を求める」と悔し紛れに言うのが精一杯だった。

どこにいるかがわかればだって？　と情報将校はニヤッとした。「じゃあ、どうぞ」

情報将校はそう言って名村の背後へ顎をしゃくった。

名村が後ろを向くと、そこにはそこらじゅう焼け焦げた跡の残る煉瓦（れんが）作りの一軒家がぽつんとあった。名村は驚いて情報将校を振り返った。

「彼女の家（ホーム）だ」

情報将校はこともなく言った。

「彼女？　ホーム？」

「つまり、あんたがいう〝友人たち（フレンズ）〟のリーダーが住んでいる、そんな噂があったね」

名村は急いで、その小さな家をもう一度振り返った。名村の目が釘付けとなったのは、その家のドアが開いていたことだった。しかも暖簾のような白くて薄いカーテンだけがぶら下がっている。もし自分がそこへ足を向けるのなら二十歩、いや十歩で辿り着けるはずだ。そしてその中には、日本赤軍の指揮官とされる女性コマンドが存在しているのか!?　だがもしそれが本当だとしてもいったい何ができる？　しょせん警視庁の特殊部隊や自衛隊をここに投入できるはずもないのだ……。

「何のことはないさ。武装した民兵や特殊部隊（エリート）なんて必要もない。そうだ、飛んで行って首でも絞めるか？　いや、失礼。あんたの目的はお縄をかけること、そうだったな？」

情報将校が目をひん剝いて自分の吐いた煙に噎せ返りながらまた笑った。名村は無表情のまましゃべるがままにさせていた。だから、国際協力というんなら、せっかくここまで来たんだから、いいアイデアを教えてやる、とする情報将校の言葉にも半分だけ耳を傾けた。彼が言うには、サウジアラビアの御曹司が今、全世界から人を集め、幾つも軍事訓練キャンプを作り始めているというあの話だった。

「それこそ〝国際協力〟じゃないか、えっ？」

情報将校は腹を抱えて笑った。

「そいつの名前は……えーと何て言ったっけ？」

情報将校は背後の防護要員を振り返った。だが彼らは首を振った。

「オサマ・ビン・ラディン」

名村がぶっきらぼうに口にした。情報将校は、そうそう、そんなような名前のやつだ、と言って、パキスタンのトライバルエリア（アフガニスタンとの国境地帯）を拠点にしているらしい、と続けた。

「まあ、田舎者たちだがな」

情報将校は愉快そうに首を竦めた。名村は反応しなかった。もはやこれ以上、ここに長居する理由はなかった。

「ところで、あのシリア軍の親父さんの義弟のことは知っているか？」

情報将校が唐突に訊いた。その顔はにやついていた。

「交通事故で……」

と名村は慎重に言った。

「そう、あれはまったく可哀想だった。初めはモサドの犯行かと疑ったらしいが、どうも違ったらしい。いや、そんなことはいいんだ。彼にとってそれよりももっと不幸なことがあった」

名村は嫌な予感がした。

「あんないい女を二度と抱けなくなったことだ」

情報将校がまたにやついた。

「会ったことは？」と聞く情報将校に、名村は「一度だけは」と再び慎重に答えた。それがもっとも無難な答えだった。

「今度来るときは是非、そのご婦人もご一緒に。国境（ボーダー）まで兵員装甲車（APC）を陸軍から調達して迎えに行ってやるさ」

名村は怒りを押し殺しながら「考えておきますよ」と言って立ち上がった。

「そして、ご婦人は私が責任を持って送り届ける」

淫靡（いんび）な笑いを続けながら情報将校は、片手を掲げて指を鳴らした。防護員たちが情報将校を取り囲んだ。

「今晩は新月だ。こんな日は家に閉じこもっているに越したことはない」

屈強な男たちに囲まれながら情報将校が去って行った後、溜息を吐き出した名村はチェックをするために店員を探した。だがその姿はどこにもなかった。チップを多めにおいてからそこを後にした名村は、情報将校が言っていたあばら屋をしばらくじっと見つめた。名村は激しい脱力感に襲われた。目の前にいるかもしれないのに何ということだ！

突然、激しい銃撃音が腹に響き渡った。振り向くと、階段の上、モスクの方向から叫び声と悲鳴が起こっていた。その直後、階段の上から、一台のベンツがクラクションを撒き散らしながら猛スピードで駆け下りて来るのが眼に入った。上下に激しくバウンドしながら名村の目の前を通過しようとしたその時、名村の目が釘付けとなったのは、粉々に割れたリアウインドウでも、後部座席で殺気立った顔をして血だらけの防護要員を抱えたシリア空軍の情報将校でもなかった。その車の天井に仰向けで貼り付けられた、アラックを運んでいたあの店員の姿だった。そして、男の頭半分がそこに存在しないことが分かったのは、ベンツが階段を降りきった時だった。

甲高く引きずるような礼拝の呼びかけ(アザーン)が辺りに響き渡った。聞き慣れているはずのその〝歌声〟に名村は初めて全身に鳥肌が立った。

——１９８６年12月　シリア　ラタキア

「——ですから、明日、その街でご葬儀なんです」

それが二ヶ月ぶりに再会したときに、晴香が最初に口にした言葉だった。

「まさか……行くんですか……？」

彼女はまた名村の万年筆を使って、今度は自分の手のひらに〈バールベック〉という、その葬儀が行われる街の名前を書き殴った。

「だめだ。危険だ」

名村は本気で反対した。

「彼の車には三人の子供たちが乗っていたんです。そのために……」

晴香が慎重に言葉を選んで説明したのは、二ヶ月前にバールベックで会ったあのシリア空軍情報部の情報将校が家族を連れ、ベイルート経由で帰国する時の悲劇だった。なぜそんな危険なルートを使ったのかと言えば、妻が西ベイルートで輸入物のパルファムを購入したい、と言い出したからだという。内戦中だとは言え、闇ルートはまだ残っていると言って彼女はこだわったという。

そして、ベイルート市内を宗派や軍閥で分断するグリーンラインに一家が乗ったアウディがちょうどさしかかった時のことだった。突然、テロリストが放ったとみられるＲＰＧ－7対戦車ロケット砲のヒート弾がフロントガラスの目の前を横切った。そしてそれに敵対していた軍閥の戦車が応戦し、瞬く間にそこは戦場となったのだ。さらに甲高い金属音がしてイスラエル防空軍の対地爆弾戦闘機が目の前のビルに爆弾を投下した。轟音(ごうおん)とともにコンクリートの固まりが一瞬にして砕け散った。コンクリート片が車のボディに激しく叩きつけられ、フロントガラスが粉々に割れた。それでも情報将校は巧みなハンドル捌きで西ベイルートの外れまで行き着くことができた。情報将校がほっと溜息をつき、目の前のダマスカスに繋がる道に出ようとしたその瞬間、道路に設置されていた地雷がアウディを一瞬のうちに粉砕したのだ。救出に駆けつけたシリア陸軍部隊に、命をとりとめた情報将校はその顚末を途切れ途切れに語ったが、妻と三人の子供たちは即死状態だったという。

名村は晴香がそんな危険な地帯に行くということにも驚いたが、数ヶ月前に会ったばかりの人間が簡単に死んでしまった、という現実を考えることとなった。そして思いついたことは、ここは日本ではない、ということであり、この世界は常に戦場なのだ、ということだった。

「もうタクシーも手配したんです」

晴香はあっさり言った。

「なぜあなたが行く必要があるんです！」

名村は苛立った。どうして相談してくれなかったんだ……。だがそこまで言えるような関係ではないことを名村は知っていた。

「彼の家族と、私と死んだ主人とは家族(ファミリー)も同然のお付き合いだったんです。だから彼が余りにも可哀想で、側についててあげたいんです」

「それにしても……」

「大丈夫です。ベイルートからは、彼らの車列の中に入れてもらえることになってます」

晴香は語気強く言った。だから名村は言うべき言葉を失った。

「それに、行こうと思ったのは、それだけじゃないんです」

名村にはもちろん彼女が何を言いたいのか分からなかった。

「あなたが関心を寄せていらっしゃる街の様子も見てこれる。そう思って……」

名村は、彼女のその大きく見開かれた瞳を見つめたまま何も言えなかった。名村はそれとなく、ベイルートへ行った時に味わった屈辱について彼女に伝えていた。彼女はそれを覚えていてくれたのだ。

その時、名村の中であの感情が湧き起こった。今回もまた予想もしていなかったことだった。だがすぐに――しかも慌てて――それを消し去った。強引にそうした。周囲を警戒し、かつケースオフィサーとしての任務を思い出し、緊張感だけがまた頭を占領した。

いつもの冷静な表情に戻った名村の横顔を見つめながら、晴香は自分の心の底を覗き込む勇気がなくなった。しかも、そうするよりも前に、動き始めた車のブレーキを踏み込み、更にサイドブレーキを一杯に引いているような感覚に襲われた。晴香は、長い期間、顔を合わせていることで単に情が湧いたのだ、というところまでは自分の気持ちを一歩踏み入れた。いや、晴香はそれさえすぐに打ち消した。同じ日本人であることでの連帯感——しょせんそんなものに決まっているんだ、と自分に言い聞かせた。そして、自分の感情を大げさに考える必要などどこにもないんだ、とも考えると思わず苦笑した。そうよ、あんたはいちいち大げさなのよ、と自分に納得させた。

名村は、「何がおかしいんですか？」と訊ねてきたがもちろん言えるはずもなかった。そして「いえ別に」と曖昧な返事をして、キラキラと輝く地中海へ目をやった。穏やかな海、のんびりと流れる時間——でも、ここから僅か約百数十キロ南では、殺戮の世界が日常茶飯事なのである。晴香はまったく信じられなかった。ここに来てからというもの、そういったことには一度として出会わなかったからだ。少なくともここラタキアはずっと平和な港町だったからだ。

晴香は、つい今しがた頭の中で考えたことをすっかり振り払った。

だから、最後に頭に浮かんだ突拍子もない言葉も、それが何の意味があるの？　とサラディーン城を訪れたときのように再び自分にそう言いつけた。

そのニュースを知ったのは、ダマスカスの日本大使館で一人残業していたときだった。そのとき、名村は、カイロのあのエジプト治安機関員から封書で送られて来た情報を、外務本省から警察庁へ回電してもらうべく書類を書きつづっていた。エジプト治安機関員は、まだあのテロリストをしつこく追っていた。エジプト大統領を暗殺しようとした過激派の幹部であった「アイマン・ザワハリ（後にアルカイダのナンバー2）」についての情報を未確認ながらというクレジット付きで寄越して来たのだ。そこには、地下に潜伏していたそのテロリストが、パキスタンのアラブ義勇兵を統率するサウジの御曹司、ビン・ラディンなる背の高い男と連絡を取り合っているという。だが、それをしたためてから、名村は苦笑した。どうせ電信室に持ち込まれる前に公使によって撥ねられるのだ。それはもう今から目に見えるようだった。そして、力なく首を振りながら、垂れ流しにしていたBBCのワールドニュースにふと目をやった時、それを知ったのだ。名村はブラウン管に釘付けとなった。不安が過ぎった。いや、考えすぎだ。そんなことはあり得ない、その可能性を否定した。

淡々とした表情のアナウンサーの口調は余りにも冷静だった。だがその映像は、余りにも悲惨だった。眩いサーチライトの中に浮かぶ瓦礫の山と暗闇を染めるオレンジ色の炎……そこから血を流した人々を救い出す男たち、タンカで運ばれているのはすでにずっぽりとシーツが被せられた遺体だった。

小ぎれいなスタジオで真っ赤なジャケットを着た女性アナウンサーはボールペンを指でもてあそびながら、東レバノン地域で、大がかりな戦闘が起こったことを繰り返していた。まだ混乱しているようだが死傷者が何十人とも……。

名村はすぐにでもラタキアへ飛んで行きたい衝動に駆られた。彼女は無事に帰って来たのだろうか、それを確かめたかった。だが、それは許されないのだ。

だから、約束の日までその二週間は余りにも長かった。特にそれから三日後、大使館に入って来る情報の中で日本人が犠牲になっていないことを知るまでは苦悶（くもん）の日々が続いた。

安全点検（クリーニング）も忘れずに海岸沿いのカフェの前に時間通りに立ったとき、背後から足音が聞こえた。はっとして名村は振り向いた。

晴香が立っていた。

「爆弾事件があったので心配してたんです」

駆け寄った名村はそこで言葉が止まった。いつもの彼女ではなかった。髪の毛が乱れ、化粧もいつもよりは薄い。だが目は殺気立っているようにも見えた。

「すぐ近くで……起こったんです……しばらく耳が聞こえなくなったくらいでした……」

晴香の言葉はいつもの通り冷静だった。

「えっ！　近くで？」

「多くの子供たちが……また死んだんです……」

名村はその変化に気づいた。彼女は何かをしっかりと見据えていた。

「それがあそこの現実なんだ……」

名村にとってそれは慰めのつもりだった。だが押し黙った彼女に気づいた名村が振り返った時、その鋭い視線に思わず声を失った。

「現実？　そんな言葉で済まされるの？……腕がちぎれた子が、脳味噌を吹っ飛ばされて白目を剝いた母親に取りすがって泣きじゃくっていても……それが現実だと!?」

晴香の瞳に涙が溜(た)まっていた。しばらくするとそれが滴(しずく)となって頰を伝った。だがその感情は恐ろしいまでに冷静に見えた。

名村はどう言葉をかけていいか分からなかった。だが、その一方でまたあの感情が湧き起こるのが分かった。あってはならない感情だった。だがそれでも名村は思わざるを得なかった。抱きしめたい！　はっきりとそう思った。一旦、たがが外れると、堰(せき)を切ったように、囲い込んで沈めていた想いが全身に溢れかえった。抱きしめたい！

「どうして……罪もない人たちが……」

晴香の声はいつもより力強かった。だから名村は自分の中で湧き起こった感情を必死に打ち消した。なぜなら彼女の姿は脅えから逃れるためではないと分かったからだ。怒りなのだ。激しい怒りが彼女をそうさせている……。

「私、そのベイルートの〝北の街〟へ行きます。それであなたのお役に立ち、あの悲劇が少しでも減らせるのなら――」

名村の聞き間違いではなかった。彼女は確かにそう口にした。

だからこそ名村は冷静さを完全に取り戻した。一切の感情と欲望を排除し、冷厳に協力者を運営するという自分の任務を見つめた。だからそれが彼女にとっていかに危険であるかという思いも強引に押し込めた。そして、任務を遂行する時の、あの興奮と快楽が襲った。

――1987年2月　レバノン　ベイルート

西ベイルートに入った名村は、凄惨な街の状態に息が詰まった。ビルというビルが崩壊し、外形を残しているものも裏に回ればその半分が吹っ飛んでいた。そして最も愕然としたのは、中東随一とも言われた超高層のホテルが無惨にも砲撃を何度も食らった跡も生々しくその半分が崩れ落ちていたことだった。そこにやっと建っている、という状態だったのである。市内は意外なほど人が出て、屋台にも生鮮食料品が溢れていた。だが、屋台の隅々では、地面に落ちた果物を奪い合う幼い子供たち――ぼろ切れとしかいいようのない服を着た――の姿は余りにも哀れだった。しかも名村はこの街には何かがない、とずっとそれが引っ掛かっていたが、それが今、ようやく分かった。この街には〈希望〉がないことだ。明日を期待するものがなにもないのだ。しかも未来を築くべき子供や若者にこそそれが感じられない、という事実だった。

　メインストリートであるハムラ通りを少し南に下ったジャンヌダルク通りに面した「メースホテル」でやっと条件に合う部屋を――もちろん二部屋――長期間借り受けることができた。何分、警察庁から運搬人(クーリエ)によって渡された海外捜査費はまたしても悲劇的に少なかったので、自分の預金をすべて取り崩してここに乗り込んで来た名村にとって贅沢は許されなかった。

　大使館の休みを見つけてはベイルートへ足を踏み入れることとなった。その間、三度、近くで炸裂(さくれつ)した自動車爆弾に巻き込まれそうになり、二度、レバノン民兵が放った対戦車ロケット弾にやられかけ、そしてイスラエルのスパイと間違えられて武装集団から尾行された上で、銃をぶっ放されたこともあった。だがいずれも負傷することもなく何とか生き延びて来られた。それもこれも――かつてカイロ駐在時代に接触した――ヨルダン治安機関員から紹介されレバノン正規軍の「シュレート・ジェネラル(SG)」と呼ばれる情報部幹部から協力が得られたお陰だ、と名村は確信していた。もちろんそれを得られるまでの経緯は簡単ではなかった。しかし、SG幹部が手を差しのべてくれた理由は、またしても〝孤独な戦いへの哀れみ〟だった。

SG幹部は、市内のどの道が危険で、どこにどんな武装集団がいて、どこが勢力範囲なのか、モザイク模様の街の〝真実〟をこと細かく教えてくれたのである。次の段階に移るのを決意した名村は、ここからは極度の緊張感を持って、かついつもより更に慎重にことを進めなければならないと自分に何度も言い聞かせた。

ただ、そこでも手を差しのべてくれたのは同じSG幹部だった。初めは、SG幹部もそれ以上の協力を拒んだ。彼にとってもまたイスラエルは最大の敵であり、それに対して攻撃を加えた日本赤軍に悪い感情は持っていなかった。ただ、名村は、それでもこの男には葛藤(かっとう)があるはずだ、と初対面のときより感触があった。〝中東のパリ〟とも呼ばれた美しい街が、テロリストや外国軍により蹂躙(じゅうりん)され、めちゃくちゃにされたことに激しい怒りを持っているはずだ、と思ったからである。バールベックを含むレバノン北部は、シリア軍とテロリストたちに占領されている。そこにも憎しみがあるはずだ、という確信もあった。名村はその点を重点的に突くことで全力で説得した。そして何度目かの接触で協力することを約束してくれたのである。SG幹部は、ベイルート市内の数ヶ所で自分が協力者として運営している者たちをストーリーの〝役者〟として動かしてくれることになったのだ。

最後に残ったのは、この作業の最大の目的であり、かつ最大の難関だった。もし、目的が達成された時にどうするか、ということだった。もちろん、自分と晴香だけでは手出しをすることはできない。それどころか日本警察にしても何もできないのだ。

だが、名村には計画があった。もしその情報を、〝ダマスカスの友人〟から聞かされなければ、レバノンに来ることからして諦めていたかもしれなかった。

だからこそ、名村はカイロで一度だけ接触したアメリカＣＩＡの《グレイ》とだけ名乗ったあの男にもある交渉を持ちかけることを決意した。

ところが在エジプトのアメリカ大使館に電話をしてみると、そんな人間は過去にも現在にもいないという。しつこく確認をしたが、電話口に出た女性は頑として否定し続けた。確か、彼はアンダーカバーではなかったはずである。なぜなら、あの日、彼と出会えたのは、同じアメリカ大使館に電話を入れ、一等書記官である《グレイ》を呼び出したからだ。

名村は、あのエジプト治安機関員と連絡を取ることで、やっと居場所を知った。その街の名前を聞いて名村は驚いた。彼はここベイルートのアメリカ大使館にいたのだ。

海岸通り（コルニーシュ）に面した「ル・ヴァンドーム・インターコンチネンタル・ベイルートホテル」のバーで再会した《グレイ》は、白髪の混じった黒髪——後から自慢たらしく聞くことになるのだが、アラブの街に溶け込むために見事なまでの金髪を黒く染めた——をかき上げながら「あのときは無駄足だったようだな」と開口一番切り出した。そして「しかも、真正旅券で行くとはおめでたい」と首を竦めて付け加えた。

なぜそれを？　と言いかけて口を噤んだ。これ以上、相手をいい気にさせておくことは気分が悪かった。

《グレイ》は黙って名村の提案を聞いていたが、途中で「それがいったいどれだけの予算と人員を使うのか分かっているのか？」と、カイロで投げ掛けたのと同じ呆れた顔で言った。だが名村は説得した。説得の根拠はあった。なぜならそれがアメリカの国益と直結していたからだ。

だから最後に《グレイ》は納得した。少なくとも本国へ投げてみると言ってくれたのである。

ついに晴香をバールベックへ連れて来た当日、ホテルのすぐ脇で自動車に仕掛けた爆弾テロがあり、中に乗っていた武装グループとたまたま道を歩いていただけの老人夫婦が殺された。

名村はホテルの部屋に晴香を通し、その背中——たっぷりとしたアラブ様式の服の下には自分が手渡した防弾チョッキを着込んでいる——を見つめたとき、初めて葛藤という感情が湧き起こった。だが、それでもまたその感情を切り離した。やるべきことは山ほどあるのだ。

　その日から名村と晴香は忙しくなった。完全なる偽のストーリーを作るために、四方八方を飛び回ったのである。役所、マスコミ、レストランなどに顔を出し、晴香がジャーナリストであるという〝偽の身分〟を作り上げるための工作だった。もちろん、名村にとっても過酷な日々であり、大使館での警備や領事業務をこなしている中から時間を見つけ、休みの日はその工作に没頭した。

　そしてストーリーができ上がりつつあることを意識したある日、二人はいつものように安全点検（クリーニング）をしてからホテルに引き揚げるため、晴香を連れて、メインストリートのハムラ通りを西へ向かい、海岸通りに出て地中海を望みながら南へと下った。この辺りはかつてなら高級ブティックなどが軒を並べ、アラブじゅうの金持ちがやって来たところでもある。だが、十年も続いている内戦の影響でその面影はほとんどなかった。だが名村の関心はもちろんそこにあるはずもない。

　不審人物は見当たらなかった。だが、緊張感は解けなかった。一人でここを訪れたときより遥（はる）かにそれは強かった。

　だから、そのファラーフェル（すりつぶした豆にスパイスを加えて揚げたコロッケ）を売る屋台に置かれたトランジスタラジオから流れる〈コール・ミー〉を口ずさむような余裕はなかった。ただ立ち止まった晴香は冴えきったブルーの地中海を見つめた。

「海の向こうでは、みんなが楽しそうにラジオ・モンテカルロを聴いているんですね。こんな街があることなど考えもせずに……」

名村は黙ったまま晴香の視線を追った。だが、ラジオのパーソナリティは、英語、フランス語、アラビア語を使い分けて、最後には「レイディオ・モンテカルロ！」と脳天気に叫んでいる。彼女が言う通り、地中海の向こうでは考えもしないことなのだ。いや、地中海の向こうだけじゃない。日本でならまったく想像できやしないのだ……。

「大丈夫ですね？」

名村が静かに訊いた。

「もちろん」

晴香がきっぱりと言った。

「私がそうしたいんです。だからそうするんです」

晴香は毅然としてそう言った。そして、近くにあった小さなカフェに名村を誘うと、ハンドバッグから緑色のプラスチックケースに入ったタバコを取り出して口にくわえた。名村はそんな彼女の姿を見るのは初めてだった。だが足を組んで、眉間（みけん）に皺を寄せてそれを指で挟む姿は違和感を覚えるものではなかった。さまになっている、とさえ思った。しかも、そのタバコとは大麻が入っているという噂のある「パクストン」だった。晴香は顔を少し後ろに反らせて肺の奥深くに飲み込むように大きく煙を吸い込んでからしばらく息を止めて目を閉じた。煙はゆっくりと吐き出された。晴香は無言のまま、吸いかけのパクストンを名村に差し出した。名村は同じように煙を深く飲み込んだ。しばらくすると気分が高揚して来るのが分かった。だから晴香がパクストンを求めていることにさえ気が付かなかった。名村から取り戻すと晴香は再びそのささやかな快楽に浸った。

パクストンを挟む彼女の指が震えているように見えた。いや、それは錯覚だ、と名村は思った。

――１９８７年２月　レバノン　バールベック

かつては輝きに満ちていた古都バールベックでは唯一まともなホテル――とは言っても全部でも四室しかなくトイレも共同である――から出て行った晴香の後ろ姿に名村は思ってもみなかった感情に襲われた。しかも今度は激しく動揺したのである。優柔不断な自分が情けなく思えた。そして自分を責め立てた。お前が彼女を危険の渦の中に放り込んだのだ……。

そして、バッカス神殿の遺跡からその向こうの道へと彼女の姿が隠れてしまうと、名村は頭を振って自分を詰った。自分はとんでもないことをしてしまったのだろうか……。かつて世界のテロリスト・グループ中でも最も強硬派と呼ばれていた頃と今は違うにしろ、パレスチナ系過激派が運営する軍事施設の近くへ、晴香をたった一人で行かせたのだ。できれば一緒に付いていってやりたかった。だがそれはそれで逆に彼女をさらに危険に晒すことになる。しかし、彼女に行ってもらわなければそれは達成されることはないのだ……名村はこの期に及んで葛藤する自分が情けなかった。協力者を育成し、運営すること、それは間違いなく、利用することなのだ。きれい事などまったく存在しない——。名村は強引に頭を切り換えた。そして、そのための準備だけは完璧に仕上げたはずだ、と名村は自分に言い聞かせた。

名村は腕時計を見つめた。一時間経過した。あのキャンプまでここからどんなにゆっくり歩いても十分。そして、警護要員に、そのメッセージ——かねてより十人の人を介して申し込んだとおり日本赤軍メンバーにインタビューしたい——その経緯を説明し、それが確認されるのに長くても二十分。さらに、彼女の身分を証明するために電話がかけられる、ベイルートの新聞社、入国管理局、警察署——それらはいずれもSG幹部のスパイが協力してくれる手はずとなっていた——とやりとりして、それをテロリストたちが納得してから返事があるまで長くても二十分……とすれば彼女は今まさに危険の渦の中に身を投じているのだ……。

それから彼女が姿を見せた三十分後までの間、名村は一人で苦しみもがき続けた。

再び晴香の姿を見つけた途端、名村はすぐにでも駆け寄ってやりたい、という強い衝動にもう少しで負けそうだった。だがそれは許されない。この瞬間こそが最も危険なのだ。一度、店の前を通り過ぎてから、晴香は――事前のトレーニング通りに――しばらく行って不自然さがないように振り返った。名村は素早く晴香を尾けて来る者がいないかチェックした。誰も不審な者はいなかった。

〝行きましょう〟という風に晴香は遠くから目配せした。

互いに距離を置きながら――もちろん尾行点検は欠かさずに――約一キロ離して止めてあったタクシーまでゆっくりと戻った。SG幹部が手配してくれたタクシーは、後払いだという強引な交渉のお陰でちゃんとそこで待っていてくれた。

豊かな陽光に輝く地中海を見つめながら西ベイルートに帰り着くまで晴香はずっと黙っていた。最も賑やかなハムラ通りの途中で晴香とともにタクシーを降りた名村は、用心のために徒歩で帰ることを選んだが、ホテルに辿り着いた時には、タフなつもりでいた名村も張りつめていた神経がぼろぼろになっていた。エレベータの中でもずっと無言だった晴香は軽く笑顔を投げ掛けていたが、名村はそれがぎこちないもので、彼女を襲ったものがいかに想像を絶していたかが分かった。

やっと部屋の前まで辿り着き、ドアを閉めた途端、晴香は名村に飛びかかるように抱きついた。そして、ずっと堪えていた緊張と恐怖を一気に迸らせるかのように名村の胸の中で息を整えている。押しつけられた乳房から激しく打ち続ける鼓動さえ感じた。そして、あのバニラを思わせる甘ったるいトワレの香りを感じたとき、名村は体の奥深くから湧き起こった感情に慌てた。まったく思ってもみないことではなかった。それを彼女が口にしたときには、それをはっきりと認めることとなった。

「私がそうしたかったの……そうすることであの悲劇が少しでも……」

晴香は顔を上げた。晴香は歯を食いしばっていた。

「残念でした。〃インタビュー〃の約束はとれなかった……。でも、確認しました。あなたの〃友人たち〃は間違いなくそこにいます」

晴香は信じられなかった。自分にこんな勇気と決断力があったことを——。そして今、自分の体からはすでに鼓動も、荒い息も消え失せた。冷静になって物事を考えることができることさえも。

しかしそれがなにがしかの喜びのせいであることに気づくのは、ベイルートからダマスカスへ向かうバスの中だった。眉間に皺を寄せながら眠り続ける、名村の横顔を見つめたとき、それが分かったのだ。彼の役に立っている——それが喜びだった。晴香は初めてそのことを自覚し、目を背けようとも思わなかった。そして、彼の胸の温もりを肌で感じた時、脳裏には《希望》という言葉が浮かんだことも思い出した。しかし、それは余りにも儚い夢であることも分かっていた。

――1987年2月　東京　警察庁

「聞かせてくれ。それをどんなに待っていたことか」

〈日本赤軍担当調査官〉のキャリアは身を乗り出した。

名村は、十分に擬装ストーリーを作り上げたとはいえ、その突拍子もない訪問にもかかわらず、晴香がパレスチナ系過激派のその軍事施設でそれを確認できたこと、つまり、日本赤軍がまだ、バールベックの、あの煉瓦造りの家にいることを手短に報告した。

キャリアは目を見開いて力強く頷いた。

「パレスチナ系過激派の幹部は、門前払いをすることもなく、『待ってろ』と《V（ヴィ）》に言って、しばらく姿を消したのです」

名村はその言葉を口にした時、思わず胸が詰まった。あの時もそうだったのだ。それを待っていた時の晴香が襲われた恐怖を想像して、堪らなくなった。

「……そのとき、《V》は重要なことを目撃していました。その幹部自らが自分で車を駆って、私がかつて、バールベックで屈辱を味わった、その家がある方向へと向かって行ったのです。そして……」

キャリアが息を呑むのが分かった。

「幹部が帰って来たのは、たった十分後のことでした。そして、再び《V》の前に姿を現すと、『日本赤軍のそのリーダーは今はいない。来月、また来ればいいだろう』と口にしたのです」

キャリアは低く唸ったまま、ソファーの背もたれに体を預けた。

「私はそれで確信しました。その幹部が、その本部から片道、車でどんなにかかっても、わずか五分のところにいることを――」

キャリアは顎に手をやって考え込んでいた。

「いいですか？　もし所在確認だけなら電話で十分じゃないですか？　暗号を使って彼らは頻繁に通信しあっているんです。ゆえにわざわざ行くことは不自然です。《V》からの申し出の詳細を知るために、《V》の名刺を一度は見せておきたいためにわざわざ足を運んだ。もちろん〝本人〟が、そこにいたからです」

名村はダマスカスの古書店で探し求めたバールベックの地図を広げて、コンパスを手にとった。

「いいですか、まず私がかつて目撃した家はこの辺りです。そして《V》の活動によって明らかになった〝車で片道五分〟、それをこうやって円に描くと、半径にすると……どうです？　一致します！」

　キャリアは下唇を出し、顎に手をやりながら深く頷いた。

「まだここにいます。しかし、このメモの通り、近々、出国する予定が必ずある。しかも今、お伝えした、日本赤軍の幹部がチュニスのレストランへ仕事に行くという情報とも一致しています。つまり、その幹部は、これから出かけるのです！」

　チュニスについての情報もまた、晴香から教えられたものだった。それは、これまでのような、店に姿を見せるシリア軍情報関係者が口にした〝こぼれ話〟を耳にしたものではなかった。いわば偶然の宝物だった。彼女のレバノン人の友人がベイルートでイタリアンレストランを経営しており、そこから仕入れた情報だったのである。その経営者は、バールベックで暮らす一人の日本人女性が、ある仲介者を介してどこかで働きたい、という相談を受けたという。だが経営者は心当たりがなかったので、晴香に相談して来たのだ。晴香も何人かの知り合いに聞いてみたが、つてはなかった。だから謝りの電話を入れるしかなかった。ところがそれから数日して、チュニスのあるレストランにつてがあった、とその経営者が連絡して来てお詫びをしたいというのだ。もちろん、晴香はレストランの名前を聞いてくれていた。そしてこれまでと同じく、その話はすべて筆談によって名村に伝えられた。

名村は興奮を抑えるのに苦労しなければならなかった。バールベックの日本女性、それも四十歳というキーワードからは、あの日本赤軍の指揮官しか当てはまらないはずだった。

「しかも、CIAから届いた、その映像をみれば、確信をもてます」

名村は、キャリアの机の上に置かれたばかりの、高度数千メートルから光学偵察衛星によって撮影されていたバールベックのある〝映像〟を指さした。

《グレイ》は願いを聞いてくれたのだ。名村はある程度期待があった。なぜなら、恐らく《グレイ》とその上にいる者たちが承諾したのは、名村が提報(ていほう)した〈近く、日本赤軍がヨーロッパにおいてアメリカ大使館を狙ったテロを起こす〉という情報を重要視しないはずがないと思ったからだった。

正確に言えば、その〝映像〟とは写真そのものではなかった。写真に基づいた精密描写のイラストだった。CIAの保安規定で、現物を他国の機関に見せるルールはない。だが、間違いなく本物だ、と言い訳していた《グレイ》の言葉を思い出した。そう言われれば信じるしかないのだが、《グレイ》は続けて、〝どれだけの苦労があったのか分からないはずだ〟ともったいぶって付け加えた。《グレイ》が言うには、〝斜めから覗く顔貌〟を撮影するためにはジェット噴射を作動させ偵察衛星の軌道を落とさなければならない。それはすなわち偵察衛星の寿命を短くするのだ、と不満をぶちまけた。しかしそれだけのことはある、と名村は思った。その後、警察庁科学警察研究所による顔貌形態学による鑑識結果でも、その小さな一軒家から出て来る人物――ふと顔を上げたその瞬間――は、間違いなく、チュニスへ向かうとされていた日本赤軍の幹部と同一人物である、と断定されることになったからだ。

やはり、日本警察が長年追跡して来たテロリストグループの最高指揮官が手を伸ばせば届く距離にいたのだ――。その思いは数年前のあの惨めな記憶の中にもあった。そのときは絶望と屈辱を味わうことだけだった。だが、今度こそ捕捉できるチャンスがある――。

「チャンスは二回あります。近く海外に出るとき、そして帰って来るときです！」

「なるほど……」

〈日本赤軍担当調査官〉であるキャリアは納得しながらも苦悩の表情を浮かべた。

「今からすぐに外事第2課と警察庁公安第1課の特別合同部隊の編成を進言します。中東の友好国と、欧州のチョークポイント（通過点）の空港へ緊急に送り込み、極秘の張り込みを実施させる、それが急がれます」

キャリアは「なるほど」という言葉を繰り返すだけだった。

「チュニスに入るためには、ベイルートからの直行便はありません。ゆえに、トランジットの可能性のあるすべての空港で総勢二十名が交代要員なしで張り付くべきです。必ず網に引っ掛かります。長官からの評価も高いはずです」

その言葉でようやくキャリアの目が輝いた。

「で、チュニスの工作を誰に？」

「橋本に行かせるつもりだ」

名村はその名前を聞いて安心した。青森県警出身者のあの橋本なら仕事は極めて緻密である。自己中心的なところはあるにしろ、それは裏を返せばプロ意識に忠実である証拠だった。まったく頼もしい男なのだ。

だが名村の脳裏には後悔という言葉も残っていた。日本警察のオペレーションにもし日本赤軍が気づいたとしたら、情報源について大きな疑念を抱かせることになる。そうすれば、この件についてしつこく訊ねた晴香の存在がクローズアップされる危険性が十分にある。彼女はすでに協力者獲得作業を計画した頃には想像もしないレベルの情報を提供してくれているのだ。しかも危険レベルの奥深くに踏み込んでまで……。

そのためにも作業には極度の慎重さが要求される。だが名村は不安を拭い去る自信はあった。あの橋本ならそんなヘマはしないはずだ。

しかもこの情報を知る者は警察庁内でも限られているのだ——だがそれは大きな間違いだ

った。

三週間後、突然、東京の警察庁から派遣されて来た《運搬人（クーリエ）》が、〈チュニス作戦〉の報告書を持って来た。名村は悪い予感がした。もし成功していたのなら、今頃、ニュースとなって世界を駆けめぐっているはずだし、その前に名村のところにも連絡が来るはずだった。

しかしヨーロッパの幾つかの空港へ展開中の特別チーム内でトラブルが発生しているとの噂も耳にしていた。名村はそれにはうんざりしていた。海外でオペレーションが長引く時は決まって大ゲンカが始まるからだ。

そこには、まず橋本が行った海外工作についての説明があった。橋本は、チュニスのあるイタリアンレストランに飛び込みで入り——もちろん身分を偽変した上で——何でもするから雇ってくれ、と頼み込んだ。最初は断ったオーナーも、賃金も安くていいからと熱心にくどく橋本に根負けして雇い入れた。橋本に与えられた仕事は厨房の中での皿洗いだった。近くに安いアパートを借りて毎日朝から晩まで橋本は皿を洗った。そして、日本赤軍の指揮官が来るのをひたすら待ち続けていたのだ。

ところが名村がそれに続く、〈作業結果〉とする部分に目をやったとき、愕然とすることとなった。お役所言葉で難解に書いてあったが、つまるところ、橋本は無理矢理、作業を中止させられ帰国を命じられたのである。

そこには総務庁（現総務省）という中央官庁のお目付役である役所からの意見書が添付されていた。

〈――よって、国家公務員たるもの、三週間以上の長期出張はいかがなものか。また公務以外に職に就くことは国家公務員法上――〉

――1987年3月　シリア　ラタキア

来るべき結論だと覚悟はしていたが、やはり気分が沈まずにはおれなかった。晴香の「マルハン運営」は、着実にある段階を明らかに超えようとしていた。もちろん完全とは言えないにしろ、かなりの部分、彼女との間で信頼関係が築き上げられつつあるという確信があったからである。ゆえにこのまま続けていればさらに高いレベルの協力者として育成できる――。だが、赴任期間の延期は認められなかった。その理由には、晴香を今後どのように運営、育成すべきかを戦略的、戦術的に考えるという思考は一片のかけらもなかった。ただ、機械的に〝人事異動〟が行われたに過ぎなかったのである。だからもちろん、協力者獲得作業は完成されていないのである。だがそのことを考えるものなど警察庁では誰もいなかった。

晴香との別れは、時折、気ままな地中海の大気が生み出す突風が舞う——何度となく足を向けた——ラタキア港の岸壁だった。

だが名村は最初は感傷的になる余裕はなかった。その日もまた、周囲の目に気を遣い、忙しく尾行点検をしなければならなかったからである。慎重なる行動と神経を張りつめた会話……この三年間、ずっとそうして来たのだ。

晴香もまた、口数は少なかった。だからそれ以上、会話が弾むこともなかった。それについても、これまで通りのことだった。

だが名村の体には、バールベックで抱きしめた彼女の体の感触がはっきりと残っていたし、バニラを思わせる甘ったるいトワレの香りがいつもより強烈に心に刻み込まれていた。あの日、ついに自分はそこへ踏み出す感情を持つことはなかった。もしもそうしていたなら、と思うこともあった。だが、もしそうなっていたら、今、二人はここでどんな会話をするのだろうか、と考えた。それは悲劇だったかもしれないと名村は思った。少なくとも自分に対しては間違いなくそう言えた。

「今度はいつ来られるんです？」

白い兎が跳ねるように凪（なぎ）った地中海を見つめながら晴香が小さく言った。

「近いうちに是非」

名村はそう言ったが当てがあるわけでもないじゃないか、と思った。それを決めるのは自分ではないのだ。しかもこれからも電話や手紙で連絡を取ることも許されない。自分が最初にそう約束したのだ、と名村は思い出した。

突然、晴香はスカーフを脱いで、初めて長い髪を潮風にまかせている。そのとき、香りが流れて来た。名村は思い出した。そのトワレの名前を訊くことを忘れていたことを。だが機会は今日はなかった。いや、もしかするとずっとないかもしれないな、と名村は思った。だからこれで良かったのだ。名村は想いを再び囲い込んで、心の底に沈み込ませた。

出会って、別れる。それはごく当たり前に繰り返される営みでしかない、と晴香は思った。しかも二人は恋人でもなんでもない。だからそもそも特別な感情が湧く訳などないのだ。彼もまたそう意識させようとしていることがずっと分かっていた。ベイルートのホテル暮らしでも、彼は常に紳士であったし、いつものように気を遣ってくれた。つまりはただそれだけだったのだ――。

自分は強い人間だ、とも晴香は思った。だからこんな街で暮らし続けているのだ。ただ、彼が目の前に姿を現してからというもの、《希望》という言葉がいつも側にあったことを思い出した。そのとき、それが何だっていうの!? ともう一人の自分が叱った。だから、《寂しくなりますね》――その言葉は絶対に口にしまいと決めた。

アミール大尉は言い訳する必要がなかった。なぜなら自分の〝勘〟が外れたわけではなかったからだ。〝獲物〟が巣へ戻ってゆく――ただそれだけのことだと思ったからだ。しかも疑いはやはり間違いはなかった。ベイルートやバールベックへ二人して行くなど、こんな時代に考えられるはずもないからだ。しかも、その大使館員は、休日となると頻繁にベイルートに出かけていた。そこには日本の大使館が実質上、存在しないにもかかわらず……。だからこそ、アミール大尉は、その想いも間違いないと確信していた。奴はもう一度この街に戻って来る。必ず姿を見せる――。

アミール大尉は、一連の報告を終えて声がかからないものだから所在なく座っている部下へ視線を戻した。そして、自分の勘は外れたことがないのだ、という言葉は口にしなかった。それはもはや事実だったからだ。

２００１年９月16日　東京　警察庁

若宮は、緑山が新たに運んできた資料を乱暴に閉じた。

「日本赤軍のリーダーに、手を伸ばせば届くところまで行きながら、指をくわえて見ていた――。益々ろくなもんじゃない！」

若宮は激しく毒づいた。

「にもかかわらず、なぜ長官はこんな男に固執されるのか、さっぱり分からない。そう思わないか？」

若宮は、緑山へ視線を送った。だが、余計なことを言うべきではない、と沈黙を決め込んでいることに、若宮は苛立った。

ノックの音がして若宮が呼び入れると、秘書が慌てて入ってきた。

「局長、官邸へのお時間です」

その言葉でハッとして腕時計を見つめた若宮は、緑山を追い払うように部屋の外へ出し、急いで身支度を始めた。

2001年9月16日　レバノン北部

それは〈大佐〉にとって待ち望んでいた連絡だった。ここ数週間、面倒を見ていたそのロシア人科学者が、支援のもと最終目的地であるジャカルタ入りしたことをインターネットのウェブメール——受信フォルダに保存することだけでメッセージの受け渡しができるというごく簡単な方法——で暗号化した文書を送って来たのだ。

〈大佐〉はメッセージの内容をデスクトップコンピュータにコピーしてから、新たな指示をワードで作り上げると、暗号をかけた上でそのウェブメールの同じ受信フォルダに〝保存〟した。

〈大佐〉はそのインドネシアという国を選んだことを自分でも気に入っていた。その国の政府は、各国の金融当局や情報機関が監視するマネーロンダリングを防止する基本的な対策をほとんどとっていないのだ。そもそもマネーロンダリングを犯罪として処罰する法律さえない。しかも疑わしい取引の届け出制度も存在せず、口座を開く際の本人確認義務が銀行に課されてもいないという〝楽園〟だった。そして何より目障りな金融情報機関（FIU）も設立されていないときている。しかも、そこはアルカイダのネットワークに含まれる現地のテロリストグループたちからの完全なる支援が期待できる場所でもある。つまり《餌（えさ）》を受け取るにはこの上ない絶好の場所なのだ。

〈大佐〉は、車を用意するように副官に命じた後、今朝、秘密基地から届けられたばかりのノートパソコンに保存しておいたファイルから顔写真付きの一枚の個人ファイルを取り出した。そしてその内容を頭に入れると、長方形のハードディスクだけを取り出して胸のポケットに入れるとすぐに車へ向かった。

〈大佐〉の前で、イブラハムは胸を張って向き合うことができた。そしてその顔は希望に満ちていた。これまでの数々の訓練はすべて教育係のお墨付きをもらっていたし、自分自身が自信で漲り、すべての可能性を追求できるだけの肉体と精神へと変貌したことを確信していた。だから、今日、こうやって〈大佐〉と会うのに殺気立つエネルギーを抑えるのに必死なほどだった。

《すぐにでも殺してやりたい！》

この数日、考えることはそのことばかりだった。

何人かがこの基地から姿を消したことが窺えたが——それがどんな理由であるかは分からないが——それらが脱落者であることは一目瞭然だった。しょせんオレとは違うのだ！

だからイブラハムは声をかけてくれるのを待った。そして、自分の専門分野の任務が与えられるはずだ——そう確信していた。

だがいざ、その瞬間になったとき、イブラハムは緊張で言葉が出なかった。

「神（アッラー）の思（おぼ）し召しだ」

〈大佐〉がイブラハムを見つめた。

「かつて十字軍に立ち向かったアサシン（イスラム急進派の暗殺部隊）以来の異教徒に対する歴史的な勝利、その瞬間がやって来たのだ」

イブラハムは、〝歴史上〟という言葉で全身に鳥肌が立った。やはり自分が選ばれたのはそうだったのだ。特別な作戦のための、自分は選ばれし戦士なのだ！　だがその感情は押し殺して背筋を伸ばしたまま黙って聞いていた。

だが、その三十分後、イブラハムは絶望の淵に立っている自分を発見した。

なぜ、なぜなんだ！　何のためにこんな苦労を……。

それはイブラハムのプライドをズタズタに引き裂いた。

「君にしかできない極めて重要な任務だ」

〈大佐〉はそう強調したが、どう考えても納得がいかなかった。

だがイブラハムは現実を直視する能力に長けていた。決定は下ったのだ、という事実から目を背けることはしなかった。

自分には強い意志がある――イブラハムはあらためてそれが揺るぎないことを確信した。

六ヶ月前のあの悲劇、いや犯罪と言うべき仕業だった。

貧しい街の片隅で、二人の親子が暗闇でひっそりと肩を寄せ合っていただけなのだ。

——すっかり荒れ果てたこの国でも最も貧しい一角だった。砂漠が容赦なく吹き放つ砂嵐が、この時期になると村人たちを残酷に襲うことも多い、あの日——。

砂嵐は、育った麦をことごとく飛ばし、簡素な資材で作られた家も悲鳴を上げる。それは独裁者から解放された、新しい時代に希望を繋ぐ村人達の労働意欲をなくさせるに十分だった。

強い風になびくスカーフをしっかりと握り締めた、敬虔なイスラム教徒である母親のイリアは、まだ大学生だったイブラハムが口にした言葉に愕然とした。柔らかい頬を何度もさすって、思いとどまらせようと必死に説得していた。

「なぜ？　医学部をやめてまで！　なぜなの！」

「僕は行きたいんだ！」

イブラハムは聞こうとはしなかった。

母親は呆然として息子を見つめた。仕方がないのだ、と頭を振った。

高校に入った頃より彼らはイブラハムに近づいて来た。

学校の門の前で待ち伏せし、よってたかって、この国を、家族を守りたくないのか、と説得を続けたのだ。

ある時は、おもしろい物があると言っては、軍事基地に連れてゆき、銃の試し撃ちをさせ、戦車にも乗らせたりもした。

大学時代に軍役が始まったのだが、それが終わった後も彼らは常にイブラハムに付きまとった。

奨学金がもらえるようになったのもまた、その憎むべき彼らがバックにいたからであることを母は知っていた。

そして、もし戦争が始まれば、恐らく、彼らがイブラハムを駆りたてていくことも分かっていた。問答無用に――。

恐らく、イブラハムは無事に帰って来ないだろう。戦争というものが常にそうであるように、多くの若者が死にゆくのだ。

「砂嵐が来る」

イブラハムが立ち上がって西の空を見つめた。

「おれが見てきてやる」

イブラハムはそう言うが早いか、砂丘の上で破壊されたまま放置されている旧ソ連陸軍の装甲車まで駆けだした。身のこなしも軽く砲身の近くまで登って行った。

イリアが心配そうに見つめた。こんな暗闇では何も見えないよ！　と叫んだが彼が聞こえた様子はなかった。

しかもイリアは胸騒ぎがしていた。

この国ではどこでも安全な場所などないのだから——。

イブラハムは放置されていた、懐かしいＡＫ47カラシニコフ自動小銃を反射的に手に取った。


〝ナイトストーカー〟と呼ばれるが如く、ひっそりと忍び寄ったヘリコプターのキャビンから顔を覗かせたアメリカ空軍兵士は、体を固定するモンキーベルトを、腰のフックに引っかけてキャビンから少し身を乗り出した。

延々と続いていた砂漠は終わり、小高い丘と灰色の家並みが視界に入って来た。

赤外線双眼鏡で脅威目標の偵察を開始した時、気になる光景が目に入った。

戦車らしき残骸（ざんがい）の上で一人の男が潜んでいる。

兵士がレンズを少し横にずらしたとき、「クソッ！」と毒づいた。

百メートルほど先、ブラックアンドホワイトの映像の中に、秘かに潜入していた特殊作戦部隊の砂漠用ジープ（ハンビー）のシルエットが見えた。

ジープはまっすぐ、男が潜む方向へ向かっている……。

「9時方向、回収ポイント近く、不審者(アンノウン)！」

空軍兵士はヘッドセットの、インターコムで警告を発した。

「敵(フォウ)か!?」

キャプテンがリップマイクに叫んだ。

「敵(フォウ)、偵察(リーコン)！」

「武器は？」

空軍兵士はそれには答えず双眼鏡のフォーカスを忙しく操った。

「再度、武器は！」

「恐らく(ポッシブル)……」

「はっきりしろ！」

「AKだ！　間違いない！　地上部隊(ユニット)に警告しろ！　撤退させるんだ！」

キャプテンは両足の間に挟んだ操縦桿(サイクリックスティック)を傾けた。機体が大きくバンクすると、眼下を行く別動隊を秘匿回線で呼び出した。

突然、強い風が舞った。イリアはヘリコプターに気づくと、大声で叫び息子を戦車から降ろした。ほぼ同時に、遠くから腹に響く音が聞こえた。

振り向いた瞬間、イリアの目に飛び込んだのは、でこぼこ道をジャンプしながら猛烈な速度で突進して来る一台のジープだった。

車にはブルーの回転灯もなく、サイレン音もさせていない。地元の警察ではないことを物語っている。残るは奴らしかいない、とイリアは咄嗟に分かった。

しかしイリアにとってそんなことはどうでもいいことだった。

家族を守る——そのことが今、最も大事なのだ。イリアは息子の手を強引に引っ張って走った。

しかし……なぜ逃げなければならないのか、何も悪いことをしていないのに……。犯罪などというものには一切加担していないのに……。

恐怖感なのだ、ということをイリアは知っていた。あの迷彩服を見ると体が自然とそう反応してしまうのだ。

イリアとイブラハムは奔放に伸びきった雑草に何度か足を取られながらも必死に走った。

村の集落は目の前だった。

イリアは叫んだ。

「助けて！」

だが掘っ建て小屋のような家からは誰も顔さえ出そうとしない。

イリアは〝走る〟ということを何年もしていなかった。

だから小石に足が取られたとき、顔面から地面に叩き付けられた。息子を傷つけまいとした気持ちから両手が塞がっていたのだ。

イブラハムはイリアの腕を肩に回して起き上がらせた。歯を食いしばって背中にしょった。

背中でパシュト語が聞こえた。

イブラハムが振り返ると、そのいまいましい軍服の肩章に貼られた星条旗……。

カフィーヤで顔を被った数名の男たちがハンビーから降りて来るのがイブラハムには分かった。小銃の銃口を向けながらゆっくりと近づいて来る。

「両手を頭の後ろに！　膝をつけ！」

たどたどしいパシュト語が親子に叩きつけられた。

身を寄せ合う二人を四名の兵士が俊敏な動きで取り囲んだ。

兵士たちの荒い息づかいをイブラハムは聞いた。

彼らもびびっているのだ。しかも相当激しく……。

イブラハムは、兵士の前へ進み出て仁王立ちした、サングラスをかけた男に毒づいた。

「いったい、オレたちが何をしたって言うんだ！」

息子は、怯える母を抱きかかえながら英語で叫んだ。

　サングラスの男がイブラハムの腕を取って強引に引っ張った。

「手を放せ！」

　イブラハムが顔を歪めながら叫んだ。

「我々は自衛手段をとっている。よって連行する」

「この子は何の関係もない！」

　イリアが取りすがった。

「お前たちは我々の姿を見た」

　サングラスの男がそう言った直後、イブラハムの右手が上着のポケットに入った。

「動くな(フリーズ)！　両手をゆっくりと出せ！」

　サングラスの男は反射的に据銃(きょじゅう)した。

　自動小銃を構える兵士たちに一斉に緊張が走った。

「怪しいものじゃない。だから今、それを証明するんだ！」

「そこに伏せろ！　伏せろ！」

　銃口を向ける兵士たちがヒステリックに怒鳴る。

　混乱したイブラハムは伏せるよりも先に手が動いた。

「止めろ！」

サングラスの男も興奮していた。

イブラハムの目の前で想像もしなかったことが起こった。

イリアが、気丈にも、サングラスの男の脚に飛びついたのだ。男が戸惑っている隙をつき、腰のホルスターからベレッタ9ミリ自動拳銃を奪い取った。

顔をひきつらせながらイリアは両手で銃を構え、銃口を突き出した。

「やめるんだ！　母さん！」というイブラハムの叫び声と、「捨てろ！　捨てろ！」という兵士たちの怒声が激しく交差した。

イリアがベレッタのスライドを引いて弾が装塡されたとき、兵士たちの緊張は限界を突破した。トリガーを握るイリアの指が動いた、と誤解したのだ。

一人の特殊作戦部隊員の脳裏には、アメリカに対する大規模テロの情報があり、それを確認するべくアフガニスタンに潜入せよ、しかし発砲はならない、という司令官の言葉が思い出されていた。しかし、同時に、ミズーリ州に残した妻と生まれたばかりの子供の顔が浮かんだとき、反射的に引き金を引いてしまった。そして9ミリ弾がイリアの脳幹部を完全に貫通した。


貧しい村にとっても、葬儀は余りにも質素で、慎ましかった。村人たちはお悔やみの言葉を告げるだけで、彷徨える魂を見送った。村一番の長老である男がそのことに気づいたのは、葬儀が終わろうとしていた頃だった。

なぜなのだろうか……。

生みの親と生き別れたにもかかわらず、育ての両親想いの、あの子が顔を見せないはずもないだろうに……。

イブラハムの姿を最後まで見つけることはできなかった。イブラハムの姿を見かけた者は、その後、少なくとも、この国では誰もいなかった。

翌朝、イブラハムは〈大佐〉の呼び出しを受けた。

「息子よ。神の下へ召されよ」

〈大佐〉はそう言って、イブラハムを抱きしめた。イブラハムはその逞しい肩越しに、ガラス窓から見える秘密基地を冷めた目で見つめた。だがその瞳の奥はすべてのものを溶かさんばかりに燃えたぎっていることはもちろん巧みに隠したままで――。

視界の隅で、二度と動く気配のないＢＭＰ装甲車に寄りかかったハッサンの姿が目に入った。

ハッサンはじっとイブラハムを見つめていた。そして最後に親指を立てると、すぐにそこから立ち去って行った。

　イブラハムが再び目隠しをされて貨物トラックに乗せられたその翌日、三人の若者たちが〈大佐〉の元へ、それぞれ別の時間に呼ばれることとなった。最後に〈大佐〉の前で直立不動となったハッサンは、自分に与えられた任務を聞いて顔が青ざめた。だがそれはほんの一瞬のことであり、何より自分がそれだけの大役を仰せつかったことに激しい興奮を感じた。そして、英雄となる自分の姿を想像して深い快楽に浸った。

　すべての指示を送り出した〈大佐〉は衛星携帯電話に話しかけた。

〈コウノトリ（ストーク）がロンドンへ旅立った。《餌》を忘れずに〉

〈大佐〉はにんまりした。そしてその欺瞞（ぎまん）情報に飛びつくＣＩＡの姿を想像した。

２００１年９月17日　東京　総理官邸

黄色と黒に塗られた車両止め用のトライアングルが外されてから、日産セドリックの官用車が機動隊のゲリラ対策車と官邸警備隊が固める門に近づいたとき、門衛所の中からすでに首を伸ばしていた警視庁SPが慌てて駆け寄って来た。後部座席のウインドウが開けられ、若宮は顔を向けた。SPは、うやうやしく敬礼をしてから総理官邸玄関へ走った。

〈訪問予約者：一名。警察庁警備局長　若宮氏。訪問先：内閣官房副長官応接室〉

SPはチェックが終了したことを示す記号を入力すると、再び官用車に戻った。

「首からおかけください」

ストラップ付の官邸通行証が後部座席の中へ差し出されると、「ありがとう」という短い言葉だけを若宮は返した。

しばらく官用車が走ってから停車したのは、警備スタッフが誰もいない正玄関前だった。

周囲は確かに機動隊の一個中隊が固めているが――。若宮はあらためて愕然とした。この警備体制は、日本警察がこれまで得意として来た「威力警備」による防圧にはなっても、自爆テロには何の歯止めにもならない、と激しい脱力感を抱いたからだ。第一次阻止線であるはずの――今通って来たばかりの――門にしたところで、前面に置かれているトライアングルは、乗用車を止められてもトラックなら簡単に突破されてしまうし、そこで待機しているゲリラ対策車にしても常に行く手を塞いでいるとは限らない。それどころか普段は、ひっきりなしに官邸を訪れる車両の邪魔にならないように脇に控えているのだ。つまり〝通りやすのもく〟しているだけであり、そこにある警備の概念とは、やはり古くさい「威力警備」そのものなのだ。

首都高速の霞が関ランプ方向に六台の機動隊輸送車が配置され、周囲を圧倒しているが、いざとなればそこには〝留守番〟役しかおらず、周辺の固定警戒か遊撃警戒で展開している機動隊員たちを慌てて集めなければならないのだ。ここでもまた、「威力警備」という自爆テロには何の役にも立たない概念が罷り通っているだけなのである。

しかも、もっとも恐ろしいのは、霞ヶ関ランプから官邸までつながる茱果坂がまっすぐ延びていることである。つまり〝動線〟が直線的であるわけだ。茱果坂下の信号からエンジンをふかすことによって門に到達するころにはトップスピードで突入するのは容易であるし、それはすなわちそのまま官邸正玄関まで突っ込むことが実は極めて簡単であることを証明しているのだ。爆弾を満載したトラックが正玄関に突っ込んでから、「威力警備」を固める一個中隊の官邸警備隊や遊撃部隊が駆け込んで来ても、そのときはすでに官邸すらそこに存在していないかもしれない——若宮はそれをまったく現実的に起きうることだと考えていた。

車から降り立った若宮は、すぐにエントランスホールに足を踏み入れた。そこには金属探知器もなければ、またしてもここに至るまでの〝動線〟はまっすぐなのだ。

「今日はどちらへ？」

エレベータのドアが開いた時、総理番の若い記者が声をかけた。

「内閣官房副長官にちょっと呼ばれていてね」

若宮は軽く応じた。

「テロ対策について新しい話ですか？」

「いつもそんなぶっそうな話だけじゃないさ。予算案についてのご相談だけだよ」


十分ほど待たされて姿を現した内閣総理大臣の菱沼征志郎（ひしぬませいしろう）を、若宮は立ち上がって迎えた。

菱沼総理は身振りで座るように促してからクラブチェアーを回り込み、若宮の左手に勢いよく腰を落ち着けた。

「今回は席を外してください」

菱沼総理は傍らに立つ秘書官を振り向かずに言った。若宮の十五年後輩にあたる警察庁出向の秘書官は、一瞬、驚いた顔をしたが、もちろん何も言わずそのまま部屋から出ていった。

「挨拶抜きでいこう。わざわざ来て頂いたのは、現下（げんか）のテロ情勢……いやそんな堅苦しい……しかも国会答弁は聞きたくない。来客があるので三分しかない。だから率直にしかも忌憚（きたん）ないところを聞かせてくれませんか」

と言って菱沼は真剣な表情を向けた。

「忌憚ないとは、どういうことでしょうか？」

若宮は慎重に言葉を選んだ。

「内閣情報調査室からは定期的なブリーフィングを受けてはいる。が、どうも核心的な情報を得ていないように思える。アメリカ大使館からも同じようなものがあるが、〝あくまでも一般的な情勢に鑑みて〟、といつもお茶を濁（にご）されているような気がしてならない。だからこそ、今日は、率直なところ、それでいこう！」

総理のいつものオーバーアクションを見つめながら、若宮は頭の中で四つに分類していたもののうち二番目――つまり自民党向けの見解よりは少し具体性をもってはいるが、ＣＩＡとのサードパーティルールには抵触しないレベル――の言葉を思い出した。

それは、自分でも政府答弁を読むがごとしだと思ったが仕方なかった。つまり――。脅威対象は、国際テロ組織だけではない。かつてよりもさらに他のグループとの連携が見られる。たとえば、フィリピンのイスラム原理主義グループ「アブサヤフ」もその典型である。彼らの顔貌はまさしく東洋系であり、実際、日本には不法（イリーガル）も含めて滞在者も多い。つまり、この国にすでに溶け込み、インフラも構築されていることこそが重大な意味を持っている――。

「――よって警戒を強めているところです。しかし、それらをすべてスクリーニングしておりますが、現在のところ、日本に侵入しているとの情報は得ておりません」

だが菱沼総理はほとんど反応らしいものをみせることはなかった。

「私が聞きたいのは、〝具体的なテロ情報〟が、海外の機関からどのような内容として寄せられているのか、そのことなんです」

若宮はそれもまた淀みなく答えることができた。

「もちろん、かかる情報がある度に逐一対応し、内閣官房副長官、内閣情報調査室を通じてすべてご報告させて頂いているところでございますが、目下のところこちらの網にかからず、幾つか寄せられた情報のほとんどは誤報であったと判明しております」

若宮は、〝ほとんど〟という言葉をできるだけあっさりと流した。

菱沼総理はそれには気づかない様子で、顎に手をやって、じっと若宮を見つめた。

「実は昨日、公邸に〝お客さん〟があった。東京（ここ）のＣＩＡの機関長（レジデント）だ」

若宮は無表情でそれを受け止めた。彼らがそれを明らかにすることはないはずだから――。

「彼らとて、具体的な情報はない、という。しかし、〝水際対策（ボーダーコントロール）〟だけは徹底かつ厳重に行うよう強く要請して来た。私が気になったのは、それが在日のアメリカ軍基地等に対する脅威からそう言っているのではないようだ、つまり日本の本土防衛、つまり日本のソフトターゲットに対するテロへの備えを強調していた、そう感じたんだ」

若宮は無表情で受け止めた。

「何か妙じゃないか？」

菱沼総理が探りを入れるように聞いた。

「と言いますと？」

若宮は平然と聞いた。

「彼らは何かを隠している。そう思うんだ……」

「私には何とも――」

「誤解して欲しくはないんだ。テロ情報の扱いは極めて機微なものであることは承知している」

だが日本の運命をこの政治家は知っていないのだ、と若宮は思った。

「しかし、ここ数日、永田町で強化された警備は余りにも異常じゃないか？」

菱沼総理はじっと若宮を見つめた。

「あくまでも、情勢に鑑みた措置です」

若宮は静かに答えた。同じ言葉を警察庁の内部にさえ言わなければならない状況に若宮は複雑な気持ちだった。全国の機動隊を統括する警備課長にさえ同じように〝現下の情勢に鑑みて〟というギリギリの言葉を選んで使うことで警備強化をさせることしかできないのである。総理官邸や国会周辺、また新幹線ホームなどの警備もその同じ言葉で警備強化の実施をさせているにしか過ぎない。しかも新幹線が危ないとして機動隊員を増やしたが、彼らに与えられている指示は〈不審者、不審物の発見に努めよ〉というだけなのである。アラブ人とみたら職務質問をかけろとは言われていない。ここでもまた〝威力警備〟なのである。また、満席状態の車内において、網棚に上げられた荷物のどれが不審物か分からないし、持ち主がない荷物なのかを短時間に、しかも完全には識別できない。まったく何ということだ……。

「では今後、もし情報があった時、警察庁はどういう策があるんだ？」

若宮はその〝策〟という言葉に動揺した。自分はここでもまた追いつめられるというわけなのか……。

「情報の遅れは国益に反すると重大に考える。私のこの言葉、何をいわんとしているか、あなたなら分かるはずですね」

つまりは、責任まで自分が背負うのだ――。若宮は、スケープゴートの最有力候補としてすでにリストアップされていることに初めて気づいた。

2001年9月17日　東京　西多摩

北島はそのアパートを振り返った。被害者である警察官がいつも所轄区警らをしていた所管区からは随分と離れた麓にあるこのアパートが、高円寺のアパートの位置関係と妙に似ていることに北島は奇妙な気分を抱いた。

その〝たれ込み〟を特別捜査本部の情報班員が受けたのは今朝のことだった。だがその男――年齢は若かったという――は名前は名乗らずに一方的に電話を切った。

急拠、特命担当を任された北島は、ここに来てからすでに地取りで膨大な戸数を潰したが、応援で呼び寄せた三個班六名の所轄員も弱音を吐くことなく駆けずり回っている。ゆえにその成果は必ず出るはずだと思っていた。

「これが百二十五軒目です」

と熊谷巡査部長が言った。目の前で、ドアが開く音がしてふと振り向くと、三輪車が無造作に幾つも転がって、洗濯機の音が重く鳴り響いている隣のドアからブリーチにした髪がほつれ、化粧気のない土気色の顔をした女がぶらっと姿を見せた。その年齢不詳の女は、スウェットのズボンに手を突っ込み、欠伸をしながら北島たちの前を過ぎようとした。

熊谷が声をかけた、アトピー性皮膚炎の痕が残る女は、目を擦りながら「警察？　関係ないわ」と言って、また歩き始めた。熊谷が慌てて追った。

「ここ数日なんですが、変な物音を聴いたり、変な人物を目撃したりしていませんか？」

女は顔を歪めて首を竦めるだけで熊谷を無視して郵便ポストへ歩いて行った。

追いすがろうとした熊谷を北島が制した。

「今日の夕方、もう一度ここに来る。五人家族なら、〝五人の目撃者〟がいる可能性を考えろ。いいか、ガキであろうがなかろうが、一人一人の記憶を掻き集める」

熊谷が神妙に頷いた。

「それともう一つ言っとくが、『変な音』という言葉は使うな。〝変〟であるかどうかは刑事が決めることだ。目撃者は、いつもの生活音の中で意識せずに、何かを聞いている可能性がある。いいな？」

熊谷は緊張した表情のまま、「わかりました！　頑張ります！」と口にした。

「いいか、その『頑張ります』というのもオレの前では二度と使うな。特捜本部の全員が、い、い、い、頑張っているんだ」

北島はメッシュ式に区割りをした地図を広げた。

「それまでさらに地取りを続ける。次は23区を潰す」

2001年9月17日　静岡市

いつもの居酒屋で、名村はずっとそのことばかりを考えていた。

恐らく、ＣＩＡ要員である、あの老人に偽変していた男はまったく気に食わない野郎だった。

何より、晴香・ハイマの名前を口にするなど、せっかく大事にしていた宝物をメチャクチャに壊された子供のような気分にさせた。

彼の目的は明確だった。彼女との連絡手段がまだ残っているのか、という点だった。

名村にとって、もはやそんなことはどうだっていいことだった。公園までひょこひょこ出向いてきた自分が許せなかった。

だから、なぜ、ＣＩＡが彼女を探しているのか、そんなこともまた関心のないことだった。

「そんな女、知らないね」

そう吐き捨てただけで名村は公園を後にした。

だが、ここ数日、心の奥底に沈めていたものを何度となく、引きずり出されたことで、思い浮かぶのは、あの時間のことばかりとなっていた。

記憶は、時の流れとともに引きずり出される――その事実に、名村は愕然とし、戸惑っていた。

だから、次にたぐり寄せられた記憶の断片こそ、もっとも忘れてしまいたい過去だった。

自分が壊れかけたのは、まさにあのときからだったのだ。

——1990年2月　静岡県警本部

いつからこんな精神状態になったのか名村には分からなかった。しかもまったく予想もしなかった。

ただ、兆候は三年前、シリアから帰国してから数ヶ月で出現したことは記憶にある。中東やヨーロッパを飛び回っていたあの時とは余りにも別世界としか言いようのない、この田舎町では、年に何度かしかない祭りの雑踏警備の打ち合わせくらいが大変なのである。しかもそのほとんどの時間をどう費やしていいかさえ分からないのだ。そして、体の奥深くで、激しい虚脱感に悩まされるようになったのは静岡県警本部に戻ってから一年が過ぎようとした頃だった。だから離婚したのも当然と言えば当然だった。そもそも特に警備官として海外に赴任した頃より、ほとんど自分は休みを取らなかった。そして帰国してからというもの、魂を抜かれたように暮らし、ついには精神状態まで崩壊しようとしていたのである。あいつには悪かった。本当に悪かった。今頃、こうやって反省しているのだ。だがどうしようもなかった。心と体がいうことを聞いてくれなかったのだ。

しかも最近に至っては、自分がもはや《狂気》への坂を転がりつつあるのに気づいていた。

最後に行き着くまで時間はかからない、そう感じていた。

だから、その逃げ道が今、目の前にぶら下げられなければ自分はもう終わりだ、と思った。一時間前にかかって来たその電話に縋らなければ間違いなく、あともう少しで狂い死にしてしまったのだ。

「どうしてもとおっしゃるのなら――」

名村がもったいぶってそう告げると、外事2課長と名称が変更された新しい日本赤軍ハンターの指揮官からは素直に喜ぶ声が返って来た。

そして、名村奈津夫は、警視に昇任し、三度、警察庁へ出向することになったのである。

もちろん、今回もまた、警察庁警備局の勝手な〝都合〟によって呼びつけられたのだ。だが、それは名村にとって唯一、生き長らえるための術でもあった。

――1990年3月　シリア　ラタキア

この街にとっては珍しい雨となったので、そう感じたのかもしれない、と名村は思った。だから三年ぶりだというのさえ、名村はすでに五年も、いや十年以上も時間が経過したような錯覚に陥った。だから、雨の中に霞むラタキアの街は、あのときより、より暗く沈んでいるような気がした。相変わらずスタンド風の店で人参ジュースを一気飲みする人々の光景はあの当時のままだが、何かが変わっているように思えた。それとも金曜日（イスラム諸国では休日が金曜日で商店などは休業する）だということから、人通りが少ないことでそう思ったのかもしれない。メインのバグダッド通りには、新しいカフェが何軒かできていたがそれも店は閉じられている。だが、何年も経って故郷を久しぶりに訪ねたときのような、あの違和感を名村は抱いたのである。

ラタキア湾から東へ延びるメイン通りを二回行き来して安全点検を徹底して行えたことに満足した名村は、あの懐かしいシェクダーヘル広場へゆっくりと足を向けた。その頃にはすでに雨は上がっていた。だがさっき感じた想いはまだ拭いきれなかった。何かが変わったのだ。

腕時計に目をやると約束の時間までまだ二十分はあった。時折、車の青い排気ガスに噎せ返りながら、名村は、一週間前の光景を脳裏に蘇らせた――。

名村が〝戻って来た〟のは、もちろん日本赤軍ハンター・チーム――外事2課と名称が変更されていた――の補佐というポジションだった。二名の部下を抱えることになった。だが、その樋口忠久なるキャリアの課長が、着任早々、理事官を通さずに直接自分を呼び寄せたのである。課長室は、かつてと同様、〝隠し部屋〟にあった。ただ違っていたのは、事務官の机が二つ増えていたことである。そこには実に愛想のいい二十歳代後半ほどの艶っぽい女性、長い髪を女のように後ろで束ねてホストクラブの店員のように端正な容貌をした若い男性事務官と、捜査４課員と見紛うほどに厳つい顔の男という三人がチームワークよくまとまっていた。

「目覚めさせてくれ、《V》を」

まだ四十歳そこそこにもかかわらず白髪に被われていた樋口課長は神妙な顔を向けた。

「連絡手段は保たれているのか？」

名村はその言葉に一瞬、躊躇した。三年前、別れる際に、その約束はした。将来、どうなるか分からなかったが、それがルールのように互いに自然とそれを求めたのだ。だが、彼女がそれを覚えてくれているかは自信がなかった。だから「不確かです」と正直に答えた。

「何とか接触を試みてくれ」樋口課長はそう言いながら、執務机の前を離れ、安物の応接セットに向かい、名村にもそこへ座るように誘った。名村は驚いた。この部屋の歴代の主でそれを口にしたのは、この男が初めてだったからである。

「すでに情報源開拓時代は終わった。これからはオペレーションを重点的に行いたい」

名村は黙って頷きながら、そこに辿り着くまで十年以上の月日がかかったことを改めて感慨深く思い出した。樋口課長が説明したのは、またしてもＣＩＡからの提報が最初にありきだった。それによれば、日本赤軍と関係が深いパレスチナ系組織が拠点をバグダッドに移した模様だ。つまり、日本赤軍もキャンプを移した可能性がある。しかも全世界のテロリスト・グループをイラクの大統領が集めようとしている——そんな話だった。

樋口課長が一枚の紙に目を落としている。名村にはそれが奇妙にも薄い紫色に塗られているようにも見えたが、それよりも自分を警察庁へ呼び寄せた理由が知りたかった。再び不定期な辞令が下りた時、ただ〝戻って来い〟というものだったからだ。だが、それだけでも、あの自分にとっては十分だったのだが——。

「で、私に何を？」

名村が訊いた。

樋口課長は「もちろんそれが肝心なことだ」と言って身を乗り出して言った。

「《V（ヴィ）》に海外特別工作（トッコウ）をかけ、特別協力者（マルトク）として運用したい」

その瞬間、ケースオフィサーに再びスイッチが入った。そして忘れ去っていたはずの激しい快楽が全身を駆け巡った。

自分を呼ぶその声で現実を取り戻した名村は、いつの間にか目の前に立っていた晴香にかける言葉を失った。しかも笑顔さえ出ないのだ。

いつもの白いスカーフに細かい花弁がプリントされたAラインのワンピース姿の晴香は笑ってはいたが、どこかぎこちなかった。名村が口を開けようとしたそのとき、バニラを思わせる、あの甘ったるいトワレの香りが鼻をくすぐった。

名村は息が止まった。それは予想もしていなかった反応だった。胸が締め付けられた。鼓動も速くなった。そして、ラタキアの警察署で晴香と会ってから、ラタキア港で別れを告げるまでの三年間の映像が次々と蘇ったのだ。そして、その公園で何度も会った頃の、大統領の銅像を見つめた頃の、彼女の姿が、今、目の前に立つ彼女と二重写しとなった。

だが思ってもみないことはそれだけではなかった。今まで決して抱いたことがなかったある特別な感情が体の奥から湧き起こった。彼女は美しい――そんな言葉さえ頭に浮かんだ。しかも、最初にカイロで見かけた頃とまったく変わっていない。彼女もすでに歳は二十九歳になっているんだろうが、本当にまったく変わっていない……。

「元気そうだ……」

名村はそれで言葉が詰まった。

名村は慌てた。年甲斐（としがい）もなく、いったいどうしたっていうんだ……。

「名村さんも……」

彼女もそう言ったきり顔を歪ませるように笑っている。名村はその瞬間、はっきりとそれを感じた。彼女の中でも何かが変化している、ということを――。

だから名村はその気持ちを振り払おうとして、「前からずっと訊きたかったことがあったんです」という思ってもみない言葉が口をついた。

「えっ？」晴香は驚いた顔をして見つめた。

「そのバニラを思わせる甘い香り、何という名前なんです？」

約束の一時間前に、レストランに辿り着いた名村は店内には足を向けず、色とりどりの電飾に彩られたアメリカンスタイルの建物の周りをぶらぶら歩き始めた。海水浴で知られる砂浜に目を奪われているかのように擬装した上で、尾行点検（クリーニング）を綿密に続けた。辺りには――三年前と同じく――何をするわけでもない若者や老人たちが、ただ漫然と椅子に座り、ナッツを口に放り込んでいるが、どの顔にも精気がなく、神経を注がなければならない対象ではない、と名村は簡単に排除した。そして不自然に視線を向けている者がいないことを確認した名村は、そこから約百メートル離れた本来の待ち合わせ場所であるレストランへとやっと足を向けた。再びその周りをぶらついて、すべての出入り口の場所をチェックした上で、正面玄関を見渡せる位置に不自然に停車している車――特に二人の男が乗っている――が存在しないかを調べてからようやく店の中へ入って行った。

名村がさっと見渡した店内には、雑然と置かれたテーブルにすでに何人かの客が座っており、自分と同じ臭いを感じさせる者はいない、と名村は観察した。名村はそれだけでも、体の芯を貫くような激しい快楽を味わった。ケースオフィサーとしての勘が鈍っていないことにも安心した。

名村がまず選んだ場所はバーカウンターだった。明らかにやる気のなさそうなバーテンダーを呼んだが、やはり顔を向けることもなかった。小さなグラスに入った怪しげなアルコールでちびちび唇を濡らす老人との会話に夢中になっている。ようやく振り向いたのは五度目に呼びつけた時で、名村がミネラルウォーターを注文すると、首を竦めて乱暴に名村の目の前にグラスをセットした。

名村は、自分たちが座る位置を決めた。そこは正面入り口とトイレの奥にある厨房裏口を見渡せるテーブルである。

レストランに行くことを提案したのは彼女の方からだった。昨日は結局、ほとんど話らしい話をしなかった。その気まずさから逃げ出そうとするように、突然、彼女がこの波打ちぎわの地中海料理店の名前を口にしたのだ。名村にとってレストランで会うのは今でも躊躇があった。だが、せっかく彼女が気を遣ってくれたのだ。素直に応じることにした。

彼女が姿を見せたのは、かつてのように約束の時間どおりだった。一瞬、名村が先にテーブルに座っていたので驚いたような表情を見せたが、すぐに視線を店内のあちこちに向けた。それだけで、名村は落ち着きをなくした。だから、昨日、三年ぶりに再会した瞬間に感じた、あの感情を思い出す余裕をなくしていた。

魚をグリルにしたサマックと呼ばれるメニューを始めとするレバノン料理の数々は、いずれもクセがなく、香辛料も強くなく、日本人の舌にも十分合うとあらためて感心した。

だが、名村はそれを半分も食べられなかった。かつては協力者獲得作業において、二人っきりで食事をするなどとは考えもしないことだった。まずそんな余裕もないし、神経が張りつめていて食欲を感じなかったからである。だが、今日は不思議なことにある程度は、食欲が湧いた。ただ、それでも腹を満たす気にはなれなかった。一時間前の安全点検(クリーニング)、店内のチェック……それだけで外で会っている時よりも数倍神経をすり減らすこととなったからである。

「実を言うと、初めてお会いしたとき、もっと変な方が来られるんじゃないかって憂鬱(ゆううつ)だったんです」

それまでぎこちない会話を続けていた彼女が急に雰囲気を変えた。

「意外でした？」

「ええ……随分昔ですけど、あの《会社》で対応して頂いた方がすっごく暗い感じの男の人で、しかも冷たくて……。あっ、ごめんなさい」

《会社》とは二人の仲だけで決めていた大使館を指す符号だった。

「気取っているだけですよ」

実際そうなのだ、と名村は思った。

「じゃあ、あなたは？　私の第一印象……」

「僕が驚かされたのは、何を着てもすごくよく似合う人だろうなって——」

晴香は、テーブルの上で人差し指をくるっと回して、「チャロ！」と言って微笑んだ。

「つまりそれは……」

名村が晴香の言葉を遮って、「〝お世辞なんか言っちゃって〟でしょ？」と笑った。

晴香は驚いた顔をして名村を見つめた。

「アラブには（ここ）フィリピンから出稼ぎのメイドが多いからいろんなスラングを知ってるんですが……でもあなたもよくご存じで……」

「でも、日本なら、スラングどころか、奇妙な方言が多いでしょ？　〝めんけごと〟って知ってます？」

晴香はさらに驚いた顔をして「懐かしい……。それ、〝かわいい〟でしょ？　私、それぞれ、秋田出身なんです」と慌てて言った。

名村はその言葉を感慨深く聞くこととなった。これまで、自分は彼女の故郷の話さえ聞くことはなかったのだ。しかもこんな笑顔を見せたことも、こんなくだけた雰囲気になったことも初めてじゃないか……。名村は実は、彼女と再会する直前まで不安だった。この三年、まったく連絡を取らなかったことで、どれほどの心の空白を埋めなければならないかと心配だったからだ。また再び、彼女の信頼を得て、あの頃の二人に戻るまでに時間がかかるかもしれないとも思っていた。

だが、その心配は取り越し苦労であったことが分かった。それどころか、思ってもみない感情に名村はずっと突き動かされていた。

名村ははっきりとそれが分かった。彼女の中にもその感情が溢れようとしていることが。だから、さっきから彼女はそれを無理して押し込めているような気もした。少なくとも自分は必死にそうしているのだ。この三年という空白が逆に二人の心を前以上に近づけていることを名村は自覚した。

「日本にも長く帰っていないんです……」

晴香は独り言のように呟いた。名村は「秋田に？」と訊いた。

だが晴香はそれには答えず、

「もし日本に帰ったら、真っ先に買おうと思っている物があるんです。〝からくり時計〟ってあるでしょう……」

「機械仕掛けの？」

「ええ。その時刻になると、軽やかな音楽とともに何体ものお人形が出てきて、ぐるぐる回って――。小さい時、母親が読んでくれた絵本に出て来たんです。それからずっと憧れているんですけど……自分の目で見たことは一度もないんです」

「約束しましょう」

名村が晴香の顔を覗き込んだ。

「明後日、東京へ一旦戻るんです。僕が探して来てあげますよ」

「一旦？」

晴香が慌てて聞いた。

「来月、また来ます」

晴香は自分が何を気にしていたかを誤魔化すようにギャルソンを呼んでミネラルウォーターを注文した。

だが、話が弾んだのはそのときだけだった。晴香はまたいつもの緊張した面持ちに変わり、名村もまた慎重に言葉を選びながらぼそぼそ話すことになった。

せっかく彼女がくだけた話題を投げ掛けてくれたのに、名村は逆に益々落ち着きをなくしていた。やはりレストランは止めれば良かった――名村はもはやそう確信した。盗聴器がテーブルに隠してある可能性もあるし、店員がシリア秘密警察の協力者であることも十分に考えられた。だから、しょせん二人が盛り上がるはずもないのだ。

話題がくるくる変わったが、二人はずっと静かに語り続けた。もちろんいずれも、行ったこともないヨーロッパの観光地や、日本の最近の様子などの話題だった。中東やシリアについて話ができるのはせめて料理のことくらいだった。もちろん、三年前のバールベックでのことを口にすることはなかった。特に、ホテルで彼女を抱きしめた、あの瞬間のことを口にすることを互いに必死に避けているようにも思えた。

だからこそ、なのだ。緊張したままの話は盛り上がらず、互いに目配せすることで早めに店を出ることになった。

人なつっこいオーナーが呼んでくれたタクシーが到着したことを知ると、名村は、窓から店の外にそれとなく――しかし全神経を注いだ。不審な人物や監視車両の中で灯るタバコの明かりもなかった。

「遅くまで悪かったですね」

ぎこちない言葉だ、と名村は自分で嫌になった。

「いいえ。楽しかったです、とっても」

晴香のその言葉も同じだった。

「一ヶ月後にはまた来ます。ですからまたやはりここでは何か落ち着かなく……」

そう言って名村は微笑んだ。晴香も同じ気持ちを抱いていたようだった。

「私がお誘いしたから……ごめんなさい」

名村は苦笑して首を左右に振った。

次回の約束をしただけで名村は店の外まで送らないことにした。名村がドアを開けて見送った瞬間、晴香はすれ違いざまにメモを名村に手渡した。名村はもちろんそれをすぐに開きはしなかった。タクシーのテールランプが見えなくなるまでその場に立ち尽くした。

ホテルに戻ってからも、スタンドライトの電球が切れかかってチカチカするのも気づかず、名村はメモを持ったまま窓辺に立ち尽くしたまま動けなかった。彼女はあのときのようにまた、自ら情報を提報してくれたのだ。本来ならまったく興奮と快楽をもたらすことだった。協力者獲得作業としては最高のレベルに達したことになる。だが名村はなぜか割り切れないものを感じていた。

暗い海を行き交う貨物船の灯火がちらちら揺れながらゆっくりと流れてゆく。名村はしばらくそこから離れられなかった。空が白んで、甲高く祈りの言葉を奏でるアザーンが響き渡っても、名村はまだそこに立っていた。

——1990年3月　シリア　ダマスカス

シリア秘密警察防諜部のアミール少佐にとって、シリア外務省から届けられた〈査証経伺書（査証発給に伴うセキュリティ・チェック照会書）〉に記載された、その日本人の名前は忘れもしなかった。だから、やはり自分は正しかったのだ、とほくそ笑んだ。そして、大尉に昇任したばかりの部下を呼びつけると、「私の言った通りだ」と自慢げに語った。
「では？」部下がかしこまって聞いた。
「もちろん。君がやらなくてはならないことは言うまでもないことだ」アミール少佐は多くを口にする必要はなかった。

翌朝、名村は、衣類しか入っていないボストンバッグの荷造りを簡単に済ませてからすぐに部屋を出た。フロントの中でゆっくりとした一日を送っているオーナー夫妻に、数日間、留守にするがまだしばらく滞在できるかを聞いて、心地よい返事が返って来ると、「本当にありがとう！（ショクラン・クティール）」と言ってホテルを飛び出した。だが玄関で待ちかまえていたタクシーには乗らなかった。運転手は、まるで名村が罪を犯したかのように顔を真っ赤にして頭の上で両手を広げ、手持ちぶさたに車に寄りかかっている仲間たちに文句をぶつけていた。だが、名村はそれにも構わず先を急いだ。

そして、綿密な尾行点検をしながら、メインストリートであるアルバータージュ・ラマダン通りまで歩き、「リビエラ・ホテル」の一室へと辿り着いた。だが電気も消され、窓のカーテンも閉められていたので、そこに〝ダマスカスの友人〟がいることにすぐには気づかなかった。

ダマスカスを発って二日目、名村は警察庁外事第2課の〝隠し部屋〟で、〝ミスター樋口〟と面と向かっていた。名村の提案を聞いた〝ミスター樋口〟は興奮していた。だから「すぐにマドリッドへ派遣する人選を行う」と続けた。

そのとき初めて気づいたのだが、自分がいつの間にか、目の前の男を頭に浮かべるとき、〝ミスター〟という敬称をつけるようになっていた。だからと言って、その理由は、とくに劇的なものではない。これまで出会ったキャリアたちとは違い、彼は、この世界に並々ならぬ関心を寄せ、知ったかぶりをすることがなかった。またもっとも重要なことは、知らないことは知らないとはっきりと質問を投げ掛けることだった。それはある意味では、信頼できるかどうかという実務面からすれば重要な問題だった。

警察庁を後にした名村は、自宅には戻らなかった。その足で銀座へと向かい、松坂屋で時計フロアをうろついた。だが探していたものはなかった。店員に訊けば、有楽町マリオンのビルには大きな〝からくり時計〟が掲げられてありますけどね、と首を竦めた。名村は舌打ちをした。まさかそれを運んで行くわけにもゆかなかった。

2001年9月18日　東京　警察庁

若宮は、資料を見つめながら、言葉を探していた。

「それが、名村の最大の功績であったことは認めざるを得ませんが、今となっては燃え尽きて……酷い状態で……」

緑山の言葉に、若宮は素直に賛同できなかった。

その後に発覚した、北朝鮮工作機関による、日本人拉致事件。その全貌を明らかにしたのは、名村の活躍がベースにあったことなど、認めたくはなかった。

「で、〝呼び戻した〟彼らからの連絡は?」

若宮が話題を変えた。

「特異なものは何もございません……」

緑山の声が最後は消え入った。

それは、若宮が長官に提案した作戦が事実上、失敗に終わったことを意味していた。国際テロ対策課の元日本赤軍ハンターたちを呼び戻し、全世界へ展開させ、そして情報を取る――その最後の手段が潰えたのだ――。

若宮は力なく頭を振って、パソコンのディスプレイに映る文書にふと目をやった。総理官邸や国会を含む永田町周辺、主要空港さらに新幹線を含む主要交通機関での警備体制を戦後最大規模とすることを、警察庁次長による依命通達、さらに細かい指示として警察庁のすべての局長による連名通達をＫ－ＮＥＴ（警備局専用ネットワーク）で全国都道府県警察へと何度も連続発信したばかりだった。そこには「極秘」「至急」という文字が至るところで乱舞していた。

《もはや防圧は叶わない……》

若宮はそう確信した。テロリストは必ずやこの日本を襲う、そして日本はそれを防ぎきれない……。なぜなら、それを防ぐだけの〝措置〟を行うことを日本はもはやできないからだ。

若宮は、昨夜、在日アメリカ大使館公使としてカバーしたＣＩＡ機関長から食事の誘いを受けたときの光景を苦々しく思い出した。会食の目的は、あくまでも「お互いの慰労のため」とだけ告げられた。しかも、その日の朝になって急に申し入れて来たのである。

かつて若宮が警察庁外事課長の頃、彼は参事官として在日アメリカ大使館に勤務し、実際のところはＣＩＡリエゾンのボスとして接触を何度かもったことがあった。

「フォーシーズンズホテル椿山荘東京」の中華レストランでの会食は、その言葉通り——いつものルールと反していた——珍しくも〝雑談〟から始まった。景気の話であったり、最近、発掘が進む九州の遺跡の話題であったりとまったく無駄な時間が続いた。若宮はよっぽど言ってやろうかと思った。《なぜ今頃、しかも勝手に官邸にあの情報を伝えたのだ！》と。だがそう思って途中でばかばかしくなった。振り回されるのはもううんざりだ、と思ったからだ。

やっとその話題が切り出されたのは、食後のデザートとして杏仁豆腐がテーブルに並べられた時だった。しかもそれは余りにも唐突だった。ＣＩＡの機関長は、アルカイダの脅威について饒舌に語りだしたのである。だがそれはニュース報道の域を出ない内容であることに若宮はすぐに気が付いた。つまり彼は日本酒ですっかりでき上がった風にしているくせに、冷静に言葉を選んで——つまり極めて戦略的に語っているのである。そして、その瞬間も唐突に出現した。

「ロシアの科学者が行方不明になっている」CIAの機関長がぽつりとそんなことを口にして、「今、密かに米ロの合同チームが追跡しているがね」と朝食のメニューを口にするように軽くそう続けた。

「やはりその男もまた、今もっともホットなエリアであるオスロでの足取りが確認されている」

CIAの機関長は若宮に酒を勧め、そして自らも並々と注いだ。

その直後、CIAの機関長ははっとした顔をして若宮を見つめた。

「いかんね。日本のサケは美味すぎる。だからついついしゃべりすぎた……」

CIAの機関長は歪めた顔を近づけた。

「今の話はどうか忘れてくれ。本部からそれを日本に伝えていいという許可を受けていないのだ。頼む」

若宮は神妙な表情で頷いただけで応えた。

だが、帰りのタクシーの中で若宮は、何度も溜息を吐き出した。

あの囁きはまさしく演出じみたものなのだ。つまり、その世界でいう〝欺瞞的囁き〟というべきものなのである。つい口が滑ったように振る舞って、実のところ深刻な情報を伝える――いつもとは違った形式を取ることにより、さらに強い精神的インパクトを与えるために……。

しかし若宮は彼が何を示唆しているのかが分からなかった。ロシアの科学者が行方不明になったという情報が、何かのテロの危険性と直結している。そう指摘したいことだけは理解した。そして、昨年来、CIAのさまざまな男たちが自分に〝囁いた〟フレーズを頭の中で並べた。何かがあるはずだ――。彼らは何かもっと別のことを伝えようとしているのだ。しかしそのパズルを解くのは、お前たちだと言わんばかりに――。

2001年9月18日　東京　警察庁

「本当にすべてなのか？」

警察庁長官の殿岡は深刻な表情で聞いた。

「残念ながら……」若宮はそう言ってから、「彼らはよくやってくれました。しかしタイミングが余りにも悪かったのです」と続けた。若宮は、地方から呼び戻して全世界に放った――かつての日本赤軍ハンターたちから寄せられた詳細な報告書を捲りながら力なく続けた。

やはりあいつらでは無理なのだ。わかりきったことだったのだ……。

「かつての協力者、治安、情報機関のカウンターパート、そのすべてに彼らは接触してくれましたが、その多くはすでに退官しているか、現場の動向とは関係のないまでに出世した者などで……。もちろん、一般的な分析や解析はありましたが、機微な情報を得るところまではどうも……」

その言葉は、彼らを送り出すときより考えていた自分自身の防衛策だった。

殿岡はすぐには反応しなかった。

「それで？」

「えっ？」

若宮が驚いた顔で訊いた。

「それで次の策は？」

それは若宮にとって予想もしない言葉だった。

「まさかそれで終わりだというんじゃないだろうな？」

若宮は息が詰まった。そして、殿岡が次に口にするだろう〝君に次長ポストは無理だ〟という言葉がどこからか聞こえるような気がした。

「いえ、もちろんそれだけでは……」

若宮は自暴自棄に陥った自分を見つめた。またしても自分の言葉で自分を追い込んでいるのだ……。

「実はもう一人……」

若宮ははっとして殿岡を見つめた。だが自分の口からは絶対に言いたくない、と誓った。しかし殿岡の視線が、崖っぷちから今にも落とそうとしていることを悟った。だから……そのことが……思わず……。そして自分の言葉が自分の背中を押した。

「あの名村という、静岡県警の警視です」

バカな！　なぜ、それを口にするのだ！　若宮は激しく自分を責め立てた。しかし、もう一人の自分もこう叫んだ。じゃあ、他に何があるというのだ！　ここがお前の最後のチャンスだ。もはやただでこの部屋を出られない。口を噤んでここから出てゆけばお前の未来はないのだ！

「もはや使えない男だ、と君は言っていたが、君のこれまでの評価とは違い、若い者たちの間では、〝伝説の男〟として有名だそうじゃないか」

いや違う！　と若宮は慌てた。その名前を口にするつもりはなかったのだ。

「で、その男をどうしようと？」

殿岡は追い込んだ。若宮はその瞬間、最後に逃げ切れるチャンスを完全になくした。どうすればいい？　もはや静岡県警本部長さえもその処遇に困っている、その〝死に体〟の男を今更、どうやって……。しかし、もはや自分の言葉は一人歩きしていた。そして殿岡はそれを期待しているのだ。逃げられない――若宮はそう確信した。

「やはり、彼に、《V》との接触をもう一度、試みさせる必要があるかと――」

「十一年も前の関係が復活できるのかね？」

険しい表情のまま殿岡は見つめた。

若宮は殿岡の言葉に一瞬戸惑った。もはや、タイミングを失ったも同然だった。

若宮は完全に追い込まれたことを自覚しなければならなかった。

「で、やるべきだと、そういうんだな？」

その言葉が若宮を追い込む罠であるのを気づくのはずっと後のことだった。

「接触させてみるだけでもやってみる価値はあります」

もはやそう言わざるを得なかった。いや殿岡が言わせたのだ！

だが、その瞬間、若宮の頭の中に光が射し込んだ。彼の〝病状〟をここで口にしなかったことが、将来、逆に逃げ道になるということだ。その男は今更、何の役に立つまでもない。だから手ぶらで帰って来るに決まっている。そのとき、自分はそいつの〝病状〟に初めて気づいた風に演じればいいのだ。これほど酷いとは聞いていなかった！と。もちろんその責任の所在は国際テロ対策課長の緑山となる……。

「では、すぐ、それを。もちろん君が陣頭指揮をとるのだ」

殿岡がさらに追い込んだ。

若宮は、息を呑んで手元の資料を見つめた。

緑山が持ち込んだ資料には、名村がケースオフィサーとして活動していた終章とも言うべき内容が書き込まれていた。

――1990年5月　シリア　ダマスカス

国際空港からの幹線道路は通行禁止だった。しかも警察官がやたらと多い。恐らく、大統領の外国訪問が行われるのだ、と名村は思った。それにしても全面通行止めとは……名村はそのとき、なぜか胸騒ぎがした。一旦、ダマスカス市内に入ってから、公衆電話で彼女と連絡をとるまでにかなりの時間がかかった。

受話器から聞こえて来た彼女の様子に名村は戸惑った。明らかにおかしいのだ。その訳を聞いても、とにかく会いたい、としか言わない。それもラタキアではなく、ダマスカスで、しかも安全な場所で会いたいと口にするその緊張した声が名村の心をざわめかせた。そんな風に言うのは初めてだったからだ。いや、実は、不安が持ち上がったのはそれだけではない、と気づいたとき、名村は息を呑んだ。

そう考えればすべてが思い浮かんだ。それはまずダマスカス国際空港の入国審査で感じた、あの視線だ。それはパスポートを調べる入国審査官のそれではなかった。それは今までここで感じたものとはまったく違っていた。辺りにうろつく制服警備員の誰もが自分を見つめているようなそんな感覚をふと覚えたのだ。そのときはそれほど深刻に考えなかったが、今、思い返すと、急に激しい警告音が頭の中で鳴り響いた。そして、市内まで向かうバスターミナル前でも同じ思いに襲われた。どこからか視線を感じたのだ……。

名村は、晴香と落ち合う場所を確認した後、公衆電話から振り返るというごく自然な動作で通りを何気なく見渡した。

何人かの視線が自分に向いているのは分かった。だがそのほとんどは東洋人に対する奇異な眼差しか、日本人と見抜いた商売人が高値で商品を売りつけてやろうと虎視眈々（こしたんたん）と狙っている目だ、と理解した。

やはり考え過ぎなのだろうか……。それとも、彼女をどんどん危険な渦の中へ放りこんで行くことへの漠然とした不安がそう思わせているのだろうか……。名村はもはや迷っている余裕はない、と決断した。そして、かつて静岡県警時代に養った技術を思い出して、それを実行に移した。

名村はまず広い通りをゆっくりと進んだ。追尾者をまくのも、追尾するのも、〝緩急かつ速度自在〟が必要である。速度を緩めたり、急に速くなったり、緩やかな雰囲気の直後に飛び降りたりなど、訓練されていない者にとってそれに反応することは実は想像以上に難しい。

名村は徐々に歩く速度を緩めた。そして、パレスチナ刺繍の店の前に来たとき足を止めた。ショーウインドウに映る人影に目を凝らしながら、十秒待った。後ろから来た者で途中で止まる者はいなかったし、歩いて来た者はすべてが通り過ぎてゆく。名村のこれまでの経験では、もし追尾者がいるとすればそれ以上の間隔を開けては尾いて来られない。

名村は急に店から離れ、すぐその先にある路地を右に折れた。これで、少なくとも第一線の追尾者を自分の先に行かせることはあっても追尾ラインから離脱させることに成功したはずだ、と名村は確信した。次に名村が向かったのは、旧市街（セット・リキエ）のハミディの名前で知られるアラブでも有数の巨大な市場（スーク）だった。名村は緊張していた。このエリアのどこかに急進的なイスラム過激派の本部があるからであり、しかも彼らを監視する秘密警察がうじゃうじゃ存在するからだ。

幸運にもそこは一般の買い物客たちでごった返していた。しかもこの通りの左右は迷路のごとく細かい路地が走っている。条件は揃った。もっとも人通りの激しいところで名村は突然、しゃがみ込んだ。そしてそのままの姿勢で人混みを掻き分けて路地に走った。日本でなら過激派たちがよく使う手である。混雑した駅改札口で急にしゃがみ込まれ、そのまま改札を通過することで、ベテランであっても失尾させられることも多いのだ。だが名村の目的は、相手に失尾させることではなかった。追尾者が本当にいるのかどうか、それをまず知る必要があった。不安に感じたことが実際に起きているのかどうか、それを知らなければならないからだ。そしてもし追尾者がいたとすれば、どれほどの規模の部隊が編成されているのかを把握する必要もあった。その規模によって、自分がどれほどの危機に晒されているのか、その脅威評価（リスクアセスメント）を行い晴香の安全策を講じなければならないからだ。

　数十メートル歩いてやっと立ち上がった名村は、近くに下着を扱っている店があるのが目に入った。名村は迷わずそこへ向かった。案の定、女性たちが露骨に怪訝な表情を叩きつけたが、名村はそれには構わず店の奥へと入って行った。そして、反対側の出口から出た名村は、さらに奥へと路地を進み、人一人がやっと通れるような路地に入ってから——さらにその次に角を曲がったところで立ち止まり、そしてその角から右目だけを今自分が歩いて来た方向に向けた。

　しばらくそのまま視線を固定したが、それらしき人物は誰も尾（つ）いては来なかった。

「シャーム・パレス・ホテル」のディスコ「ジェット・セット」のコーナーで彼女はひっそりと沈んでいた。だから解き放たれたボリュームの中で、そこだけ静寂に思えた。晴香はまるでスローモーションのように、振り向いた。だがその笑顔は微妙に歪んでいた。

晴香はいつになくカジュアルな服装をしていた。白地に花柄のプリントシャツにからし色のタックが入ったパンツにメッシュの太いベルトという、日本の若い女性と変わらぬ姿だった。たった数日しか会えなかったにもかかわらず、晴香のその雰囲気だけで名村は不安を感じた。名村はそのとき、はっきりと気が付いた。自分は彼女の言葉のアクセント、そして雰囲気にさえ敏感になっている。つまりそこまで彼女にのめりこんでいるのだ。彼女のわずかな変化でもそれを感じ取るまでに彼女のことを知っているのだ。しかもその微かな笑顔でさえ不安に満ちていることを――。

ひと昔前のディスコサウンドが激しく響き、彼女の声が最後までは聞こえなかった。名村にはそれが逆に、彼女の周りだけ静かに思え、余計に不気味な感じを抱いた。

「何があったんです？」

名村は落ち着かせるために敢えてさりげなく言った。

「動いています……」

晴香の表情が一変した。眉が曲がり、目が吊り上がった。

「私が知っている人たちとはまったく違う人たちのこと……」

喧噪（けんそう）がさらに激しくなった。晴香の瞳が大きくなった。まったく静かだった。二人の周りだけが静かだった。

晴香は名村の瞳から視線を外さなかった。

「私には分かるんです。それは店の外からでも、マンションの玄関でも、そして歩いている時は尚更……視線……それをどこからか感じるんです……」

錯覚だろう……名村はそんな気休めは言えなかった。

「しばらくこの国から出られませんか？」

そんな言葉が思わず口に出たことに名村は自分でも驚いた。

だが晴香は首を振った。

「それでも私、あの街と、この国の人たちを愛しているんです……」

何を言ってるんです！　我々の組織があなたを全力で守り切ります！――その言葉が喉まで出かかった。だが言えなかった。自分は彼女の何を保証し、そしてどんな未来を与えてやれるのか。警察庁という組織がすべてその答えを出してくれるとは到底思えなかった。名村は自分の無力さが情けなかった。

だから思わず名村はその冷たい手を握った。それがどんなに危険なことであるのか名村は十分に知っていた。だがそうせざるを得なかった。晴香はそれを受け止めた。そして白い指が名村の太い指に絡んだ。

名村は一瞬、動揺した。なぜ彼女は――。

「……ごめんなさい……」

晴香が小さく言った。

だが名村はやはり任務を頭から切り離せなかった。だからこそ、疑念が益々確かなものになっていることを自覚した。彼女の言うとおり、やはり何かが動いている。訓練された自分の体が、はっきりそう感じているのだ。しかも何かとは高度に訓練された者たちであることを……。

「でも、こんなこと言ったら、笑われるかもしれないけど……ねえ、踊らない？」

「踊る？」

驚いて訊き返しながら、名村は思わず店内を神経質に見渡した。

「いいから」

晴香は、強引に名村の手を取って、ホールへと引っぱって行った。そこでは、数人のカップルが踊っていた。

名村はいつにない彼女の大胆さに躊躇していた。だから、チークタイムとなって、彼女が頭を胸に押しつけてきたときは、その香しさと防衛意識とがないまぜとなって混乱した。

「この曲、覚えてます？」

混乱する頭のまま、名村は、そのアップテンポの曲を確かに記憶していることだけは分かった。ブロンディの〈コール・ミー〉。ベイルートの海岸沿いを歩いているときに二人で耳にした、あのときのことは、今でも鮮明に蘇った。

「これ、忘れないうちに」

晴香が耳元で囁いた。そして、折り畳んだメモを巧みに名村の手の中に押し込んだ。

名村の頭は益々混乱した。彼女はこの行為によって自ら益々危険な領域に踏み込んでゆく。そうさせたのはやはり自分なのだ。しかし、必ず後でそれを喜々として東京に伝える自分がいる。

だが、今、彼女の体の温もりに、このままこうしていたい、という思いが立ち上がったことも事実だった。

――１９９０年５月　警察庁

「《V》の安全対策について早急な措置が必要です」

今回に限ってはそれが最も大事な用件だった。名村はその経緯を説明した。

〝ミスター樋口〟が深刻な表情で促した。

「国家として保護(プロテクション)することについてです」

名村にとってそれはここに来るまでに考え尽くした結果だった。それが受け入れられる可能性がどんなに低いとしても……。

「日本という国がどんな脆弱(ぜいじゃく)な基盤の上に立ったルールで動いているのか、もちろん知っています。しかし、《V》がどれだけ貴重な情報を提報してくれたか。それを考えると、このまま何もしなければそれはすなわち見捨てることとです」

「君のいわんとしていることは十分理解している」

〝ミスター樋口〟が手を合わせながら言った。だがその言葉に力がないことに名村は気づいた。

「検討する——悪いがそういう言葉しか今は言えないんだ。分かってくれたまえ」

「ですからもう一度、長官に言って下さい。そして《V》の存在についても、従来どおり、登録簿や会計検査院向けの書類上では〝一般情報提報者(マルハン)〟という記載を変更せず、さらに(警察庁の)幹部たちには〝その場限りのもの(アドホック)〟と思いこませること、それだけは守ってください、必ず」

〝ミスター樋口〟は「もちろんだとも」と言って大きく頷いた。

「で、マドリッドへは誰を？」

と名村が聞いた。

「橋本に行かせるつもりだ」

〝ミスター樋口〟のその言葉を、名村はどこかで聞いたような気がした。しかも、それは不快なものとしての記憶だった。

名村はそのことを思い出して愕然とした。〈チュニスC作戦〉で、あいつは絶望したはずではないか――。しかもあれからすぐに出身の青森県警に戻っていたのだ。

だが名村はその理由がすぐに分かった。あいつもまた〝生きる術〟を警察庁に戻ることによってのみしか見つけられないでいるのだ。つまり哀れな男はここにもいたのである。

名村は意を決して、一枚にまとめた報告書を〝ミスター樋口〟の目の前に置いた。〝ダマスカスの友人〟から提報を受けた情報は、この政府合同庁舎に入ってエレベータに乗ってからも〝ミスター樋口〟に見せようかどうか迷っていたのだ。

だが〝ミスター樋口〟は複雑な表情とそして唸り声さえ引きずらせた。「アフガニスタンでイスラム過激派が急増？」と口にして、〝ミスター樋口〟はまた唸った。

名村はダマスカスへは戻らなかった。彼女が初めて公衆電話から名村が秘匿拠点としていた、新橋にある雑居ビルの一室に架設していた緊急連絡用の電話にかけて来たその電話で、しばらく来ない方がいい、と口にしたのは晴香の方だった。名村は、秋田の母親宅に一時戻ったらどうだ、という言葉を投げ掛けたが、彼女は笑って「私なら大丈夫ですから」と聞き入れなかった。

「じゃあ二週間後、そうなればある程度安心でしょう」

名村自身にとっても彼女と会えないのはそれが限界だった。

「もしお会いできるのなら、私も是非に……」

晴香が見透かしたようにそう言ったので、名村は次の言葉がすぐに出なかった。

警察庁官房長の松村一郎は初め〝亡霊〟かと思った。冗談でそう思ったわけではない。確かにそう感じたのだ。

「海外捜査費とは〝遊興費〟ではない。分かっているとは思うがね」

松村は、海外捜査費の申請書に目を落としながら、こいつが〝亡霊〟でないなら何だというのだと考えながら顔を歪めて名村を見つめた。

「もちろん」

名村がぶっきらぼうに言った。

松村は、その相も変わらない不遜な態度で初めて、この男がナマの人間であることに気づいた。しかも自分がもっとも嫌いな部類に属する者の一人であることもはっきりと思い出した。

「それに、たかだか一般情報提報者（マルハン）である女とよろしくやっているという話も耳にしている」

「噂です」

名村が平然と言った。

「しかもその女とは――」

「お言葉ですが、海外特別協力者（マルトク）の名前については、暗号でのみ表すこと、それが保安規定です」

名村が無表情で遮った。

「ふーん。君も偉くなったもんだ」

と松村が冷ややかに言った。

「ご用はそれだけですか？　なければこの辺りで。急ぐものですから」

名村がそう言いながら腰を浮かした。

「ああ、どうぞ」

松村はじっと名村を見つめながら身動きせずにドアの方向へ顎をしゃくった。そして、礼もせずに出て行った男が姿を消すと、一人ほくそ笑んだ。
《腕力を見せつけてやる時が来た》
松村はそう確信した。あの男が〝転げる〟こと、それはすなわち、彼を支えて来た警備局長の若宮も同時に〝転ぶ〟ことを意味する。そして――。もちろんその先を思い浮かべるまでもなかった。

晴香が受話器を置いたその瞬間、アルバーターシュ・ラマダン通りのそれぞれ反対側に停車していた車のエンジンがかかった。そして後部座席から飛び出したジャンパー姿の男たちは二手に分かれ、一組は晴香をそのまま追跡し、もう一組は公衆電話に近づいた。そして、その一時間後、シリア秘密警察防諜部のアミール少佐の机の上へ、公衆電話機から回収した録音テープが速やかに届けられた。

〝ミスター樋口〟のその言葉は余りにも意外だった。長官は、《V》に金を出すだけでことが済むはずもなかろう、という極めて現実的な検討結果を下した、のだという。
だが、日本政府は、アメリカのような証人保護プログラムを法律化していない。だから、住居、偽造身分証明書、また警備などのすべての支援を行うのは到底、無理だということも正直に語ったという。ゆえに、《V》自身が、逃げる場所を見つけてくれない限り、それは実際的に不可能なのではないかと〝ミスター樋口〟も付け加えた。

名村もその結果を予想していた。だから、金を出す用意がある、と長官が約束してくれたことだけでもせめてもの救いだった。しかし、資金を用意するには多少の時間がかかる、と付け加えられた時にはすぐに絶望感へと変わった。

名村は、二週間後に、《V》と接触するつもりなので、その件を打診してみる、と答えるのが精一杯だった。

「何しろ、《V》の件は組織をあげて大事にしなければならない、長官もそう仰っている」

〝ミスター樋口〟が言った。

「たとえば、《V》がもたらしてくれたマドリッドに関する情報は、想像を絶する事実を明らかにしようとしている。いや、実に驚いたものだ」

〝ミスター樋口〟は、その情報によって、青森県警から来た橋本がキャップとして始めた、「マドリッド作戦」と命名された海外特別工作を引き合いに出した。もちろん名村はそのことをすぐに思い出すことができた。晴香からもたらされた情報が、ダイナミックに、かつ大がかりに大作戦として始まったからだ。しかも、名村自身もサポートして深く関わることとなった作業だった。晴香が教えてくれたのは、日本赤軍メンバーがスペインの首都マドリッドにあるどこかのホテルを新たに拠点として使っている、という重要情報だった。そして橋本がマドリッドへ派遣されたのである。

マドリッド入りした橋本は市内のホテルや安宿を片っ端からあたってゆくという丹念な仕事の末、画期的な成果を生みだした。日本赤軍の一人がかつて使っていた偽名が長期滞在用ホテルの宿泊記録に残されていたのである。

橋本はホテルのオーナーと交渉し、その宿帳をすべてコピーすることに成功。そして、マドリッドの大使館から警察庁へ緊急ＦＡＸを送った。外事第2課では、そこに記載された旅券番号から本籍と現住所を調べ上げ、それぞれの都道府県警察の公安部門へばら撒き、突き上げ捜査を行うよう緊急指示を送った。

そして、全国都道府県警察の地道な捜査の末、幾つもの偽造もしくは変造旅券が見つかり、さらにそれを元にして、マドリッドの安ホテルに、日本赤軍メンバーが宿泊していた痕跡が見つかり、それによって彼らがまたしても欧州や中東を飛び回っている事実を把握することになったのである。

そして名村が呼ばれたのだ。名村と橋本は、それら〝旅券番号〟を抱えて中東や欧州の治安、情報機関を手分けして駆け巡った。これまで築き上げた幅広いネットワークをそこにすべて集中的に動員したのだ。日本赤軍メンバーたちが使用したと思われる旅券の動きと重なる、それぞれの機関が保管していたどんな小さな情報でも掻き集めてくれることをフェイス・トゥー・フェイスで依頼して回ったのである。

名村は、すでにそのほとんどでは、ファーストネームで呼び合うほどまでの関係を構築していた。だから〝友人（コリーグ）〟たちは進んで材料を提供してくれた。彼らはその都度、決まってこういう言葉を投げ掛けた。〝ミスター・ナツオ。あんたの頼みを断るわけにはゆかない〟

——それは名村にとって最高の快楽だった。

そして膨大なデータが集まった。名村は自分が集めた分をすべて橋本へ委ねた。橋本はそれをやり遂げた。巨大なジグソーパズルを組み立てるがごとく、あらゆるデータを解析し、日本赤軍の動きを暴いていった。そしてまた各治安機関にそれらデータを再度ばらまいて日本赤軍の動きを封じたのだ。だが重要だったのは、それだけではなかった。その捜査の過程で多くの国の治安機関と関係ができたこと、それこそ重要だ、と名村は思った。だが、名村にとって重要なのはこれからだった。ダマスカスへ急がなければならなかった。

——１９９０年６月　イタリア　ローマ

〝ミスター樋口〟の言葉を思い出しながら、割り切れない思いのまま、ローマのレオナルド・ダ・ヴィンチ国際空港のスポットまでタキシングする日航機の中で漫然と窓を見つめていた名村は、これが最後なのだ、と自分に言い聞かせた。これさえ終わればどんなことがあっても、〝ミスター樋口〟を説得し、完全なる保護を実現させる自信はあった。それも中途半端な金額ではなく、彼女を逃がすための本格的なオペレーションを作り上げることを絶対に実現させてやるのだ、と思った。そうすれば……名村はその先を見つめる勇気を今なら持つことができた。優先すべきは彼女の安全である。そのためなら自分の感情をコントロールする自信もあった。

メインドアが開いたとき、つま先だって顔をきょろきょろさせる地上係員の女性の姿が名村の目に入った。そしてその声が自分を呼ぶものだと気づいたときには、すでに係員は乗務員に案内されて駆け寄って来た。

「ローマの日本大使館からのお急ぎのメッセージを預かっております」

二つに折り畳んだだけのメモが名村に手渡された。そこには、〈電話を請う〉という文字と、あのマドリッド作戦を指揮しているはずの橋本の乱暴なサインがあった。

名村は急いでサテライトの公衆電話を使った。

「ちょっとお待ち下さい。確かに橋本警視殿よりメッセージを預かっております」

まだ若そうな警備官の緊張した声が聞こえた。そして、書類の山を掻き分ける音がした後、ローマ市内にある「ホテル・エデン」で緊急に会いたい旨を伝えるよう仰せつかったのだと続けた。

二時間後には、その格式ばった上に、鼻につくほどの貴族趣味的なホテルのロビーに足を踏み入れていた。名村にとって自分の趣味ではなかったが、あいつらしいと思った。橋本は何ごとにも過度な演出が昔から好きなのだ。

しかし、こいつもまた〝呼び戻される〟男だった。何度か警察庁職員や大使館の警備官として引っ張られた後、機械的な人事異動で県警へ戻され、そして余りの仕事のギャップから再び警察庁へ行き、そしてまた警察庁に幻滅しては県警に戻り……それを確か三回も繰り返しているのである。おれと同じく、その運命から逃れられないのだ……。

コンシェルジュデスクに近づいた名村を呼ぶ声で振り向くと、そこにはいつものあのぎこちない笑顔があった。身長は百六十センチ台後半ほどで小柄な方だが、いかにも神経質そうな筋の通った鼻と薄唇が嫌でも目に付く。

橋本の顔にいつもの穏和な表情はなく、強ばっていた。

「とにかくバーで話そう」

そう言って橋本は勝手に歩き出した。

重厚な家具に囲まれたそのクラシックバーのアームチェアーに座った橋本は、オーダーを取りに来るよりも前に、「どいつもこいつもふざけてる！」と吐き捨てた。

「最初の〝事件〟は、外務省が大騒ぎを始めたことだ」

名村は嫌な予感がして運ばれて来たビールグラスに口をつけようともせずに黙って橋本を見つめた。橋本がマドリッドの警備官から聞いたところによれば、まずはっきりしているのは、政務の内閣官房副長官が動いたこと、そして外務省に圧力をかけ、マドリッド、ローマ、パリ、ロンドン、テルアビブ、カイロ……そしてダマスカスの日本大使館を動かした、という事実だった。それだけでも名村は愕然とした。そんな大きな動きをしたら、日本赤軍たちに、どこかのラインで〝洩れ穴〟があることに強い関心を持たれてしまうではないか……。

「しかも、ダマスカスで起きたことが最悪だった」

名村は息が詰まった。橋本は唇を噛みしめながら言った。在ダマスカスの日本大使館公使がシリア外務省に出向いたのは二日前のことだと。そして、来年の外務大臣相互訪問に向けて、テロ対策について協力してゆきたい旨を伝え、今度はすでにシリア、レバノンなどで進められている日本警察のオペレーションに、外務省も加わることでよりよい両国関係を築いてゆきたい、そうまくしたてたというのだ。

名村は呆然としたまま、「何ということだ……」という言葉だけを吐き出した。〝シリアやレバノンなどで進められている日本警察のオペレーション〟とは自分のことではないか！

しかも日本警察がシリア国内で動いていることを公開したら、シリア秘密警察が黙っているはずもない！　今頃、いやすでにシリア外務省は間違いなくそれを秘密警察へ伝えたであろうことを名村は確信した。

「今更、お前が知らないわけでもないだろう。外務省はこれまで情報機関とのパイプを築けないことで忸怩（じくじ）たる思いがあった。それで――」

《あたり前じゃないか！　外務省（かれら）には何の実質的な内容（サブスタンス）話もあるわけがない！》

名村は声には出さず、唇を噛みしめながらそう思った。だからこれまで多くの情報機関が外務省と接触することを拒否していたのだ！

「内閣官房副長官の川村議員にチクッたのは間違いなく松村だ。確かだ。局長が官邸の秘書官から確認した。それにしても、もう少しだった……すべてを〝グリコ（バンザイさせる）〟させるところだったんだ……」

名村はこの男の悔しさが痛いほど分かった。だが、名村にとってこそその話は重大なる意味を持つのだ。いやそれはもう計り知れないほど……。そして、そのキャリアの名前が頭の中で乱舞した。

名村は橋本の肩を叩いてから立ち上がった。すべては声にならなかった。

橋本は驚いて見上げた。

「まさかお前、もう一度……」

「もちろんだ」

「狂ったんじゃないか！　今、俺の話を聞いただろ？　恐らく、お前の仕事はすでにダマスカスでは暴露されているんだぞ！」

《じゃあすべてを見捨てろというのか！》

それは自分に言い聞かせる言葉だ、と名村は思った。だがそれは口にしなかった。

――1990年6月　シリア　ダマスカス

ダマスカス国際空港に着いた名村は、サテライトの公衆電話を使って、落ち合うことを約束していたホテルに電話を入れ、何か変わったことはないか、と晴香にまず確認した。晴香は、安心して、と言ったが、その声が震えていることに名村は気が付いた。名村はそれから数ヶ所に電話を入れてから、到着ロビーへと向かった。

大使館迎えのトヨタカローラに乗るまでに、名村は完全にその存在を確認した。すでに彼らは到着ロビーから態勢を整え、分かっただけでも人員は八名。さらに車両班は二名一組の四台――これはもう本格的な規模じゃないか……つまり検挙態勢にあると言ってもいいと名村は判断した。それは予想していたことだった。だから、東京の〝ミスター樋口〟と連絡を取って、大使館を巻き込むことを計画したのだ。もし、自分が外交官ナンバーの車に乗っていなければ、恐らく到着ロビーを出た瞬間、両腕を取られて身柄を拘束されていたはずだ、と名村は確信した。

「尾けられています」

ダマスカスへ向かう車を運転していた山梨県警出身の大使館の警備官はバックミラーにしきりに視線を送っている。名村は何も反応しなかったが、まだ若そうな警備官はそれ以上、口を開くことはなかった。名村はその顔を知らなかったが、余計なことを口にしない姿を頼もしく感じた。

旧市街(セット・リキエ)の七百メートルほど北東に位置する日本大使館に滑り込んだカローラを迎えたのはワイシャツ姿で腕組みをした政務班長だった。

「この騒ぎはいったい何だね？」

ふさふさとした黒髪が癖毛でまとまりがない政務班長は、名村の背後を顎でしゃくった。

名村が振り向くと、正門前に張り付く警察官の数がいつもより倍に増えていたし、エンジンを吹かしたままの乗用車——市警察ではなく明らかにその筋の者であるとわかった——が大使館を封鎖するかのごとく押し寄せているのが見えた。

「本省からの『ＣＣＧＧ』なる訓令（くんれい）、それをお忘れですか？」

名村は政務班長を睨み付けた。〈ＣＣＧＧ〉とは、大使館が接遇すべき相手のランクの一つであり、最高レベルは皇室や総理を意味する〈ＡＡ〉である。そして〈ＣＣＧＧ〉とは、かなりレベルが落ちるのだが、〈しかるべき対処を行うべし〉と支援協力することを外務大臣命によって指示しているのである。

「君は誤解している」

もはや政務班長の言葉を名村は、聞く気にもなれなかった。呆れたように首を振りながら大使館内へと足を向けた。

「〝しかるべき対処〟のしかるべきをいったい誰が判断するというのか、君はそれを知っていない」

背中に叩きつけられたそんな言葉にも名村は何の反応もしなかった。

名村とてもちろん、これからやるべきことについて何も期待をしていなかった。


大使館を抜け出した名村は、日本大使館にほど近い「ル・メリディアンホテル」の地下駐車場からエレベータに乗り込んだとき、初めて大きく息を吐き出した。トランクの中に隠してここまで運んでくれた警備官によれば、大使館を包囲する警察や秘密警察らしき車が追尾してくることはなかったという。

従業員用エレベータを使い、そのフロアに辿り着いた名村は慎重に通路を進んだ。一度のノックでドアは開いた。晴香が立っていた。そしてすぐに名村へ抱きついて来た。

もはや感情を縛り付ける理由は何もなかった。それが運命であると確信したし、そうなることが自然だと理解し、躊躇はなかった。そして彼女もまたそれを待っているのだと考えた。

しかし、名村は踏み出せなかった。危機を回避すべし——その言葉が体を縛り付けた。名村は心の中で毒づいた。この期に及んでも自分は任務という呪縛から逃れられない！　まったく情けないのだ！

「……悩まないで」

それもまた真実だ、と晴香は思った。すべては覚悟していたことなのだ。しかも——彼は今まで何も見せようとはしなかった。彼の気持ちがどこにあるのか、ということを——。

あらためて彼女の顔を見つめたとき、名村は自分に嘘をつきたくない、という人間の心を最後に持ちたいと思った。

唇が一度軽く触れただけで十分だった。ほんの僅かな時間、二人は堰を切ったように激しく愛し合った。

晴香の体の上で呼吸を整えながら、それを口にする勇気を名村は持てた。

一緒に戻ろう。日本へ。でも、これからがもっと大切じゃないの？　晴香が虚ろな瞳で聞いた。いいんだ、と名村は微笑んだ。私のことでもし？　と晴香が目を見開いた。ああ、分かっている。でも本当にいいんだ。ただそのために、東京には一旦、行かなければならないんだが……。

名村は自分の言葉に苦笑した。いつから東京へ向かうことを〝行く〟という言葉を使い、シリアへは〝戻る〟という風に使い出したのだろうか……。

突然、電話のベルが鳴った。二人は目を見開いて、電話機と互いの顔を忙しく見比べた。ここに用がある奴らなどいないはずである。支援をしてくれたあの警備官とて知らないのだ。もしかすると、シリア秘密警察が所在確認のために片っ端からかけているのかもしれない。名村は悩んだ末に電話を無視した。もしそうであっても、ここから彼女を逃がすだけの余裕はあるはずだ。

「何かあったのね？」

晴香が訊いた。

名村はそれには答えず、晴香から離れて身支度をするように窓のカーテンをチェックしながら言った。

「ここはオレにとってもう安全じゃないんです」

名村は正直に言った。晴香の目が彷徨ったことで、「君のことは手を打っているから大丈夫だ」と安心させた。

「あなたはこれから？」

「恐らく、二度とこの国には来られない。だから君も、日本へ行くことを考えておいて欲しい。その手段は考える。今後、すべてが安全とは言い切れない――」

「さっきも言ったでしょ。私なら大丈夫です」

「ローマで会おう。来れますね？　で、そのときはこの人から電話があるから。信用のおける人です」名村はメモに書いた名前と電話番号を見せて、「今、ここで憶えて欲しい」と言った。

晴香は笑顔で「大丈夫だから」と毅然として言った。

「たとえば、〝アダムとイブ〟で落ち合うように……。ここからだったら直行便も――」

電話は再び鳴った。

名村は決断した。ドアを開け、早く行くように身振りで促した。一瞬の躊躇があったが、意を決した風に頷いた晴香は廊下へ飛び出した。急いでドアを閉めた名村はドアに背中をもたせかけたまま大きく息を吸った。

だが電話はまだ鳴り続けている。名村はその誘惑に勝てなかった。受話器に手が伸びた

——そのとき、大きな音とともにドアがうち破られ、数人の背広姿の男たちが雪崩(なだ)れ込んで来た。そして後ろ手に手錠を嵌(は)められた名村はそのまま連行されていった。

シリア秘密警察防諜部のアミール少佐は当然満足すべきところであるにもかかわらず、実のところ極めて不機嫌だった。決定的な現場を摑むまでは手出ししてはいけない、と命じていたはずなのに部下たちが先走りしてしまったこと、それがまず許せなかったのである。そして、軍の総参謀部政治局の高官から、日本とシリアの友好関係が結ばれつつある今、日本人に対する取り扱いは慎重にすべし、という横やりが入ったこと、それが二点目の苛立ちの原因だった。しかし、この国で総参謀部政治局に逆らえる者など誰もいない。陸海空の情報部を統括するその機関は絶対的存在なのだ。

だから、手錠を外したその日本人の前に座ってからも、怒りを抑えている自分が信じられなかった。アミール少佐は男の後頭部を摑むと強引に後ろへ引き寄せた。

「女をうまく逃げさせたと思っているんだろうが我々の力を知らないようだ。必ず捕まえてやる」

アミール少佐は日本人の耳元でそう囁くと、乱暴に頭を前に放り投げた。だが自分が今、口にしたことも腹立たしいことだった。今度は、自分の組織の最高幹部から、〈日本人女性には一切手を触れるな〉と厳命されたからである。アミール少佐は訳が分からなかった。本来ならこいつらは死刑のはずである。我が国での諜報活動そのものがスパイ行為、つまり違法なのだ。

「そして、お前のことは一生忘れない。いいか、一生だ！」

日本の警察官はその眩しいスタンドライトのお陰ですっかり目の前が真っ白になって視力をなくしているようだった。アミール少佐の声ですら、どこから聞こえて来るのかと頭をぎこちなく振っている。

立ち上がったアミール少佐は、尋問室のドアを開けて部下たちを呼び入れた。

「まったくなんてことだ！　ひったくり犯と似ているからと言って、こんな不始末をしでかして！」

アミール少佐はわざと聞こえよがしに大声で言った。

「シリア・アラブ共和国を代表して遺憾の言葉を申し上げます。あ、それから、せめてもの償いとして空港までは部下に送らせます。もちろんエアーチケットもサービスですでに。この国は何事も寛容でしてね。ちなみに貴殿の大使館も殊更、問題にするつもりはなく、それで結構だと――」

アミール少佐はそれだけいうと踵を返して尋問室から出て行った。

名村は、ダマスカス国際空港からイスタンブールへと事実上の国外退去にさせられると、トランジットエリアには向かわずにそのままトルコに入国した。すぐに市内のホテルにチェックインし、そこを取りあえずの拠点として落ち着いた。そして電話をかけまくっては、一階のコンシェルジュデスクとの間を何度も往復して、しかるべきところへＦＡＸを送り続けた。

それを終えると、名村には最も重要なことが待っていた。名村がしなければならないこと、それは、晴香との繋がりのあるものを徹底的に葬り去ることだった。特に、晴香と密かに約束していたシリア国内の連絡用場所（デッドポスト）として使っていたホテル、レストラン、屋台で働く者たちから記憶を消し去ること、それを長年にわたって築き上げてきた人脈の中の〝友人（コリーグ）〟たちに依頼することに没頭した。その一つ一つを終える度に、晴香への想い、彼女――いや協力者との証（あかし）が一つ一つ消えてゆく度に名村は絶望していった。それはまさに、自分の体が一つ一つ切り刻まれ、手足が一本ずつもぎ取られてゆくのも同じだった。だが名村はそれも分かっていた。そうしなければ彼女の安全は保てないのだ。何度も自分に言い聞かせ、吹っ切るようにただ黙々と……晴香との糸を切断する作業を続けた。

そしてそのすべてを終えたとき、名村は自分の人生がこの瞬間に終わったかのような想いに襲われた。オーバーなことではない。本当にそう感じたのだ。
だがとにかく、すべてのチャンネルは切った、晴香に繋がるものはいまや何も存在しないのだ。そして自分でさえもはや彼女とは連絡は取れなくなった。しかし今、彼女のためにしてやれること、それは自分との関係を完全に遮断することであることは間違いなかった。
だが消すことが出来ないことがあった。それは激しい怒りだった。協力者の身の安全を、いや生命の危険にさえ陥れたあの松村に向けられたものだった。だが、それだけではなかった。警察庁という組織を信じて来た自分自身への激しい怒りを感じた。

警察庁に戻ったとき、名村は本当の怒りを爆発させることはなかった。余りにも絶望し、軽蔑し、そしてただ言葉を失ったからである。そして、警察庁の幹部の部屋を回って帰国の挨拶をしながら、もはや二度と警察庁には戻っては来るものか、と固く誓うこととなった。

2001年9月18日　静岡市

一九九〇年六月、地元の静岡県警本部へと帰任した名村に与えられた辞令は、外事対象者も組織も存在しない、山深い所轄署の次長だった。

その後、名村は何度か晴香の消息を探る努力をした。だが、それはすぐに歴史の渦に呑み込まれることとなった。帰国してから二ヶ月後の一九九〇年八月、イラク陸軍が突然、クウェートに侵攻したのだ。アラブ社会は大騒ぎになった。それはアメリカ軍を始めとする多国籍軍が大挙して聖なる大地に押し寄せたからである。

微かに彼女の動静を窺い知ることができたのは、翌年、一九九一年、アメリカ軍を始めとする多国籍軍に、事実上、イラクが敗戦した数ヶ月後のことだった。だが、〝ダマスカスの友人〟を通じて分かったことというのは、彼女は、とにかく元気でいる、ということだった。そして、もう一つ知ったことは、新たな住居に移ったということだった。ただ、それもある中東の情報機関員の〝囁き〟にしか過ぎなかった。

だから忘れることしか、名村には残されていなかった。年月は確実に心の奥底に沈めていってくれた。

ところが、あれから十一年という月日が経った今、強引に引きずり出されたのだ。

いつもの居酒屋で酔いつぶれ、テーブルの上で突っ伏した名村が、何かを呟いていることに主人が怪訝な表情で近づいた。

主人が分かったことは、それが、英語の歌だということだけだった。

２００１年９月18日　東京　西多摩

アパートに着いた頃にはすでに午後十時を回っており、辺りはすっかり人影もまばらとなった。北島と熊谷は、アパートが見渡せる神社の石段に座った。張り込み場所としてはまったく芸もなく、しかも過酷だった。

「いったいここにいつまで……」

熊谷がそう言いかけたとき、北島は「見ろ！」と言ってアパートを顎でしゃくった。

昼間、声をかけた中年女性が住む部屋から子供が出てきて、今では誰も使ってはいないだろう寂しげな山道へと向かってゆく。北島たちはすぐに後追い（あとおい）を開始した。

煙のようなものがゆらめくのが月明かりで分かった。

そこに辿り着いたとき、少年が背を向けてタバコを吸っていた。

「だから言えなかったのか？」

振り向いた少年は驚愕の表情で硬直していた。

「だから一一〇番通報ではそれが言えずにいた、そうだな？」

北島が確信を持って言った。

「警察に嘘を言うのは立派な犯罪だ。少年院で苛(いじ)められたいか？」熊谷が詰め寄った。

逃げ出そうとした少年の腕を熊谷が摑んだ。

近づいた北島はそのとき、少年の首筋に黒い大きな痣(あざ)があることに気づいた。

「これ、どうしたんだ？」

北島の指が触れた。ザラザラとした感触が伝わった。

「いやだ！」

ヒステリックに叫んだ少年は首筋を押さえて睨みつけた。

「火傷(やけど)か？」と北島が言った。

「関係ねえよ！」

少年はぶっきらぼうに言った。

「君は見たんだな？　言ってくれないか？　タバコのことは誰にも言わずにおいてやる」

少年の目が彷徨った。

「美子に言わない？」

「美子？　お母さんのことか？　そんなに怖いのか？」

「美子が怖いんじゃない。あの男に告げ口するから。そしたらまたあの男に一杯殴られる……」

……

北島は、少年の首筋には他にも幾つもの小さな痣があることに気づいた。そして少年の腕を握って袖を捲ろうとしたところ、少年は激しく抵抗した。穏やかな言葉で少年を落ち着かせてから、ゆっくりと袖を捲り上げた。少年は青ざめた顔を引きつらせた。

そこには首筋と同じ痣が十数個も点在し、中には大きく黒ずんでいるものもあった。

北島が少年の顔を覗き込んだとき、そこにははっきりとした恐怖が浮かんでいた。

北島は、少年の袖口を直してやりながら、昼間調べたその家の家族構成を思い出した。母親よりも十歳も若い義父――父と呼ぶにはその男はまだ二十代前半である――の虐めにあっているこの少年の悲しい毎日を想像した。

「約束は必ず守る」

北島が力強くそう言うと、少年は小さな声で断片的な記憶を蘇らせた。

それは今日と同じ時刻の頃、家を出て、山道に入り、少年はこの場所へタバコを吸いに来たのだ。そして警察官がうろうろしているのを見つけた。好奇心に煽られて恐る恐る近づいた。辺りはすでに音もなく静まり返っていた。だが、その音が聞こえたのは突然だった。悲鳴と唸り声――。恐くなってタバコを捨てて自宅に帰った。

――それがすべての顚末だった。

急いで杉並署の特別捜査本部へ飛んで帰った北島たちは、町田警部とデスク主任に新しい目撃証言を報告した後、すぐに検索隊を編成するように進言した。そして、N照会事項請求書を書き上げた後、〈最優先〉という但し書きを加えた上で、急いで警視庁本部の刑事企画課へとFAX送信した。

車両のヒットデータが届けられたのは、朝の会議が始まる直前だった。一昨日のあの夜、中学生が目撃した時間帯の前後で、現場に繋がる幾つかの道路上のポイントを通過した車が四十五台ヒットしたのだ。

もちろん、関東陸運局のデータベースにアクセスすることで、それら四十五件分の所有者が割れるまでにそう時間はかからなかった。

FAX受信されたペーパーを熊谷が興奮しながら引きちぎって来た。

だが、これからが大変なのだ、と北島は思った。途方もない作業が待っている。

2001年9月19日　東京　警察庁

「拒否した!?」

若宮は思わず声を上げた。

「はっ、追及班の補佐に電話を入れさせたのですが……申し訳ございません」

緑山は身を硬くして頭を下げた。

「それで何と言っているんだ、名村という男は？」

「それがもうとりつく島もございませんでして……関係ない、とただ一言……」

若宮が舌打ちした。

「とにかく補佐に静岡まで足を運ばせろ。面と向かって説得させるんだ」

そうしなければ長官との約束を果たせないのだ――。

「お言葉ですが、補佐にとっても、名村は仕事上の先輩にあたりまして、強引に説得することはさすがにできかねるようでありまして……もはや、名村に首輪をつけられる者は誰もおりません」

「情けない！」

若宮が吐き捨てた。

２００１年９月19日　東京　赤坂

若宮は、三年先輩の男に長らく挨拶をしていないことを詫びてから仲居を呼びつけ、料理はすべて同時に運び入れ、その後は襖を開けることのないよう言い含めた。戸惑った表情の仲居に、若宮は「では、その通りに」と言っただけで背を向けた。

「仰々しい話らしいな」

元外事2課長の樋口忠久が老眼鏡をはずしておしぼりで顔を拭きながら、くりっとした目をよりいっそう見開いた。

「料理が運ばれて来て襖が開くというのは、ちょっとどうも気に障りましてね」

若宮は苦笑した。

「君はそのことを話したくてうずうずしている。もう見ていて哀れなほどだ」

樋口が笑った。

若宮が口を開きかけたとき、仲居が入って来て、広いテーブルの上にずらっと料理を広げた。その時間さえ若宮は苛立ったが、それをおもしろい風に樋口は黙って見つめていた。

鷹揚に挨拶して仲居が立ち去った直後、若宮は「実は、名村なる静岡県警の男のことです」と静かに口にした。

樋口はそれには応えず、前菜の鉢に箸をやった。

「呼び戻したいんです」

若宮が身を乗り出した。

「詳しくはその理由をお話しできないことをお許しください」

樋口は箸を置き、熱い茶を眉間に皺を寄せながら啜ってから顔を上げた。

「そんなことは言うまでもないさ。保険会社のオヤジなどに重要情報など必要ない。特別顧問という肩書きも見かけ倒しだしな」

樋口は自嘲ぎみに笑顔を作った。

「世間ではこの有様を天下り（あまくだり）と呼んでいるが、まったく考え違いも甚だしい。単なる隠居の身というところだよ、まったく。だから君も知っている通りイカれた奴が余りにも多い。社会的孤独感というやつだ」樋口は一人でそう続けた後で、「ところで、名村の件はダメだ」と唐突に付け加えた。

怪訝な表情を向ける若宮に、「ダメだ、というのは私はその適任者ではない、そういうことだよ」と樋口は言った。

「私が仄聞（そくぶん）するに、あなたこそ、唯一、彼のことを知り抜き、また彼もあなたを信頼していた。そうじゃありませんか？」

「ふた昔近くも前というやつだ」

樋口はぶっきらぼうに言って、赤身の刺身を口に放り込んだ。

「君には敢えて言うまでもないことだが、〝ハンター〟たちを甘く見てはいけない。特に、君がすでに呼び戻した彼らは尋常ではない。あいつらは互いの長所、短所を分かり合っているし、それがどう機能し生かされるかも知り抜いている」

若宮はそれには敢えて質問を差し挟まなかった。この〝隠居〟がなぜ、その元ハンターたちを呼び戻したことを知っているのかは知らないが、それなら逆に話が早いと思った。

「特に、名村は普通じゃない。もとから狂っているのさ」樋口が言った。

「しかし仕事は素晴らしく？」

「もちろん」樋口は顔を上げた。「恐ろしく偏屈で、自分のアイデアでやるにはそれはもう恐ろしくも猪突猛進だが、上から押しつけられることにはまったくやる気が入らない。しかも酒と女にだらしない……」

樋口は頭を振った。

「だから――。あいつがそうしたくないというのならそうならない。まあ、諦めるんだな」

「あの男は警察庁を憎んで去ったそうですね？　それほど酷いことがあったんですか？」

樋口の表情が一変した。

「あいつに警察庁が何をしたと思っているんだ？　海外の協力者ともども一切の処遇もせず、支援もせず、切り捨てたんだ。今更言うまでもないはずだろう？」

樋口は力なく頭を振った。

「その恨みとは組織にですか？　それとも特定の個人にですか？」

若宮はそれほど意味もなく訊いた。

「まあ両方だな。特に、官房長の松村への憎悪は、怒りという簡単な言葉で済まされるもんじゃない。何があったのか聞いていないのか？　そうか、じゃあまあ、君が考えていることがいかに非現実的なことかを証明するためにも説明するまでだが――」

樋口は熱い茶を啜って喉を潤してから、十一年前に何があったかを続けた。

「帰国したときの彼の有様はそりゃ尋常でなかったね。私のところへ顔を出すよりも先に松村のところへ駆け込み、一時間は互いに怒鳴り合っていたさ。それに警察庁も、海外協力者の保護を結局やらなかった。その直後、イラクがクウェートに侵攻したことで手が出せなかったわけだが、組織の対応としても酷かった。もちろん私の責任でもあるんだが、当時の警察庁幹部は、さんざんその協力者に世話になったにもかかわらず、まるで〝使い捨て（アドホック）〟のごとく、文字通り、葬り去った。しかも見て見ぬフリをしながら。だから私が適任者ではないというのはそういうこともある」

「それでその後、どうなったんですか？」

若宮が聞いた。

「死んださ」

樋口が首を竦めて呟いた。

「えっ？」

「つまり君が噂で聞いているとおりだ。名村という男は〝死に体〟となったのだ」

樋口は淡々と言った。だが若宮は逆に、目の前にかかっていた重苦しい霧がさっと晴れたような気がした。そうか松村に憎悪があるのか……。若宮は自分に運が向いて来たことをはっきりと自覚した。それも強烈な運が……。

「今更、何も変えられないさ」

樋口は穏やかにそう言った。

「だからもう、あいつのことはいじるな」

だが若宮はもはやその言葉を聞いてはいなかった。若宮は脳裏に浮かんだ、そのアイデアに呪縛されていた。しかも、それは警察庁に戻って、国際テロ対策課長の緑山からその報告を受けたことで益々確信となった。

官房長の松村が、かつての海外協力者の登録簿の中から、ある人物に関するデータを自分のところへ届けるよう国際テロ対策課の国外テロ担当補佐に密かに命じたという。緑山によれば、松村はかつて面識のあるＣＩＡ要員からそれを依頼されたらしい、という。そして、松村が要求したその協力者とは、《Ｖ》だった。

２００１年９月19日　静岡市

名村は不機嫌だった。今日の警察庁からのふざけた電話もそうだったが、この居酒屋がこれほど混み合っているのは珍しく、しかもいつもの隅の定位置どころか、座るところさえ見当たらないことにこそ苛立っていた。それが今、自分には最も重要なことなのだ。

無愛想な店主はいつになく活気づいていたので、名村が店に一歩足を踏み入れたまま立ち尽くしていることに気づくこともなかった。

誰にも相手にされないことはもう馴れたことだった。

店主が両手でビールを持ったまま名村の前を通り過ぎようとしたとき、初めて視線を投げかけた。少し立ち止まって店内を見渡した店主は、店の奥にある小上がり風の畳の席を顎でしゃくった。

今までそういったことは避けていた名村だったが、今日は呑まずにはいられなかった。なぜなら、名村にとって、今日はとてつもない重大事件があったからだ。朝から夕方まで会議室に閉じこめられ、タバコを吸えなかったこと、それこそ名村にとっては変化のない毎日で唯一の〝重大事件〟だったのである。

醤油の染みと傷だらけのテーブルには、男が一人で銚子から注いだ酒を啜っていた。

名村は斜め向こうに座った男を見向きもせずにタバコをふかし、生ビールがこぼれおちるジョッキが運ばれて来ると一気に呷った。

大きく息を吐き出してジョッキを置いた名村は、いつものように壁に張り出された品書きへ目をやった——その時、ふと目の前から視線を感じた。

斜め向かいの男がお猪口を手にしたまま、じっと名村を見つめている。

「オレに何か？」

名村が吐き捨てた。

「混んでいて良かった。そう思っていたんだ」

男の言葉に名村はただ頭を振っただけですぐに体を横に向けた。

だが注文したイカの丸焼きが運ばれて来たとき、ふと前を見るとまたその男は名村を見つめていた。名村は言葉をかける気にもならなかった。やはりここに来たのが間違いだった。

名村にとって、これが今日二度目の〝重大事件〟だった。一日に二度も〝重大事件〟に遭遇することはまったく珍しいことだった。

名村は、新たに注文した常温の菊正宗をビールグラスに注いでまず少しだけ唇を浸してから、体をずらして男と向き合った。

「警察庁が何の用です？」

名村はそう言って今度は一気に酒を呷った。

「いつから気づいていた？」

若宮がそう驚いた風でもなく言った。

「気づいた？　いつからですって？　まったく学芸会もいいところですよ。この席には、あのケチ親父は予約した者しか通さない。しかも、オレが入る直前に出て来た一人客は親父に断られていた。ここで相席を断る奴などいないのに――です。また、あなたのような雰囲気の奴は、県庁の、しかも中央からのキャリアしかいない。キャリアとなれば、総務省か厚生労働省かだろうが、そいつらとは明らかな違いがあった。あなたはぷんぷん臭いをさせていた。その臭いはオレが最も嫌いな臭いなんでしてね」

名村は一気にそうまくし立てると、また酒に戻った。

「勘は衰えていないようだな」

若宮は笑顔で応えた。だがその目が笑っていないことに名村は気づいた。だがそんなことは名村にとってどうでも良かった。

「で、何なんです？　このマネは？」

名村は顔を歪めながら硬いイカを歯で食いちぎった。

「君を知りたかった——本当なら格好をつけてそう言いたいところだが、実はそう暢気にもしていられなくてね」

名村は顔を上げようともせず、硬くなったイカと格闘を続けていた。

「ここを探すのには苦労したよ」

名村は薄笑いをしながらやっと顔を上げた。

「それで？」

「愕然としたさ」と若宮は正直に言った。「これほど〝燃え尽きて〟いたとは——」

「それを面と向かってオレに言った奴はあなたが初めてですよ。裏でコソコソ言っている奴らは沢山知ってますけどね」

名村は首を竦めた。

「しかし、かつて君が素晴らしい人脈を築いていたことは十分に知っている。だから君にしか出来ないことを頼みたいんだ」

名村は声に出して笑った。

「複雑ないいぶりですね」

キャリアがノンキャリアにものを頼むときの典型だ、と名村は気分が悪くなった。

「〝ミスター樋口〟にも聞いた」

名村は頭を振って鼻で嗤った。

「この一週間あまりで、情勢は一変した」

「テレビや週刊誌がぐちゃぐちゃ騒いでいる、あれでしょ？　大変みたいですね。まあ、よくは知りませんけど」

「だが、本当の情報は一切、公開されていない」

若宮が声を潜めた。名村は汚れた指をティッシュペーパーで丹念に拭ってから顔を上げた。

「最初に断っておきますが、あなたと会った瞬間から、申し上げようと思っていたことがあったんです」

「何だ？」

若宮が見据えた。

「知ったことじゃありませんね、そういうことです」

名村はそれだけ言うと、グラスの中に酒をなみなみと注いで一気に飲み干した。そして、黙って上着を摑むと二千円札をそこにおいて足早に店から出ていった。

2001年9月20日　東京　警察庁

応答要領も持たず会見場に足を踏み入れた若宮は、いつもより多くの記者たちが集まっているように思えた。会見であんちょこを持つことは何より美学に反している。アグレッシブなカメラマンが脇から撮影し、それがお茶の間に流れて恥をかかされた先輩のエピソードも忘れることはなかった。

「今日はどうした？　警視庁のベッドで寝てる時間じゃないの？」

スピーチ台に立った若宮は、最前列に座る馴染みの記者に軽口を叩いた。

「局長こそ、定例の時間に遅れられましたね。緊急事態でも？」

記者は笑った。

「あれば真っ先に君に囁くさ」

若宮も笑みで応えた。が、お前さんたちが想像もしないことが今、起きようとしているんだ、と脳裏で呟いた。

最後列の一番高いところから、テレビカメラのレンズが向けられている。身構えることはなかった。定例会見の映像などいつもニュースにならないからだ。

「今日は、最初から質疑応答でどうぞ。ただし、悪いが五分しかない。何しろ、この状況だからね。ご理解して頂こう」

「幹事社、朝日（新聞社）の前田です」

初老で大柄な記者が挙手しながら言った。若宮はその男をよく知っていた。すでに定年を迎えているが、警察官僚に幅広い人脈を持っているので会社が嘱託として再雇用し、手離さないのだ。

若宮は笑顔のまま軽く頷いた。

「何らかの形で自衛隊の出動が求められる可能性があります。それに伴う国内治安について、どのようなお心構えでしょうか。それをまずお聞かせ願えませんか？」

若宮は小さく息を吸い込んでから言った。

「警察庁としましては、強い危機意識を持って警備実施を行うべきだとあらためて肝に銘じているところです。ゆえに——」

三分ほどの短いメッセージを終えたとき、さっそく朝日の老練な記者に言葉尻を取られた。

「冒頭で、予想がつかない面がまだある、と仰っていましたが、具体的に何か、特別な情報を警察庁は入手してるんでしょうか？」

若宮は、朝日新聞記者の目の奥で何かが輝いたことに緊張した。こいつ、どこかで何かを聞いているな――。

「前回のときのメモを読めばわかるんじゃない？　当時の局長さんも、だいたい同じこと言ってるだろうから」

記者の間から爆笑が響き渡った。だが朝日の記者だけは笑っていなかった。

「確認しますが、脅威情報は完全に、まったくないと？」

「完全に、ということはいずれの場合でもないものだ。愉快犯も含めて雑多な情報は常にある。だが、篩にかけると最後には誤報が残る場合がほとんどだね」

「ほとんどというのは、中には、脅威情報が？」

若宮は苦笑した。

「相変わらずご熱心だね。まだ現場にも十分出られるんじゃない？」

失笑が会見場に広がった。

「で、いかがです？　さきほどの質問には？」

記者は表情を変えずにこだわった。

「現在のところ、今のご質問にお答えできるような情報と我々は接していません」

真顔になった若宮は慎重な言い回しで逃げ道を作った。

「では、たとえば、テロリストの準備役が入国しているという情報もないと？」

今の地位を築くために数々の修羅場を乗り越えてきた若宮にとって、たとえベテラン記者からの質問であっても、簡単にいなすことができた。

「もちろん」

「完全に？」

「ええ」

そのときになって若宮は初めて気づいた。こいつは、誰かに言わされている……。しかも、中からだ。ただ、朝日の記者を唆(そそのか)しているのは、あの情報に接することができる相手ではないだろう。もしそうであれば、こんな会見ではなく、夜回りで当たってくるだろうからだ。しかし——。若宮は理解した。ここでもまた追い込まれたことを。はっきりと言質(げんち)を取られてしまったのだ。

それが目的だったのか！　若宮はあらためて思った。世の中、男の嫉妬(しっと)ほど恐いものはないことを。

2001年9月20日　静岡市

所轄署からの異動者である巡査長の辞令交付の儀式が行われている最中も名村の思考はま

ったく別の世界で彷徨っていた。

それは昨夜、突然に現れた余計な奴のことではなかった。またあいつの名前を思い出したからだ。

なぜ、橋本は自ら命を絶ったのだろうか……。絶望の淵で彷徨い続けることを拒否して、そこから逃れたのだろうか。


その思いからようやく抜け出せたのは、いつもの居酒屋の、いつもの定位置である隅のテーブルの前に座っていたときだった。今日は昨夜の喧噪が嘘のように静まりかえっている。午後から降り出した雨が客足を遠のかせているのだろうか。店内を見渡すと、一組の中年の男女がひっそりと座っているだけだった。

名村はビールよりも先に菊正宗の常温と板わさを注文した。料理に期待することを放棄させるこの店でも、さすがに板わさだけはその歯ごたえといい、食感といい最高であり、常温の菊正宗としっくり合うのだ。これがささやかな贅沢というものだ、と名村は盃を重ねながら苦笑し、そしてまた自殺した橋本の顔がちらちらと脳裏に浮かんだ。

だから背後から声をかけられたことにもしばらく気づかなかった。

「座ってもいいか？」

緩慢な動きで振り返ると、名村は苦笑を投げ掛けた。

「あなたも相当、しつこいですね」

若宮は強ばった顔でそれには答えず、コートの雨滴を払いながら真正面に座った。若宮はここまで怒りをコントロールできる自分が不思議でたまらなかった。結局、ここまで自分がやって来たのは、すべてが自分のためだ、というところまでは押し殺すことができた。なぜなら、長官に言った手前、こいつを絶対に派遣しなければならないからだ。だが、こんな男にここまでコケにされるとは思ってもみなかった。ただそれでも我慢した。どこに限界があるのかは分からないが……。

「極めて深刻で具体的なテロ情報がある。しかし、その中身がまったく分からない」

と若宮は怒りを振り払うように唐突にそう切り出した。

名村は「まったく」と言ってケラケラ笑った。

「昨夜、すでに分かったはずでしょ？　とにかく、見てのとおりの有様でね。毎朝届けられる決裁書類に判子をつくことが精一杯の日々なんです。いや、最近ではそれさえも満足にできませんがね」名村は自嘲した。

「《V》ともう一度接触して欲しいんだ」

名村はその言葉でちらっと周囲に視線を送ったが、中年のカップルは高笑いをして話に夢中になっていることを確認した。

「《V》は中東に深い人脈があるはずだったな？　我々はそこからの情報に期待しているんだ」

名村はお猪口を力強くテーブルに置いた。

「なんか、昨日から大きな勘違いをなさっているようですけどね、どうぞ、もう一度、オレを見てください。どうです？　〝燃え尽きた（バーンアウト）〟男どころか、灰さえもう残ってはいない。それがすべてなんです。つまり、何もする気はないし、何の役にも立たない。だから、あなたにとっては、とんだ無駄足だった。そういうわけです」

そう吐き捨てた名村は腕時計に目を落とした。

「最終の『ひかり』ならまだ間に合いますよ」

名村は身振りで出口を促した。

若宮はそれには応えずにコートを摑んで立ち上がった。

「松村が《V》をCIAに売り渡そうと画策している。だから、君が警察庁へ戻り、《V》と接触すること、それは《V》にとっても重要なことだ」

名村はお猪口を持ったまま虚空をじっと見つめた。

「帰ってくれ」

名村はテーブルの上に頭をもたれさせた。銚子が転がって酒が畳にまでこぼれ落ちた。だが名村はそれを気にも留めようとはせず、そして顔を上げることもなかった。

地下道に辿り着くまでに若宮はしこたま雨に濡れることになった。だが、途中からは静岡駅までの長い地下街に入ることができたので、駅改札に着いた頃には、少なくとも頭髪だけは乾きつつあった。しかしそれも束の間のことで、ホームに上がったときには、猛烈に吹きすさぶ雨風によって全身にシャワーのように雨を浴びる結果となってしまった。しかも、最終列車の到着が遅れていたので最悪だった。

ようやく新幹線ひかりのシートに座れた時には、靴の中までびしょ濡れとなっていることが分かった。濡れそぼった上着を窓横のハンガーに掛けていたとき、発車を告げる軽やかな音楽が鳴った。キヨスクで買ったビールを喉に流し込んだ途端、押し込めていた怒りが噴き出た。

「クソ生意気な！」

こんなところまで足を運びノンキャリの男を説得しなければならなかった自分が惨めでもあった。

疲れが全身を襲った。リクライニングシートを倒したとき、若宮はその光景に気づいた。

若宮は急いで起きあがり、窓を振り返った。階段の上、そこに一人の男が立っていた。よれよれのスーツのズボンのポケットに両手を突っ込み、くしゃくしゃとなった髪の毛の男は肩で荒い息をしていた。

若宮は上着をひったくるように摑むと通路を駆けた。そして、閉まりかけたドアを無理矢理こじあけた。途中で片足が引っ掛かった。慌てて駅員が飛んで来る。駅員と車内の車掌の二人がかりでようやく足が抜けた時、若宮はこっぴどく彼らから悪言を叩きつけられた。騒ぎを聞いて新幹線警備についていた静岡県警機動隊員が飛んで来た。怪訝な表情で見つめる機動隊員に、若宮はしかたなく身分証明書を目の前に突きつけた。その瞬間、機動隊員の目はかっと見開き、直立不動の姿勢でがちがちとなった右手で敬礼した。

だが若宮はそれには反応せず、ホームを走った。

名村は暴れまくる雨の為(な)すがままにさせていた。

若宮はその前に立つと、顔に吹き付ける雨も気にせずにじっと名村を見つめた。

「戻るってことはまだ決めてません」

名村は突き刺すような雨をよけるように目を細めて言った。

「じゃあなぜここに？」

若宮は雨音に負けじと声を張り上げた。

「松村について確認したいこと、それをまず聞いてからでも遅くない、そう思っただけです」

若宮は右手を差しだした。だが名村は応じようとはしなかった。

「それになぜです？　なぜ呼びに来たんです？　私のような者は大嫌いなはずなのに」

２００１年９月21日　東京　杉並警察署特別捜査本部

第一報は、会議の真っ最中に、本部捜査第１課から特別捜査本部デスク主任へ緊急通報された。殺された警察官のものと思われる両手首の発見場所は、まさに、北島たちがそこを突き止め、西多摩署員と管区機動隊の応援を得て、山中の検索を依頼していた区域だった。

だが、数時間後に特別捜査本部へ届けられた鑑識報告を、大野管理官が読み上げるその言葉は、北島にとってもまったく意外なものだった。

「発見された被害者の右手に付着した微物を科学捜査研究所において検査した結果、特異な所見が判明した。もってここに貼りだした」

警視庁捜査第１課依頼の鑑定検体２２３号資料55番につき、化学分析鑑定を法医学第

2教室で行ったところ、左記の物質が検出されたので報告する。
検出先　右手の中指爪部分
検出物　バクテリアファージ菌株HA223菌

以上

特別捜査本部に派遣されて来た鑑識課員が、町田係長の指示で立ち上がった。

「まず検出状況から説明します。右中指爪部分には、被害者(ガイシャ)のものと同じ血液型の微量な血液、表皮断片、また断面が歪(いびつ)なポリエステル繊維が含まれており、そこに付着する形で、同微物を検出しました。これを『標準株』とするのは、一般の遺伝子工学実験において、〝実験条件〟を統一させ、客観的な実験結果であることを証明するためです。そして、これはやたらには存在しません」

鑑識課員が続けるには、遺伝子工学の研究者たちは、無害な病原性微生物については特別なバイオセイフティ・システムの中で仕事をしているわけではないという。だから、床や衣服にはそのような実験用の微生物が付着している可能性もあり、そのまま付着させて帰宅することもあるのだとした。

町田係長が引き継いだ。

「犯行時間等を考えれば、被害者（ガイシャ）がそのような施設内に立ち入ったとは考えにくい。しかも鑑識結果を総合的に判断するに、被害者（ガイシャ）が被疑者と争った際、被疑者の衣服の繊維痕が付着したと考えるのが最も妥当である。つまり、この〝菌〟は被疑者の生活範囲内にある、そう結論することは無謀ではないと判断する。しかもこの〝菌〟が存在する場所は実に明白であり——」

町田係長が再び鑑識課員に視線を流して発言を促した。そして、鑑識課員は、この〝菌〟がどの研究施設で扱われているか、その世界の研究者ならすぐに分かるのです、と言い切った。

「よって、本件捜査につき特命班を設ける。本部、北島警部補と杉並署、熊谷巡査部長、あたってくれ」

町田係長が言った。

「ちょっと待ってくれ。北島たちはまだ現場での聞き込みが残っているんじゃないのかね？」

大野管理官が反論した。あんたがそんなことを口にする根拠などないはずだ、と北島は唾を吐き捨ててやりたかった。

「捜査の継続性、それが重要かと思います」

町田係長がいつものように毅然と言ったので、大野管理官はもちろん反論することはなかった。人事課から来たばかりの管理官に捜査の決定権は与えられていなかった。

2001年9月21日　ヨルダン

ベイルートのターミナルを発車したバスに揺られながら、イブラハムは半年前のことを思い出していた。

——どれだけトラックに揺られていただろう。だがその疑問が無駄なことだとイブラハムは知っていた。貨物トラックの荷台の奥に放り込まれてからというもの目隠しをされていたので、昼か夜かだけでなく、時間の経過さえも分からなかった。ただ相当な距離を走破して来たことだけは分かった。何しろ、ここに着くまでに四回の食事と二回の熟睡をしたからだ。しかし、余りの環境にもう少しで音を上げそうだった。それでなくとも狭い空間で耐えなければならないことがどれほどの苦痛であったか、それはもちろんだったが、あの悪臭には狂いそうだった。何しろ、トイレは片隅に置かれたガソリンタンクにするように言われていたので、その悪臭は常に体にへばりつき、まともな思考さえ遮断してしまっていた。

だから久しぶりに新鮮な空気が吸えたとき、全身で生きていることへの幸せさえ感じた。たとえそれが地上（フィールド）でなかったとしても。

それは迷路のような地下らしき秘密基地という想像もしない場所だった。

目隠しを外されたイブラハムの目に飛び込んで来たものは、黒こげが目立つT－72戦車の傍らで、自分と同じくらいの年齢の若者——中には女の姿もあった——が三十人ほど銃器の訓練をしている光景だった。

激しい射撃音がして、思わず耳を塞いだ。振り向くと、アメリカ大統領の写真を貼り付けた標的に、五人の若者がイラク陸軍正規採用銃であるＲＰＫマシンガンの銃弾を無鉄砲に叩き込んでいた。

イブラハムがまず指示されたのは、〈爆発物の理論と実践〉という専門分野の講義を受けることだった。イブラハムにとって、それは戦場により近くなったことを意味していたので素直に喜んだが、なぜ自分が選ばれたのか、それはもう一度考えさせせられることとなった。

自分の専門分野が評価されたわけではないのだろうか……。

イブラハムの脳裏で不安と期待が混在した。

だがすぐにネガティブな思考は排除した。まだ一日目なのだ。徴募員（リクルーター）は「訓練は一ヶ月間行う」と言っていたじゃないか……。

気を取り直したイブラハムは、トタンで作られただけの平屋の建物の中で、三人の若者たちと顔を合わせた。

誰もイブラハムに声をかけようとはせず、床に積まれたボックスから熱線追尾式地対空ミサイルＳＡ‐７を取り出して、順番に肩に担いでは、時折、イブラハムへ意味深な笑いを投げかけて来た。

「気を抜くことは死に直結する！」

教育係とおぼしき男が怒鳴った。三人は直立不動の姿勢になって顔を引きつらせた。

イラク共和国防衛隊員であったことを示す赤いベレー帽を被った教育係がぐるっと首を回してイブラハムを睨み付けた。イブラハムは咄嗟に背筋を伸ばして敬礼した。

「爆弾の生成技術レベルと破壊力は正比例するが、お前たちが想像するように簡単ではない。その点、最も教材として優れているのは、硝酸尿素（しょうさんにょうそ）である」

教育係はホワイトボードに、〈$NH_2CONH_2 \cdot HNO_3$〉と書き殴った。

「硝酸と尿素を混合するだけという化学的には実に単純な工程によって生成される。その成果は一九九三年、ニューヨークの世界貿易センタービル爆破工作で示された。ビル地下に仕掛けた約六百キロの硝酸尿素は、約二十メートルの穴が四階までの天井と床を突き抜けることで多大なる戦果をあげた――」

教育係は「お前たちも聞いたことくらいはあるだろう」と言って全員を見渡した。

「ただその爆発性だが、通常では爆発することはなく摩擦感度や衝撃起爆感度が弱いため、単なる起爆剤では不十分である。つまり、安定した起爆にはブースターが必要なのだ。それさえ揃えれば、たとえば、もっとも安易な塩化ビニール管内でも、３・１km／sec もの爆速が得られる」

爆発物の講義は三時間にも及んだが、簡単な昼食を取った直後、すぐにまた別のカリキュラムが始まった。

上下ジャージ姿で現れた教育係を見た瞬間、イブラハムは思わず全身に鳥肌が立った。顔の半分が焼けこげ、しかも赤黒い皮膚がずるっと垂れて、唇も硫酸で溶けたかのように醜く崩れていた。しかも右手が肩から先がなかった。

だがイブラハムは目を逸らさなかった。これが本当の戦士なのだ――。

ふと横を見ると、さっきの三人は顔をひきつらせているのが分かった。いや、違う――。イブラハムは気づいた。三人のうち、若者だけは悪戯（いたずら）っぽい笑顔をイブラハムに向けていた。教育係が半分潰れたような眼球で若者を睨んでいても平気で、口をパクパクしながらイブラハムに何事かを囁いている。そう言えば、さっきふざけていたときも、こいつだけは参加していなかった……。

教育係は、その若者には注意はせず鋭い視線で全員を見渡した。

「おれと会ったら、誰もがすぐにでも戦場に行きたがる。これ以上の生き地獄はないからな。貴様らもそうだろ？」

教育係はその答えに期待もせず、転がったドラム缶に片足を載せたままで講義を始めた。

「皮肉なことだが、おめえたちが訓練しなければならないことは自身の安全管理だ。それを今から徹底して叩き込む」と教育係が言った。

「まず言っておくことは、ただ誤解するな。〝安全管理〟とは、お前らが退路を考えることではないということだ！」

イブラハムは何の感情も湧かなかった。当然のことだ、と思った。

気配を感じてふと視線を流すと、さっきの若者がまたイブラハムにちょっかいを出そうとして、目を閉じたり、口をぱくぱく開けたり閉めたりしていた。イブラハムは笑いそうになるのを必死で堪えなければならなかった。

「ただひたすら目標に近づくこと、それまでの動線における安全をいかに確保するか、それが最も重要だ」

教育係は口にくわえたマルボロをふかしながら、イブラハムたちの周りを歩き始めた。

「失敗の研究、それを常に繰り返す必要がある。それを体に叩き込むのだ」

教育係がそこまで言うと急にゼーゼー喉を鳴らし始めた。

「……そして肝心なことは根本的に発想を変えることだ。敵に見つからないために姿を消す、尾行をまく、などと考えるのは最も愚かだ。重要なのは、〝街に溶け込む〟こと。それをひたすら追求しろ。いいな？」

そこまで言って、また咳が激しくなった。

「今日は特に具合が悪いようだ。劣化（れっか）ウランのクソ野郎が、声帯までもダメにしやがって……」

今度は息づかいさえ苦しそうだった。

就寝用のテントに敷き詰められた三段ベッドの二段目で疲れた体を横にしたイブラハムは、その姿に悲鳴をあげそうになった。

昼間の講義で自分にしきりとちょっかいを出していたその若者が、ジャングルに棲むモンキーのように上段のベッドから突然、顔を覗かせたのだ。

「ハッサンだ」

逆さまになりながらその若者は手を差し出した。

「イブラハム――」

躊躇しながらそう言って握手に答えた。

「お前も天涯孤独というヤツか？」

ハッサンは身軽にもそのままくるっと回転して床に降りると、イブラハムの前で頬杖をついた。

「ああ」

イブラハムはその話をしたくなかった。あの映像を思い出す度に、怒りを抑えきれなくなるからだ。だが押し込めていた感情はそれだけではなかった。胸を締め付けるあの想い――それにどれだけ苦しめられていることか……だがそれを誰にも口にするわけにはいかなかった。どんなに信用できる奴にさえも……。

「おれのオヤジとオフクロは、ソ連のハインドヘリコプターが撃ったミサイルでバラバラになった」

オーバーなアクションをしてからハッサンは口笛を吹いた。イブラハムは信じられなかった。自分の両親の死について――しかも殺されたのになぜそんな風に茶化すことができるのか……。イブラハムは苛立った。

「それでさ、五人の兄弟も、残ったのは結局オレだけ。みんなT70戦車の120ミリ砲を食らってオサラバで――」

イブラハムは無視して体を反対に横たえた。

「でも、一番下の妹が酷かった。体が真っ二つとなっても、おにいちゃん、おにいちゃんって泣き続けて……」

騒々しい声が突然止んだ。

イブラハムはゆっくりと振り向くと、ハッサンは床にへたり込んで頭を抱えていた。イブラハムが見たものは肩を震わせて激しく嗚咽する男の姿だった。

イブラハムは声をかけられなかった。

絶対に許さない――そんな言葉が聞こえたような気がした。


イブラハムがその秘密基地に到着してちょうど一週間を過ぎた頃、〈大佐〉が姿を現した。

整列した若き戦士たちを観閲する中で、ちょうどイブラハムの前に来た。声をかけようとしたが、〈大佐〉はイブラハムにちらっと視線を注いだだけですぐに過ぎて行った。

〈大佐〉は、中央に置かれた木箱の上に乗ってあらためて全員を見渡した。

「諸君たちは、すでに基礎的な技術と知識を学んだ。残るは、作戦を実行する国、街にいかにして浸透し、準備し、実行の時まで街に溶け込めるかどうかである」

そう言って〈大佐〉は最後のステップが始まることを告げた。それは、これから基地を出て、幾つかの民家にそれぞれが住み込みをするというものだった。そして、そこでは、これから潜入する敵国に溶け込むための〈現地適応化訓練〉を行うのだ、と続けた。つまり、諸君たちは、それぞれの任務別に、様々な国籍者たちの民家に振り分けられる。そしてそこで一緒に暮らすことで、言語、生活習慣、風習、地理など、現地に潜入して潜伏するために必要最低限のことを学ぶのだ、と説明した。

「ただし――」と言って、〈大佐〉は幾つかの注意事項を口にした。それは、これから諸君たちが一緒に暮らす住民たちはごく一般の市民たちであり、諸君たちの目的をまったく知らない。ゆえに、我々の目的はもちろんのこと、ここで行った訓練のすべては絶対に口にしてはならない、と厳命したのである。そしてさらに、仲間同士も互いに言葉を交わしてはならない、と強い口調で付け加えた。

イブラハムは〈大佐〉の言葉を聞きながら思った。誰よりも強く自分がやるべきこと、その信念は揺るぎない――そう信じていた。だからそれ以外に興味はまったくなかった。復讐――ただそれだけのために今、自分は存在している、そう考えて疑わなかった。しかもその意志は誰よりも強く、揺るぎないものなのだ、と確信があった。

「イブ！」

声がして振り返ると、ハッサンがこっちに向かって親指を立てていた。こいつはずっとオレの名前を略して「イブ」と呼び続けている。女みたいだから止めろ、と言っても、「可愛い名前だから女にモテるぞ」とからかった。オレたちにモテるような世界なんてありはしないのだ、と言いかけて、その無邪気さにイブラハムはいつも苦笑するだけだった。

「張り切りな！」

ハッサンはそう声をかけると、教官の後ろについて口笛を吹きながら歩き出していた。

イブラハムが長距離バスに乗って堂々と国境を越えた頃、アメリカ特殊作戦部隊（デルタフォース）Ｂ（ブラボー）小隊に属する四名は、ヨルダンとイラクの国境付近に三千五百フィートの高度から夜間空中降下した。

四名の特殊作戦部隊員（オペレーター）に与えられていた任務は、アルカイダメンバーと思われる一名のテロリストが、レバノンからヨルダンのクリーンアリア国際空港へ向かっている、よって直ちに対処せよ。というものだった。〝対処〟とはもちろん、射殺も含むことをオペレーターたちは十分に理解していた。だが、その情報源（ソース）が、ＣＩＡによる電子的情報収集活動（シギント）に基づくものだと知る必要はなかった。

だがまる一日、レバノンからやって来る車両と乗っている者たちを——ヨルダン警察官の制服を着込んで——徹底的に調べたがそれらしき者は発見できなかった。そして、出動命令から三十六時間が経ったとき、レバノンの首都ベイルートで爆弾テロが発生した。場所は、西ベイルートのアメリカン大学の近くで、道ばたに仕掛けられていたTNT爆弾が炸裂し、そこを通りかかった三台のトラックと五人の歩行者が巻き添えとなった。

ベイルートの警察は、犠牲となった者たちの姿——顔貌さえ判別できないほどの損壊状況——をさすがに直視することができなかった。死亡者の身分が明らかになったのはそれから三日後だった。だが、その中にレバノン建築工学協会の幹部が含まれていたと報告を受けたベイルート警察幹部は、何の関心も寄せなかった。この国ではいまだに誰もがテロの犠牲となる危険性があるのだ、と思うだけだった。

ベイルートから北東に約千百キロ離れたエジプトの遺跡の街ルクソールでも、凄惨な事件がマスコミを騒がせていた。首都カイロへ向かう長距離バスに爆弾が仕掛けられて十五名の死傷者が発生したのである。

すぐにカイロのロイター通信支局に対して、聞き慣れない名前のテロリストグループから犯行声明のごとき電話が入った。エジプト内務省の報道官は「そのテロリストグループはこれまで把握していない組織だ」と記者会見で語るしかなかった。

だが、バスの犠牲者の中に、カイロを経由して東京に向かう航空券を持っていた建築工学士がいて、彼が所持していた書類の一切がなくなっていることは発表されなかった。なぜなら、ワインボトルに詰められていた液体爆薬ＰＬＸによる爆発の威力は、安価なアタッシェケースだけでなく、建築工学士の首から上を吹っ飛ばしていたからである。

ヨルダンのクイーンアリア国際空港ターミナルビルの前へバスが滑り込んだとき、何人もの空港警備官が鋭い視線を撒き散らしている姿が目に入った。

ターミナルビルに足を踏み入れる前に、イブラハムは、〈レバノン建築工学協会〉と印刷された大きな封筒をこれ見よがしに片手に持ち、ヘラルドトリビューン紙を脇に抱えながら、空港警備官の横を堂々と通り過ぎた。

もちろん、彼に特別な視線を送る警備員は誰もいなかった。

２００１年９月21日　東京　警察庁

十一年ぶりに警察庁へ戻った名村がまず足を向けたのは、〈国際テロ対策課〉と名前が変わった――しかも内務省の亡霊が住む人事院ビルではなく、まったく無機質な――部署が管理するその一室だった。

まず、名村の目に留まったのは、一台のコンピュータだった。しかもその画面は、初めて見る代物だった。主要二十数ヶ国の治安機関、情報機関同士の極秘ネットワークである〈マドリッドクラブ〉を支えるためのテレックスはすでに過去の遺物となっていたのだ。名村が――海外の治安・情報機関との渉外を務める――国外テロ担当補佐から説明を受けたのは、そのシステムがテレックスから三重の超高度暗号化が施されたドイツ製の暗号ネットワークシステムへと変わったということだった。しかもデスクトップコンピュータ一台はオンラインとなっており、煩雑な暗号テープも必要としない。相手のコードとパスワードでそのまま送受信ができるほど簡易化されていた。受信においても三重の暗号五ページ分を一秒間に自動復号化してくれるという。

名村は、技術の進歩に少し動揺しながら――もちろんそれはおくびにも出さなかったが――そのまだ四十歳そこそこの補佐のアドバイスを受けて受信ファイルに含まれているだろうテロリストやテロリズムに関する情報を探し始めた。空白の十一年間を補うこと、それを行う必要が絶対にあったからである。

ところが、受信フォルダを探っているうちに名村は徐々に愕然とし始めた。そこには、タイムリーで、しかもクリティカルな情報がほとんど含まれていないのだ。

「時代は変わったんです」

背後に立っていた若い補佐がこともなげに言った。名村は怒鳴りつけようとした自分の気持ちを無理矢理に静めた。彼は知らないのだ。〝情報輸入大国〟である日本にとって、〈マドリッドクラブ〉からの情報にどれだけ支えられて来たかをこの男は知らないのだ。しかし、それを偉そうに後輩に説明することは何の意味もないと名村は口を噤んだ。つまり、そもそも〈マドリッドクラブ〉とは、一九七〇年代、ヨーロッパ共同体の中で「シェンゲン協定」構想が立ち上がった頃にまで遡ることから始まるストーリーであることを——。

当時——つまり名村がハンターであった頃——西ヨーロッパ諸国は近い将来において、経済だけではなく、国境そのものさえなくそうという壮大な計画を立案していた。しかしそれを実現するためには、実はまだその頃は、テロ情報が優先的ではなかった。ユーゴスラビア（当時）などから西ヨーロッパへ雪崩れ込む難民たちの申請文書のチェック、偽造旅券の検査に関する情報の共有が課題となっていた。

そのためにまず動き始めたのは、西ヨーロッパ内の内務省の局長会議を頻繁に開催することだった。会議が進むにつれ、互いに情報を共有するために、通信ネットワークシステムの構築を急ぐ必要性が叫ばれた。その結果、一九七六年、テレックス通信システムが作り上げられた。そしてそこに参加した十ヶ国、二十の治安機関を総称して〈マドリッドクラブ〉と密かに名付けたのである。

しかし、ヨーロッパの統一に向けた余りにも性急な動きがそのネットワークにも大きな変化をもたらした。一九七五年に誕生していた、欧米の主要情報機関のネットワークである〈トレビグループ〉こそが徐々に極秘情報を扱う比重が高くなった。そして、犯罪捜査については、ブリュッセルに本拠を置いた〈欧州警察（オイロ・ポリツァイ）〉がその主導権を握ったのである。日本警察は、〈マドリッドクラブ〉にも〈トレビグループ〉にもオブザーバーとして参加することが許されたが、そもそも治安機関であることから〈マドリッドクラブ〉との関係こそが深かったのだ。

「そもそも〈マドリッドクラブ〉が、テロ情報を扱っていたのは、冷戦構造の副産物としてのテロの嵐が吹き荒れた頃、たとえばカルロスという天才的なテロリストが闊歩していた時代でしょ？　今では、偽造難民申請対策、マネーロンダリング情報、それ以外にもインテリジェンスの未来をどうすべきかなど、まさしく〝ノーブルアカデミック〟なテーマを中心に取り扱っているんです。つまり、〝古き良き時代〟は終わりを告げたというわけです」

若い補佐は軽くそう口にしたが、名村はそれには反論があった。古き良き時代のどこが悪いって言うんだ——。だがその言葉も名村はもちろん呑み込んだ。それもまた、老兵の愚痴でしかないからだ。

「じゃあ、今、クリティカルな情報をどうやって入手しているんだ？」

名村はそう訊きながら、複雑な表情を作った補佐の顔を見てすぐにその答えに行き着いた。それは、かつてから十分に予想されていたことだったことを思い出した。

「一国支配というわけだ……」

補佐は自嘲気味に頷いた。

名村が逡巡（しゅんじゅん）していたのは、自分がまだ現場で活動できるのか、という体力的、精神的な不安ではなかった。少なくとも五十歳とはいえ、体力にはまだ自信があったし、精神もギスギスという音を立てながらではあるが復活の兆しがある。

だが自分には今、ある明確な問題点と、すっきりしない部分の二つの不安があった。たとえば問題というのは、果たしてどうやったら彼女と再会することができるのか、という現実的なことである。何しろ今、どうしているのかさえ、まったく分からないのだ。彼女と別れたあの瞬間、再会するための手段を伝える前に二人はとにかく逃げることだけで必死だった。

そしてたとえ逢えたとしても、十一年間という歳月が、二人の間に起こったすべてのことを消し去っているのではないか――それが不安だった。いや、単純に考えればそうなっている方が自然だろう。十一年間という歳月は希望を抱き続けるには余りにも長過ぎるのだ。

ただ可能性はないではなかった。直接、彼女と連絡を取ることはもちろん不可能である。しかし、あるラインをもう一度、目醒めさせること、それさえできれば不可能ではない、と確信していた。だが、名村はその言葉が浮かぶと頭を振って消し去ろうとした。

《それもこれも、彼女が生きていればのことである》

そして、すっきりしない部分とは、自分がなぜ東京におめおめと舞い戻って来たか、ということである。若い国際テロ対策課の奴らからまるで発掘された化石を見るがごときの視線をなぜ浴びなければならなかったのか……名村は自分を嘲笑いたかった。オレっていう人間はどこまで愚かなのだ。いや、これまでも常にそうであった。都合のいいときに呼び戻され、また現場に向かう。そして理不尽な理由で呼び戻され、警察庁に絶望し、放り出され、地元では激しい脱力感に襲われ……そしてまた都合のいいときに呼び戻され、警察庁に絶望し、放り出され、地元に帰っても燃え尽きた男として生きながらえ……それをもう何度となく繰り返して来たはずではないか。

そしてまたお前は性懲りもなく戻って来た。こんな男にしてしまったのがこの警察庁であるにもかかわらずだ。まったく愚かな奴なのだ！

そして最後に残る不安とは、もし彼女と逢えたとしても、その人生がどんなものであったのか、それを知る勇気があるのかどうかということだった。だがそれについても……。

「警戒しなければならないのは、シリア秘密警察やイスラム原理主義グループだけではない。外務省からの干渉、それがもっともやっかいだ」

若宮の言葉に、名村はうんざりして黙り込んだ。そんなことはあんたに言われずともよく知っているさ。嫌というほど味わったのだ。

2001年9月21日　東京　警察庁

あの時と同じだ！——警察庁官房長の松村一郎は、それが確信になりつつあるのが分かった。また新たな何か、面妖（めんよう）なことが動き始めたのだ。それを感じたのはいつの頃だろうか、と松村は考えてみた。それはすぐに思い出された。名村という男、それにまつわる忌（い）まわしい記憶である。そして何より、またしても自分にはまったく説明がないのだ。

十一年前、理事官だった頃に起きたあの〝事件〟以来、その男の名前と顔を一日たりとも忘れた日はなかった。一度は国際捜査研修所へと飛ばされたが、捲土重来（けんどちょうらい）のごとく蘇ったのは思いもかけぬ僥倖に恵まれていただけなのだ。先輩諸氏において、不祥事における事実上の引責辞任や病気引退が重なるという計り知れぬ運命の悪戯がなければすでに野に下っていたところだった。それもたった一人の地方（ジカタ）警察官のためだけに……。

今度こそ、絶対に逃しはしない。ここに戻って来たことがそもそもあいつの運命だったのだ。

そのためには今度もまた、慎重に動くのだ。声を荒らげることではない。なぜなら放逐すべきはあいつだけではないからだ。だからこそ、松村は幸運を喜んでいた。まったく何というタイミングなのだ。あいつは実にいいときに戻って来てくれたのだ。

松村は自ら受話器を握った。そして在日アメリカ大使館内のその直通番号を押した。

2001年9月21日　東京　日本産業大学

まるでゴミ溜めじゃないか、と北島警部補は一瞥して感じた。研究室と名付けるのは勝手だが、試験管、ビーカーといったものだけがその言葉を微かに物語るだけで、残りはダンボール箱、雑誌類、色とりどりのタッパウエア、ビニール袋などが無秩序に転がっている——まさにそんな雰囲気だった。しかもこの臭いは嫌な過去を蘇らせてくれる。高校生時代の化学の実験、それもいつも教師に罵声を浴びせかけられる日々……。

白衣姿の若い男に北島は声をかけた。男は幼稚園児のように「あっち」という短い単語を使っただけで、奥の方を指差して足早に去って行った。

北島は舌打ちをした後、床を這い回るコードの間をつま先だって歩いてゆき、ふと顔を上げると、そこだけが別世界であるかのような錯覚に陥った。銀色に光るスマートなドアが目の前にあった。そこには部屋の管理者の名札が掛かっていた。その手書きの文字は線が細くて小さかった。臆病で、かつ神経が細い人間の書く文字だ、と北島はドアの向こうにいる男を分析してみた。

ノックをすると低い声が返って来た。電話でアポイントメントを取ったときの声と同じだった。北島がドアノブに手を伸ばそうとする前にドアが開いた。

北島は勧められるままに部屋に足を踏み入れた。広さにすると八畳ほどの長細くて狭い部屋だったが、そこは実験室の猥雑（わいざつ）さとはまったく違っていた。自分の机の二倍はあろうかという巨大な机の上には三台のデスクトップ型パソコンと一台のキーボードがまるで定規で測ったように均等な距離で置かれているだけで、あとは何も存在しない。机の上の棚には完璧なほどの整然さで専門書がぎっしり詰め込まれている。その反対側の壁には二つの本棚があるがそこにも――捜査第1課の非常持ち出し用キャビネットに並んだ簿冊のごとく――見事な調和で揃えられていた。それ以外は、一枚の紙さえ存在せず、その端に置かれたシルバーの球が交差するメトロノームでさえアンバランスに感じるほどだった。小さな灰色のロッカーには、白い花のブローチがつけられた紺色のジャケットがよく手入れされたように吊り下がっていた。本棚が占領したわずかな壁の空間にはメルヘンチックな外国の街並みが写されたカレンダーが壁に掲げられていることが、一見、無機質な部屋を明るくしていた。

「私が市ノ瀬ですが……」

と男が言った。

北島は受け取った名刺をじっと見つめ、〈有害生物制御学教室助教授〉といういかめしい肩書きが、白髪の下で眉間に深い皺を寄せている姿により威厳ある雰囲気を醸し出させていると思った。

そのとき、市ノ瀬が浮かべた表情は、まったく暗いものだ、と瞬間的に感じた。北島は「警視庁の北島です」とありきたりの言葉を使って、警視庁のマスコットであるピーポくんの黄色いイラストが左上に載っかった名刺を差し出した。市ノ瀬は、細い指でそう関心もなさそうに名刺をひっくり返した後、「それで、標準株の件とかで……」と憮然とした表情を向けた。

勧められたパイプ椅子に腰を落としながら、男の背後にあるキャビネットを見渡した。だが北島はそこに並んだファイルに記された文字のほとんどが〝宇宙語〟に思えた。〈頭部形態形成の分子プラン〉〈体幹形成とヘッド・オーガナイザー〉〈体の左右非対称性とその遺伝子支配〉……。

「お忙しいでしょうし、さっそく用件に入りたいのですが、先生もご存じの通り、電話でご説明した、あの〈標準株〉はここでしか扱っていませんね？」

　市ノ瀬は無言のまま頷いた。

「ここに出入りされている研究者は、学生も含めて何人いらっしゃるんですか？」

「二十三人です」

　市ノ瀬が言った。

「では、そのリストを頂けませんか？」

「その前に、これはいったい何の調査なんです？」

　北島は嘘をつきたくはなかったし、ことの重大性を伝える必要もあると思っていた。

「殺人事件の捜査です」

　その瞬間、怒りにまみれた表情がそこに出現した。

「あなた、私の研究室を疑うんですか！」

「これは、現職の警察官が殺害された事件の捜査なんです。どうかご協力をお願いします」

「ああ、あの事件ですか……それにしてもなぜ私どもと関係が……」市ノ瀬の顔が歪んだ。

　北島はそれには応えず、

「どこかお部屋をお借りできませんか？」と聞いた。

「部屋？」市ノ瀬が眉間に皺を寄せた。

「すべての研究者と学生からお話をお聞きするためです」

市ノ瀬が露骨に不快感を顔に表した。

「もちろん先生からも」

市ノ瀬は首を振って、「全員からは不可能です……」と吐き捨てた。

「不可能？」

「実は……」

市ノ瀬が目を彷徨わせて言い淀んだ。北島はその時、妙な感触を抱いた。その彷徨った目をこれまで何度見て来ただろうかと思ったからだ。だが、北島は特別な反応もせず相手の言葉を待った。

「実は……最近、他の教室から手伝いに来てくれていた一人の院生が、無断欠席していまして……」

消え入りそうな声だった。

「いつからですか？」

北島は興奮を抑えながら聞いた。

「さっきからあなたがおっしゃっている、その事件の前日からです……」

2001年9月22日　シリア　ダマスカス

〝赤パス〟（一般旅券）で潜入したダマスカスの様子は、十一年という歳月を感じさせないほど何ら変わっていないように感じた。ナッツの殻（から）は相変わらず舗道を占領していたし、赤いベレー帽を被った陸軍兵士をあちこちに見る光景も同じだった。だから、ふと振り返るとそこに彼女が立っているかのような錯覚に陥った。

だがそのことで逆に名村は不安に襲われた。何も変わらないからこそ、もしも彼女が変わっていたときに、自分はそれを受け止めるだけの余裕があるだろうか、ということにも自信はなかった。

だから彼女とコンタクトをとることができるのかどうか、名村はここに来て今更ながら不安になった。しかももしそれが実現できたとしても、彼女はどう感じるのだろうか、そのことに至ってはまったく自信がないことに気づいたのである。

名村は、計画していた通りのことを始めた。まず、宿泊している「シェラトン・ダマスカス・ホテル」――あの頃と比べると格段の違いである――のコンシェルジュデスクに、英語が話せる観光ガイドを頼みたいんだ、と百ドル札のチップと共に依頼した。そして一時間後に現れた通訳——間違いなく体重が九十キロはあろうかという、年齢にすれば五十代と思われるシリア女性——と街に出かけた。自らは、日本のフリーライターで観光ブックを作るための下調査だ、と説明した。ホテルに登録されたこういった通訳たちには、シリア秘密警察の息がかかっていることは当然知っていたが、今回ばかりは自分がシリアに滞在する完璧なストーリーを作り上げるだけの時間がなかった。だからこそ敢えて、人前に姿を晒して言い訳しておく方が怪しまれない、と考えたのだ。重要であるのは、〝気づかれる〟ということよりも、〝関心を持たれる〟ということなのである。

世界最古のモスクと言われているウマイヤド・モスクを見学した後で、名村は東京の出版社に電話をしなければならないから、と言い訳して一人で公衆電話に向かった。もちろんその場所はあらかじめ下調べをしていたのだが国際電話は必要なかった。それだけは昔のものとは違って新しくなっていたことに驚いた。操作方法を理解するのに多少の時間を費やしたが、何事にも人のいいシリア人たちが駆け寄って来て教えてくれた。ところがその数はどんどん増えて、群集となり、しまいには何人かが言い争うようにもなったのである。

騒ぎが収まってから名村はひと呼吸をおき、そして緊張しながら市内のある電話番号を呼び出した。ところがすでに目的の人物はそこにはいなかった。とにかくあれから十一年という月日が経っているのだ。何度もそれを続けることでやっと目的が達成された。

その結果は、待つしかなかった。ＣＩＡからそう聞かされたという若宮が言うように彼女が今、どこにいるのかは分からない。そして再会できるかどうか、そのすべてが分からなかった。だが彼女とつながるのは唯一、このラインしかないのだ。

だがその不安も、それから一時間後、わずかだが消える瞬間が訪れた。彼は名村のことを覚えていてくれた。だから二人は固い握手をして抱擁しながら両頬を何度も合わせた。そして互いに歳を経たことを笑い合った。〝ダマスカスの友人〟は出世をしていた。しかも自分よりずっと若く思えた。

ホテルに戻った名村が公衆電話を使って――あたり障りのない言葉を使って――取りあえず拠点を設営したことを若宮へ報告していた頃、ホテルから東へ一キロほど下ったハイタウンにある在シリア日本大使館では、警察庁から派遣されている警備官が、癖毛がすっかり白くなった政治担当公使から質問責めにあっていた。

「知らない？　それは理屈が通らないぞ。その男がダマスカスに来たのには必ず何か、任務があるはずだ」

公使は目の前に座らせた警備官を睨み付けた。

「さきほども申しましたように、警察庁からは何も聞いていませんので……」

警備官は迷惑そうな表情で答えた。

「私は昔、こういう男を知っていたんだ。まったくふざけた男をね」

公使は警備官をじっと見つめた。だが警備官は、面倒なことに巻き込まれたくないといった表情で首を竦めた。

まったく思いがけず、その電話はかかって来た。十一年ぶりにその声を聞くには余りにも唐突な瞬間だった。だから、ホテルのベッドで寝転がっているのを飛び起きてから、しばらくどう答えていいのかさえ分からなかった。期待はしていたが、どんな状態でかかってくるのかそれをまったく想像できなかったからだ。

あの〝古ぼけた〟ラインを使って衛星携帯電話（スラヤ）の番号を伝えていたが、まず彼女が果たして無事でいるのかさえ分からなかった。湾岸戦争やその後の殺伐（さつばつ）とした混乱の間に、テロや戦闘に巻き込まれている可能性は十分にあったからである。

だから名村はまず、〝生きていたんだ〟という喜びが先にたった。

「よく無事で……」

名村は声が裏返った。そしてそれ以上言葉が出なかった。その瞬間、思ってもみなかった感情が湧き起こった。懐かしいとか、安堵（あんど）したという感情でないことを名村ははっきりと自覚した。それは特別なものだった。胸が締め付けられる、その思いに全身に鳥肌さえ立った。そして、すぐその後、十一年前の幾つもの光景がディゾルブ的に浮かび上がってはフェードアウトして消えてゆく。そしてまたその上から新たな映像が染み出すように……。ラタキアの輝く海、誰もいないレストラン、ダマスカスの静かな夜、小さなオレンジのネオンの中で浮かび上がる彼女のアパート、尾行点検を繰り返したベイルートの饐えた硝煙の臭い、死の恐怖がどういうものであるのかを知ったバールベックの街……そのどれもが美しいまま浮かび上がった。

「えっ？　名村さんなの？」

通信状態が悪いのか、その声は聞き取りにくく、くぐもって聞こえた。

晴香が何かを口にした気がした。名村は通信状態を少しでも良くしようと窓際に駆け寄った。

「えっ？　何だって？」

名村が訊いた。だが、返って来たその声は余りにも小さかった。

「そのことはいいんです……」

その言葉はやっと理解できた。

「今、どこに？」

名村は敢えてそれを訊ねた。その答えは安全でないかもしれない。だが訊かずにはおれなかったのだ。

「大丈夫……私は……」

それは答えになっていなかった。

「それより……伝えたいことがあるんです……向かったわ……この間……」

また話は何度も途切れた。戦争ですべてのインフラが麻痺(まひ)したとされて以来、有線電話システムでさえ戦争の傷跡を残しているのだろうか……。

「いいんです、無理しなくて……。あなたが元気でいることが分かっただけでも――」

それが自分の本心であることを名村は疑わなかった。

「警告すべき……日本へ……」

名村は必死に聞き耳を立てた。

「だから……日本へ……として向かって……」

名村はその意味が分からなかった。

だがそのことに気づくと、名村ははっとして受話器を握りしめた。そしてあの頃を思い出した。彼女にそれを教えたのは自分だったではないか。電話での会話には慎重を期すことを何度も注意したのはこのオレなのだ。

だが、名村は同時に激しく葛藤することになった。やはりこの土地に再び足を踏み入れてからというものずっと後悔に苛まれていた。彼女が危険だからといって、チャンネルとラインのすべてを切ったのは自分なのだ。それは彼女にとって理解できなかったことかもしれない。利用されて棄てられた、そう思ったのかもしれない。にもかかわらず、自分はまた彼女を巻き込もうとしている。彼女の安全を願って離れて行ったにもかかわらず……。

「もう一度、ゆっくり言ってくれませんか！」

「ええ――」

名村はその時、ふと妙な感触を覚えた。会話が満足にできないのは間違いなく通信状態が悪いからだが、彼女の言葉そのものも、なぜか弱々しいような気がした。だから「どこか体の具合が悪いんですか？」と訊いてみた。

だが晴香はそれが聞こえなかったのか、「日本へ……」と尚も同じ言葉を続けた。

名村はその話に合わせることにした。

「もう一度、言って下さい！」

「……二名で……すぐに日本へ……」

名村はその瞬間、十一年前のあのときが鮮明に蘇った。だからそれに気づいた。あの時のように、彼女は何かを〝囁いて〟いるのだ！

「それはもう実行されたんですね？」

名村が焦る気持ちを必死で抑えながら訊いた。

「……そうです……」

違う！　と名村は思った。あのときの彼女とどこか違うのだ。まるで搾り出すような声じゃないか……。

「でも、それは……今まで誰も経験したことが……ないような……」

「えっ？　何です⁉」

「……恐ろしいこと……起きます……とっても……」

「会えませんか？」

それをもっと早く口にすべきだった、と名村は後悔した。

「あなたはそこを離れて……だから無理……またかけます……」

そして通話は突然切れた。

呆然としたまま名村はしばらく動けなかった。

十一年ぶりの彼女の声、余韻が全身を縛り付けた。

そしてまた、言い訳じみた葛藤が全身で湧き起こった。これから、またあのときのように、彼女を危険に晒してしまうのだろうか。ちょっと待て、それをやらせようとしているのは自分ではないか――つまりそれは情けない葛藤だった。だが名村はその答えを出す努力を止めた。それがたとえ逃避であったとしても、脳裏から排除した。名村は自分の心を覗き込んだ。とにかく彼女に会いたい、何としてでも会いたい、それは正直な気持ちだった。

だが、呆然としていたのはそれだけが原因ではないことに名村は気づいていた。奇妙な感覚がずっと拭えないでいたからである。それは彼女の声を最初に聞いたときに湧き起こった。はっきりとそれが何であるかは分からなかった。ただ漠然と不安がもたげている。十一年前の彼女と何かが違うのだ、ということしか分からなかった。

二回目の電話がかかって来たのは、それから数時間してからだった。

今度はその声は鮮明に聞こえたし、途切れなかった。

だが名村は、初めてそのことを確信した。彼女の雰囲気がどこか異様であったのは通信状態のせいだけではなかったことに――。

「明日、〝アダムとイブ〟で。午後二時に――」

晴香はそれだけ言うと電話を切った。それはもう、挨拶も何もなく、十秒もしないうちだった。〝アダムとイブ〟……そのことを彼女はちゃんと覚えていてくれたのだ。十一年前、あんな別れ方をしたにもかかわらず、彼女はずっと記憶してくれていたのである。そしてまた体の奥深くから彼女に対する特別な感情が湧き起こった。会いたい、何としてでも会いたい……。

だが、その一方で、またあの苛立ちを感じ始めている自分の姿に名村は気づいた。久しぶりだというのに、なぜ彼女はそんなにも……。名村はそれ以上、考えることを止めた。とにかく彼女と逢えるのだ。すべてはそれからでも遅くない……。

電話が再び鳴った。名村は飛びつくように受話器を握った。だが、期待した声ではなかった。

「久しぶりだな」

その声で名村は一瞬で男の顔を思い出した。

「なぜそこに電話できたか、そして何のためか、わかっているはずだな?」

名村は《グレイ》の言葉に毒づきたかった。

「人違いだな」

名村は受話器をそっと置いた。

これで、アメリカに真正面から立ち向かうことになったな、と名村は理解した。しかしそれがどうしたっていうんだ、と吐き捨てた。なぜCIAが彼女を捜し、自らの下に置きたいのか、その理由さえどうだってよかった。

ただ《グレイ》の声が、あれほど緊迫したのを聞いたのは、初めてだった。

2001年9月23日　インドネシア　ジャカルタ

イブラハムは、案内板に従って迷うことなく市内へと直行するシャトルバスに乗り込んだ。鉄道路線は現在修復中だった。だからヨーロッパから中古で買い求めたバスに乗ることとなった。

安ホテルが軒を並べるジャフン・ジャクサと呼ばれるエリアの片隅に位置する安ホテルにチェックインしたイブラハムには、まるで病院の個室のような殺風景な部屋が宛(あてが)われた。そこには備え付けの木製タンスと、収容所のような錆(さ)びた鉄枠が囲むベッドだけが置かれていた。

ベッドカバーと呼ぶにはおこがましいほどの〝汚れた布〟の上にショルダーバッグを投げ込んだイブラハムは、すぐに着ているものを脱ぎ散らして浴槽に飛び込んだ。なにしろこの街の肌にへばりつく湿気が嫌で堪らなかった。

バスタブの栓がなかったことから、ちょろちょろと生温かいシャワーを浴びた。それでも温水が流れて来たのは、たった二分間だけだった。本来なら、フロントに噛み付くところである。だがイブラハムはそうしなかった。目立つことを極限まで避けたかったからである。

だが、硬いタオルで体を拭いている間にも汗が全身を包んだ。エアコンディショナーに目をやったが、ダイヤルはどこかに弾け飛んでいた。環境になれることが大事だとイブラハムは思考を変えた。少し伸び始めた髭をきれいに剃り上げてから一階のレセプションに再び顔を出した。

おざなりの観光パンフレット――それも干からびた米粒がへばりつきトマトの染みがついた――が二枚ほどラックに差し込まれたレセプションのカウンターの中には誰もいなかった。見渡すまでもなく、くすんだ白い壁で囲まれたロビーには、褪せた緑色の長椅子が寂しく置かれているだけであることが分かった。イブラハムはトイレと電話台に繋がる通路の奥を覗き、最後には玄関のドアを開けて鋪道の左右を見渡した。その瞬間、ヤマハのバイクが一台通り過ぎ、スリッパを履いた男が口笛を吹きながら先の角をだらしなく曲がって行った。

カウンターの前に戻ったイブラハムは、ベルを鳴らしてから四度目に――時間の流れなど生まれてから一度も意識したことがないような――真っ白となった顎鬚をたんまりと生やした老人が姿を見せた。破れかけた地図を借り受けたイブラハムは、目的の場所はホテルから歩いても、五分もかからないダウンタウンの外れにあることを確認した。しかし、モスクの裏手に位置することに気づくと頭の中で激しい警告が鳴った。イスラム教徒の中に紛れるメリットよりも、恐らくここの機関の要員が警戒で潜り込んでいるだろうリスクの方が問題だ、と思った。

イブラハムはまた四度ベルを鳴らしてからフロント係を呼ぶと、二時間後に起こしてくれと頼んでから部屋に戻り、ベッドの上に寝転がってつかの間の休息を貪（むさぼ）った。緊張状態が体まですり減らしたようでどっと疲れが出た。そしてすぐに熟睡した。

電話の音で目覚めた時、すでに窓の外に広がっているのは暗闇だった。洗面台で顔を洗い、オー・ド・トワレを軽く手首と首筋にスプレーしてからイブラハムはデイパックを右肩にぶら下げて部屋を出た。ロビーには相変わらず人の姿はなかった。それでもイブラハムは警戒することを怠らなかった。正面玄関から鋪道に出てから、一つ目の角を曲がって少し歩いたところで急に反転した。そしてしばらくじっとしたまま歩いて来た鋪道に目を注いだ。尾けて来る者はなかった。

さらに三度同じことをして、三十分もかけてそこに辿り着いたときにはさすがに足も重く、喉がからからとなった。

約束のパダン料理（スマトラ島の伝統的料理）のレストランは朽ち果てたビルの一階にねじ込まれるように赤いひさしを突き出していた。店の周りには枯れかかった観葉植物が並べられ窓を覆いつくしている。イブラハムはそれには満足した。これでは外から覗き見られることもないからだ。レストランの前に立ったイブラハムは、さりげなく最後のチェックをこなしてから、子供が描いたような丸焼きにされた動物の絵が描かれたドアを開けた。噎せ返るような――それも甘さと辛さが入り混じった妙な――臭いが鼻についた。だが間口が狭く、奥行きが深いというシチュエーションは絶好の条件だった。しかも軽快なBGMが流れ、どこか落ち着かない猥雑な雰囲気こそ何より気に入っていた。

プレスが利いた白いエプロンを腰に巻いたギャルソンが近づいて来て、無愛想でたどたどしい英語を使い、予約はあるのか、と尋ねた。軽く見渡してもテーブルの三分の一ほどしか埋まっていないレストランで予約もないだろうに、とイブラハムは思ったが、約束されたその偽名を口にした。

儀礼的な笑顔を投げ掛けたギャルソンは中央のテーブルに案内した。だが、イブラハムは入り口に近い――しかも壁に向いて一番奥の――テーブルを強引に要求した。首を竦めたギャルソンは、ぞんざいにメニューをテーブルの上に置くと黙って去って行った。

とにかく喉が渇いていたイブラハムは、テーブルに着くなりガス入りのミネラルウォーターを注文した。そしてそれが運ばれて来ると喉を潤しながらごく自然に店内を見渡した。十あるうちの三席だけに客は座っていた。トイレに近いテーブルでは中年のカップルがお喋りに夢中となり、厨房の脇にある席では新聞を見ながら一人の男がスプーンで米を使った料理を食べている。年齢は四十歳ほどであろうか。また中央付近には白髪の老人がぽつんと座って鶏の唐揚げ風の料理に喰いついては、ワインをちびちび飲んでいた。いずれもまったく特別な臭いは感じなかったし、どいつもまるで緊張という雰囲気とはかけ離れていた。唯一、警戒するとすれば、新聞を読んでいる男だが、しばらく観察していてもこちらを一度も見ることはなかった。

その料理は〝一斉〟に運ばれて来た。つまりたくさんの料理を載せた小皿でテーブルが埋め尽くされたのである。これが地元のパダン料理の〝ルール〟だと知っていたので慌てることはなかったが、目印の新聞紙を置く場所に苦労しなければならなかった。

男は、約束の午後八時を少し過ぎてから姿を見せた。

イブラハムが座ったまま、手振りで前の席を勧めたとき、太っちょの白人はしきりに店内をきょろきょろ見渡していた。

「一人なのか？」

ロシア人の目が激しく彷徨った。

イブラハムは、とにかく座れ、と英語で静かに言った。

だがその間もロシア人は落ち着きなく、メニューを手に取ろうともせず、手を組んだり、指を絡み合わせたり、何度も唾を呑み込んだ。イブラハムも、ロシア人の科学者が一人で来

ると は思ってもいなかった。一緒に連れ立って来るのだと思っていたからだ。だがイブラハムは焦らなかった。もしトラブルがあったのならここから脱出すればいいだけのことである。ただ、その前にこのロシア人から頂く物はもちろん頂くのだが。

イブラハムがさすがに腕時計に目をやったとき、中央に座っていた老人がよろよろと立ち上がった。そして自分のグラスとワインボトルを持ってこっちへ向かって来た。ロシア人は驚愕の表情で老人を見つめた。手が激しく震えている。そしてまた何度も唾を呑み込んだ。

「さあ、始めよう」

アルカイダ幹部はそう言ってイブラハムの前——ロシア人の横に座った。ロシア人は目を見開いて息を止めていたが、老人がその約束された符号を口にしたことで、まじまじとその顔を見つめてから大きく息を吐き出した。そしてハンカチで額の汗を慌てて拭った。

アルカイダ幹部の白髪はもちろんカツラだったが、〈大佐〉から見せられた写真で見た顔よりも全体的に小さくなったような気がした。それが髭を生やしてはいないせいであることに気づくまでには時間がかかった。だがその男からはあの臭いがした。〈大佐〉と同じ臭いだった。つまり死を怖れない臭いである。

イブラハムは一気に飲み干すと、ロシア人へ視線を送った。ロシア人はまだ落ち着いてはいなかった。しかも、露骨にイブラハムとアルカイダ幹部を忙しく見比べている。

「長居はしたくない」

イブラハムが言った。

アルカイダ幹部はその偉そうな態度に怒りを抑えた風に、「ここにすべてが揃っている」と小さく口にした。

「ここに？」

イブラハムが無表情で聞いた。

「床にある」

アルカイダ幹部の視線を追って、慌ててテーブルの下を覗くと、〈サリナ〉というジャカルタでは有名なデパートのロゴマークがプリントされた紙袋が無造作に置かれていた。イブラハムは屈（かが）み込んで中を覗いた。

「付け加えることは？」

イブラハムの言葉にロシア人ははっとして初めて口を開いた。

「まず第一に、運搬には細心の注意を払わなければならない」

イブラハムは黙って頷いて先を促した。

ロシア人科学者は胸ポケットから小さく折り畳んだ紙を出し、手渡した。

「これが中身に関するチャートだ。今、ここで頭に入れてくれ」

ロシア人科学者は、イブラハムが開いた紙の上に指を滑らせた。そして説明を始めた。

――まずフリーズドライされた真空アンプルに入れられており、しかも硬質プラスチックのネジ蓋式セラムチューブ・コンテナに収容された上にバブルラップで包まれ、さらにバイオハザード・パッケージで守られている。君が覚えておかなければならないのは、二十四時間以内に冷凍されたゼリーパックの予備を凍らせ、バイオハザード・パッケージとバブルラップの間に詰め直す必要があるということだ。そして何より、物理的なショックが禁物であることは言うまでもない。目的地に着いたらすぐにドライアイスを買って保存せよ――。

イブラハムは大きく頷いて紙を返すと、ロシア人科学者は、黙って灰皿の上に落とし、ライターで火を点けた。そして、二人の男たちを見比べた。

「で、もう一度聞きたいんだが、あんた方、イスラエル人にとっては、これが国家を守るための研究であると？」

ロシア人科学者は脅えた目をして詰め寄った。

「不安になることは一切ない」

アルカイダ幹部が言い切った。

「いいから、もう一度確認したいんだ！」

ロシア人科学者は不安を蹴散らすかのように声を押し殺して抗議した。

アルカイダ幹部はそれには答えず、ワイングラスを掲げた。

「子供たちに未来を！」

イブラハムが同じ言葉で応えようとしたとき、ギャルソンが三人のグラスを取り替えに来たことで口を閉じた。だがロシア人は怒りを顔に露わにして――しかもまた額から汗を流し――イブラハムとアルカイダ幹部を睨み付けていた。こいつは危険だ、とイブラハムは思った。

ギャルソンが行ってしまうと、イブラハムは笑顔を返してグラスを掲げた。グラスの向こうに、青ざめてゆくロシア人科学者の憐れな姿が映っていた。

首を竦めて立ち去ったギャルソンは、厨房には向かわなかった。一旦、トイレに入って短いメモを書き殴った後、バブルラップで三つのグラスをぐるぐる巻きにすると、厨房の奥にある通路へと向かった。駐車場に出ると、手持ちぶさたにコンクリートの塀に座っている少年を呼び寄せた。いつもの仕事にありついたことで喜ぶ少年は、ギャルソンが手に持ったものを見て、一瞬だけ怪訝な表情を作ったが、一千ルピア札が小さな手のひらに載せられると、すぐに笑顔を取り戻し、ヤマハのバイクに飛び乗った。

タクシーに乗ったのはロシア人科学者一人だった。送ってやる、とあの不気味な若者に言われたが、一刻も早くこいつらと別れたい、という思いがそれを頑強に固辞させたのだ。それにしてもあの二人の男たちの目は異常だった――ロシア人科学者は今でも身震いが止まらなかった。ロシアでも残酷な目をした奴はたくさん見てきた。しかし彼らの目はそれを遥かに凌駕するほど恐ろしい色を湛えていた。だから、ここに来るまでに抱いていた微かな不安はさらに大きくなり、後悔の念に苛まれていたのである。

この取引は、相手がイスラエル軍関係者だと言われたから応じたのである。つまり、祖国がバイオテロリズム攻撃を受けたときに備えて、その〝特殊〟なウイルスを研究しておきたい、それが伝えられた理由だった。初めは、それも当然だろう、と思った。なぜなら、世界で最もその危険に苛まれているのはその国だからだ。だから、あのウイルスを外部に手渡すことには科学者としての良心がブレーキをかけていたが、同胞を救う、という目的であったからこそと自分に言い聞かせたのだ。ところが、だ――。

ロシア人科学者の疑念はもはや確信に近づきつつあった。

想像を絶する恐怖を人類にもたらすことを意味する――。ロシア人科学者は、全身から血の気がひく感覚に襲われた。

私はとんでもないことを……。

顔面を蒼白にしたロシア人科学者は息ができなかった。

冷静になるんだ、と必死に自分に言い聞かせた。

まだ間に合う！　あいつらが出国するのを止めればいいのだ！

警察に行こう――ロシア人科学者は決心した。

ロシア人科学者が慌てて運転手に声をかけようとした、その時、車が急に止まった。

運転手が慌てて外へ飛びだして行った。

何が起こったのかわからず呆然とした後、ロシア人科学者ははっとしてドアハンドルを掴んだ。

だがロックがされていた。

ロックボタンを摘み上げようとしてもびくともしない！　運転席に飛び込んでそこから逃げ出そうとした時、窓を叩く音がした。顔を向けると、浅黒い顔をした、にやけた男がすぐ脇に立っていた。

ロシア人科学者は運転席に頭を突っ込んだまま口を開けて男を見つめた。

運転席のドアが開いた。にやけた男が運転席のシートに何かを放り投げた。

ロシア人科学者は瞬間的にそれが何であるかを悟った。急いで手を伸ばした。

だが、腹がシートの背もたれに挟まって届かない――。クソッ、クソッ！　ロシア人科学者は必死にかき出そうとした。

　赤ちゃんの拳大ほどの塊に手が触れた瞬間、点火装置が作動した。

　たった百グラムのチェコ製セムテックス爆弾が炸裂した瞬間、ロシア人科学者の体は、両手足、首、胴体をズタズタに引き千切（ちぎ）られながら車体の天井から突き抜けた。ウインドウ、ドア、天井、さらにボンネットとトランクまでも猛烈な炎とともに一瞬にして吹き飛んだ。濛々（もうもう）とした黒煙が周囲に広がり始めてから、悲鳴と叫び声が上がった。

　頭に両手をやり、天を仰いだり、さまざまな反応で恐怖を表す市民たちは、遠巻きにしたまま大破したタクシーの残骸を恐る恐る取り囲んだ。集まった誰もが、ガソリンの臭いの中で人間が焼き尽くされる臭いを感じた。


　スカルノ・ハッタ国際空港から、ガルーダ・インドネシア航空機の直行便で辿り着いたイブラハムは、ターミナルバスを利用して、トランジットデスクに向かった。生体認証システム（バイオメトリクス）による登録を要求されたが、イブラハムには何の躊躇もなかった。

　ＣＣＤカメラによって目の虹彩（アイリス）がデジタル撮影され、パターン画像データを焼き付けた――ＩＣが内蔵された――小さな可搬（かはん）性メディアを係員から受け取ると、イブラハムはチェックインカウンターへと案内された。航空券やパスポートと一緒に可搬性メディアを機上係員に手渡してから、本人認証が終わるまでには思ったほどの時間はかからなかった。

西側の主要国では、あらかじめパスポートに埋め込まれた顔貌データとの照合が可能となっているのだが、イラクにはまだそれが導入されてはいなかった。だから、航空会社は、その空港のみで登録したその顔と比較照合することしかできなかったのである。

最後に、保安検査場へと誘導され、小型潜水艦のようなインバージョン社製三次元X線スキャン型爆発物自動探知装置（EDS）での荷物検査も、何の支障もなくクリアし、地上係員から感謝の言葉を受けることとなった。

フライト時刻までの時間を免税店で費やしてから、イブラハムはセキュリティゲートへ向かった。

二回目の保安検査を要求されたが、感情に乱れを起こすことなど何もなかった。

スミスディテクション社製のそのハイテク装置については事前に詳しく調べ上げていたが、イオンスキャン式のトレース型爆発物探知装置（ETD）に、キーホルダーにぶら下げたわずか三センチのプラスチック製セラムチューブが引っ掛かるはずもなかった。

イブラハムはバイオメトリクス技術についてすべて熟知していた。たとえば、目の黒目と瞳孔（どうこう）の間に位置するドーナツ状の虹彩を使って行うバイオメトリクスのひとつ、虹彩認識（アイリススキャン）とは、確かに本人拒否率と他人拒否率の両方に優れた認証方法ではある。人間の目は妊娠六ヶ月頃までに形成され、同時に瞳孔に孔が開き、外側に向かって放射状の皺が発生する——その皺こそが虹彩なのである。成長は生後二ヶ月で止まり、それ以降変化しない。形状は遺伝的要素と発育時の環境などに影響されて作られるもので個人特有のパターンとなる。左右の目でも違っており、一卵性双生児でも異なっている。他人どうしの虹彩が偶然に一致する確率は十の七十八乗分の一とされているから、現在の地球上では〝偶然〟はまったくあり得ない。

しかしいくら認識精度が高く、擬装が困難であったとしてもイブラハムが動揺することはなかった。なぜならこの〝バイオメトリクス〟技術は、〝正体不明なるテロリスト〟を発見するものではない。自分のような〝新人〟は、テロリストのデータベースに含まれていないからだ。

また、イブラハムは、荷物と身体のセキュリティチェックを受ける際、真正面のフライト情報を流すディスプレイの上に設置されていた特殊なカメラに気づいたが、そこでも顔を伏せる必要もなかった。監視カメラではない、と分かった。顔貌認証（フェイシャル・レコグニションシステム）なのだ。だがそれについても何の役にも立たないと、イブラハムは気にしなかった。あらかじめ要注意人物の顔貌写真を入れたデータベースと繋がっているのだが、それもまた〝新人〟である自分の顔が登録されているわけがなかったからである。自分はノーマークなのだ！

だから、自分自身を含む三百二十人分の搭乗者リスト（PLL）と十五名分の乗員リスト（CLL）がすでに、航空会社間のデータ通信網回線（SITA）からAPIセンターを経由し、東京の法務省入国管理局、警察庁、財務省税関へとそれぞれ配信されるのと同時に、それらの機関が保有する検索データベースとのサーベイランスが自動的に開始されていることをイブラハムは想像したが、自分の確信が益々高揚し、鋭い快楽を感じていた。

簡単に検査が終了すると、再びスキャンされた虹彩データと可搬性メディアとの照合が行われ、その先のボーディングゲートでも三度目の虹彩スキャンによって、可搬性メディアに含まれている虹彩テンプレートとの照合が一致すると、優先的に専用ゲートによってボーディングブリッジへと案内されることとなった。

だが、その余裕がいけなかった。ファイナル・アナウンスメントが流れるまで〝餌（えさ）を受け取ったこと〟を〈大佐〉へ報告することを忘れていた。イブラハムは一番近くの公衆電話へ急ぎながら、しっかりしろ！　と自分に言い聞かせた。

（下巻に続く）

CALL ME

Words by Deborah Harry
Music by Giorgio Moroder

この作品は二〇〇四年六月産経新聞ニュースサービスより発行、扶桑社より発売されたものを文庫化にあたり大幅に加筆修正したものです。

本作はフィクションであり、実在する個人・団体とは関係ありません。

幻冬舎文庫

●最新刊
さよならから
神崎京介

男の浮気が原因で失恋したアラサー女・沖田智美。アルバイト先の銀座のクラブで偶然、元彼の勤める会社の常務と知り合うと、智美は肉体関係を持つ代わりに元彼を左遷するよう要求した……。

●最新刊
悪夢のギャンブルマンション
木下半太

一度入ったら、勝つまでここから出られない……。建物がまるごと改造され、自由な出入り不可能の裏カジノ。恐喝された仲間のためにここを訪れた四人はイカサマディーラーや死体に翻弄される！

●最新刊
ラスト・セメタリー
吉来駿作

8人の高校生が、死んだ仲間・葛西を甦らせようと死者復活の儀式・キタイを行う。それから18年後、葛西は復活するが、それは死者による惨劇の始まりだった。ホラーサスペンス大賞受賞作。

●最新刊
上原ひろみ サマーレインの彼方
神舘和典・文
白土恭子・写真

本場ジャズメンも絶賛するピアニスト、上原ひろみ。パワフルな演奏とはじける笑顔の裏には、常に全力を尽くす努力があった。若き音楽家の原点とさらなる魅力に迫る情熱のノンフィクション。

●最新刊
赤い羊は肉を喰う
五條　瑛

悪意を操作し暴発させれば血は流せる——人を思い通りに操ろうとする悪魔の企みが深く静かに街を侵蝕していく。異変に気づき立ち上がったのは金も力も組織もないたった一人の若者だった……。

幻冬舎文庫

●最新刊
摂氏零度の少女
新堂冬樹

美しく、成績も優秀な女子高生が始めた〝悪魔の実験〟。それは実の母に劇薬タリウムを飲ませることだった。なぜ実験の対象が最愛の母親なのか？　現代人の心の闇を描くミステリーの新機軸！

●最新刊
知的幸福の技術
自由な人生のための40の物語
橘　玲

ささやかな幸福を実現することは、それほど難しくはない。必要なのはほんの少しの努力と工夫、自らの人生を自らの手で設計する基礎的な知識と技術だ。お金持ちになる技術を大公開!!

●最新刊
棘の街
堂場瞬一

自身のミスで被害者を殺害された刑事は、自らの誇りを取り戻すため捜査に邁進していくが……。己の存在意義、組織と個人、そして親と子。様々に揺れる心情を丹念に描ききった傑作警察小説！

●最新刊
剣客春秋　初孫お花
鳥羽　亮

愛娘の懐妊に胸躍らせる藤兵衛が、高垣藩剣術指南役に師範代を推した矢先、高垣藩士が惨殺。藤兵衛はただならぬ事態を察するが、すでに凄絶な藩内抗争の直中にあった。人気シリーズ第七弾！

●最新刊
せん-さく
永嶋恵美

ネットで知り合った29歳主婦・典子と15歳の遼介。典子は遼介の級友の両親が殺され、友人自身も行方不明と知り、ふとしたことから2人はどこまでも逃げざるを得なくなる。感動の長編ミステリ。

幻冬舎文庫

●最新刊
ゴドルフィンの末裔
永橋流介

ＪＲＡ職員・有森の元に届いた謎の絵葉書。直後、殺人事件に巻き込まれた彼は北海道へ飛び、業界を震撼させる驚愕の事実を知る。競馬界の闇をリアルに描いた、傑作ハードボイルドミステリー。

●最新刊
彼女がその名を知らない鳥たち
沼田まほかる

昔の男を忘れられない十和子と人生をあきらめた中年男・陣治。淋しさから二人は一緒に暮らし始めるが、ある出来事をきっかけに、十和子は陣治が昔の男を殺したのではないかと疑い始める。

●最新刊
だらしな日記
食事と体脂肪と読書の因果関係を考察する
藤田香織

好きなこと＝食う、呑む、寝る、読む！　の三十代書評家女子。その、食べっぷりとだらしなぶりと、締切ぎりぎりの仕事ぶりをセキララに綴り、反響と共感（？）を呼んだ日記エッセイ、待望の文庫化。

●最新刊
晴れた日は巨大仏を見に
宮田珠己

風景の中に、突然、ウルトラマンより大きな仏像が現れたら……。日本各地に点在している巨大仏の唐突かつマヌケな景色を味わうために、日本中の巨大仏を巡る。日本風景論＆怪笑紀行エッセイ。

●最新刊
二度と戻らぬ
森巣　博

伝説のギャンブラーを追う雑誌編集者の涼子。その取材過程で出会った博奕打ちの森山道。飛び交う札束、悶える男女、そして、ある非業の死。道は過去の清算を祈り、最後の勝負に向かうが……。

警察庁国際テロリズム対策課

ケースオフィサー（上）

麻生幾

平成21年10月10日　初版発行

発行人――石原正康
編集人――菊地朱雅子
発行所――株式会社幻冬舎
〒151-0051東京都渋谷区千駄ヶ谷4-9-7
電話　03(5411)6222(営業)
　　　03(5411)6211(編集)
　　　振替00120-8-767643
印刷・製本―中央精版印刷株式会社
装丁者――高橋雅之

幻冬舎文庫

ISBN978-4-344-41361-0　C0193　あ-19-4